맹순할매 억척 기도일기

민주화와 통일운동 속에 부르는 희망 노래

맹순할매 억척 기도일기

초판 1쇄   2013년 5월 18일

지은이   한맹순
펴낸이   이재교

기획   주민교회 교우 일동
책임편집   이재교
교정교열   조호애 유경진
디자인   김상철 박상우 이정은
제작   신사고하이테크(주)

펴낸곳   굿플러스커뮤니케이션즈(주)
출판등록   2013년 5월 7일 제2013-000136호
주소   서울시 마포구 서교동 363-15 5층
대표전화   02-6080-9858 팩스 0505-115-5245
이메일   goodplusbook@gmail.com
홈페이지   www.goodplusbook.com
페이스북   www.facebook.com/pages/Goodplusbook

민주화와 통일운동 속에 부르는 희망 노래

맹순할매 억척 기도일기

굿
플러스
북

암울한 시대 민주화와 통일 운동을 함께하신 이 땅의 어머니의 일기입니다

어머니!

어머니를 부르면 먼저 목이 메입니다.
미안함과 엄청난 사랑으로 자리하고 있는 어머니!

한맹순 권사님!
민주화와 통일 그리고 예수 그리스도의 고백적 신앙과 삶이 일치된,
이해학 목사의 어머니시며
교회의 어머니요 이 땅의 모든 어머니 상입니다.
부모에 대한 효를 몸소 보이시고
자식 사랑, 예수 사랑이 교회 헌신으로 이어지신
나라와 민족을 위한 위대한 여성의 이름이십니다.

한맹순 권사님!
권사님은 이 땅 어머니의 대명사입니다.
당신을 돌볼 새도 없이
한 남자의 아내, 한집안의 며느리로 희생적인 삶을 살며
나아가 역사의 중심에 있는 주민교회를 세우고 지켜오셨습니다.

개인사와 민족의 역사가 하나로 읽히고,
주민교회사와 암울한 시대의 민주화와 통일 운동사가 맞물릴 때

연약해 보이는 한 여인이 강한 어머니로
아들과 나라를 지켜왔음을 기록한 일기입니다.

자칫 무거울 수 있는 시대적 배경의 이야기를
읽기 쉽게 기록해 놓으셨습니다.
여러 사람이 오랫동안 출판을 위해 노력해 왔는데
마침내 이 책을 읽는 행운을 누리게 되었습니다.
그동안 출판을 위해 헌신하신 한숙희, 이하얀언더기, 장원, 한숙자,
정나진, 양명희 등 모든 분께 감사드립니다.

주민교회 세움 40돌을 기념하여
감동의 눈물로 읽는 일기장을 책으로 펴내게 되어 행복합니다.
이를 바탕으로 주민교회사도 써지길 기대합니다.

97세가 되신 한 권사님!
건강하게 사시다가 아들, 며느리, 손녀들과 손녀사위, 증손주들 위한
기도가 성취되어
하나님 나라에 가시기까지 평화를 누리시길빕니다.
고맙습니다

최병주 장로

어머니의 고난의 세월을 기록한 일기 출판에 함께 해 주셔서 감사합니다

어머니 한맹순 권사님은 3·1운동이 일어나던 해인 1918년생 이십니다. 어머니의 생애는 한마디로 한국사입니다. 일제시대 태어나 해방과 6.25를 겪고 아들의 부상으로 4.19의 맛을 보게 됩니다. 그리고 종로 5가 구속자가족 모임을 비롯한 아들 옥바라지를 하셨습니다. 그리고 민주화 과정에서 공권력의 횡포에 시달리고 통일운동의 언저리에서 가슴 졸이며 사셨습니다. 그런 어머니가 일기를 쓰셨습니다. 원문은 거의 읽기 어려운 글씨입니다. 이 일기에는 어머님의 개인사와 우리 가족사, 주민교회사와 민주화운동, 통일운동의 주변이 묻어 있습니다. 이유도 모른 체 역사의 풍랑에 시달리며 그 역경을 헤쳐나가는 기록입니다.

올해 주민교회 창립 40주년을 맞아, '한 권사님 일기는 우리의 생존사'라는 뜻으로 출판을 결정하였습니다.

이 일기는 어머니의 기도집입니다. 실제 어머님은 기도로 모든 고난의 세월을 이겨 오셨습니다. 그런 걸 써서 뭣 하느냐는 핀잔을 받으면서도 몰래 기도하듯 썼습니다. 어머니의 억울하고 고통스러운 한을 어디엔가는 쏟아야 했습니다. 이 일기는 그러기에 어머니 자신의 존재 확인이며 힐링 과정입니다. 어쩌면 언젠가 하나님을 대신해 아들이 읽어주기를 기대하는 호소문인지도 모릅니다.

보실 분들을 위해 원문의 뜻을 살려 여러 차례 문장과 단어에 손을 보았습니다. 원래 60년대 수유리에서부터 쓰신, 여러 권의 일기 원본이 있었는데, 두 차례에 걸쳐 잃어버리고 다시 쓰셨습니다.

읽으실 때, 어머니가 학교에 전혀 다니지 못하고, 성경책으로 글을 익혀 맞춤법도 모른 채, 사신 생애같이 무모한 도전을 거침없이 일기에 쏟았다는 것을 참작하시기 바랍니다.

처음에는 회상문으로 시작하여 1970년대 이후 거의 매일 적어 나간 기록들입니다. 90년대의 글도 있으나 생략합니다. 다소 표현과 내용 이해의 차이들이 있어서 해설을 붙이고자 했으나, 그리 못했습니다. 여기에는 많은 분이 등장합니다. 그중에는 혹 자신의 그림이 잘못 그려졌을 수 있습니다. 그러면 나의 인생 전체가 아니라 그때 그분에게 비친 한순간이었다고 유머스럽게 넘기십시오. 교회 홈페이지에 10여 년간 올려져 있었지만, 책으로 출간하여 97세의 치매 3급 판정을 받고 요양사의 도움을 받는 할머니 손에 쥐여주어, 자신의 생이 외롭지 않다는 것을 증명해주고자 하는 교회의 노고에 감사를 드립니다. 단락은 1994년에 이하얀언더기 님이 작업해서 나누었습니다. 마지막까지 전체원고를 수정하느라 고귀한 정열을 쏟아주신 김송달 목사님과 출판에 도움 주신 분들께 감사드립니다. 일기를 나누어 갖자는 뜻으로 수고하신 분들의 이름 생략함을 용서하십시오.

아들 이해학 절합니다.

우리의 민주화 통일운동은
어머니의 아픔이었습니다

　우리들의 어머니 한맹순 권사님이 그 길고 아픈 세월을 차곡차곡 일기에 담고 계셨습니다. 놀라운 일입니다. 성남주민교회 창립 40주년에 어머니의 그 일기가 세상에 공개되게 되었습니다. 참으로 감격스럽고 자랑스럽습니다.

　어머니의 가슴은 피멍으로 험해졌습니다. 아들이 몸을 던질 때마다 어머니의 가슴에 새까만 멍이 떠올랐습니다. 또 잡혀가고 또 재판받고 또 징역 살 때 어머니의 가슴에서는 피가 새어 흘렀습니다. 그러나 어머니의 그 아픔은 글이 되었습니다. 내 아들이 그럼 그래야지! 어금니 꽉 문 마음은 글이 될 수밖에 없었습니다.

　일기를 쓰기 시작하던 날 목적의식 같은 것은 없었을 것입니다. 그런 것은 먹물 든 머리나 굴리는 짓입니다. 그럼 자기치유 수단이었을까? 아닙니다. 어머니가 쓴 한 자 한 자는 기도였습니다. 하나님을 향한 절규였습니다. 그것은 날마다 아들을 바치는 어머니의 눈물이었습니다.

　달필이었을 리 없습니다. 단숨에 죽 내려썼을 리도 없습니다. 힘들게 쓰셨을 것입니다. 기도였으니 술술 써졌을 리 없습니다. 눈물이었으니 그 손이 빠를 리 없었습니다.

　이제 우리가 어머니의 가슴을 만나게 되었습니다. 어머니를 어머니대로 만나게 되었습니다. 소중하고 아립니다. 귀한 가르침입니다. 모두가 가슴으로 만나기를 바랍니다.

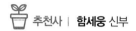

고난의 여인, 희망의 어머니

한맹순 권사님의 일기를 읽으면서 저는 가난하고 힘든 세대를 사셨던 부모세대를 생각했습니다.

어머니는 존재 자체로 우리 자녀들의 스승이며 길잡이입니다.

그러나 이렇게 위대한 어머니도 자식의 고통, 자식의 죽음 앞에서는 한없이 약하고 무능합니다. 이해학 목사님의 고난의 과정에서 어머니인 한맹순 권사님도 갈등과 시련을 겪으셨습니다. 그러나 한 권사님은 이 모든 역경을 오직 신앙으로 극복하고 언제나 희망과 사랑을 확인하셨습니다.

저는 한맹순 권사님의 삶 안에서, 예수님의 십자가 앞에서 가슴 찢어지는 아픔을 당하셨던 성모 마리아의 고통을 연상하며 묵상합니다.

"이 아기는 많은 사람의 반대를 받는 표적이 되어 당신의 마음은 예리한 칼에 찔리듯 아플 것입니다. 그러나 그는 반대자들의 숨은 생각을 드러나게 할 것입니다." (루가 2,34~35)

성모님께 대한 시므온 예언자의 이 말씀을, 저는 한 권사님과 그 아들 이해학 목사님의 삶과 연계하여 그 깊은 시대적 교훈을 깨닫습니다.

하느님! 감사합니다.

이 모자 두 분과 우리 민족 공동체 모두를 축복하소서. 아멘.

우리의 어머니는 생명지도입니다

어머니는 역사다. 정치권력의 역사가 아니라 여성의 DNA에 입력된 생명체계를 전달하는 미트콘트리아를 통해 인류 흐름이 어떻게 전승됐는가를 아는 생명지도이다.

그러기에 어머니의 영혼은 그 생명을 담지 하는 본능적 사명을 발휘한다.

특히 남성들의 힘으로 이루어지는 전쟁과 국가권력의 횡포와 불의 등 거대한 사회변화 속에서 생명을 지키는 힘은 아버지보다는 어머니에게서 남다를 수 있다.

이해학 목사의 민주화와 통일운동의 역사적 수난 속에서 그를 지키고자 하는 어머니의 절절한 사랑은 지식이나 사회의식에 기인하지 않는다.

우리 모두는 한맹순 권사의 당돌한 사랑을 보며 한국적, 참으로 한국적 어머니를 만나서 환한 행복을 느낀다.

한맹순 권사님의 삶은
바로 현대사의 증언입니다

한맹순 권사님은 빛입니다. 권사님은 일생 어둠을 밝히면서 어둠이 결코 빛을 이길 수 없다는 진리를 몸으로 말씀하셨습니다.

아드님이신 이해학 목사가 수없이 감옥에 붙들려가고 모진 고문을 받아가면서도 서서 죽기를 선택할 때 어머니의 마음은 어떠했겠습니까. 부산 마산에서 그리고 광주에서 수많은 시민이 군인들에 의하여 무참히 죽어갈 때 한맹순 권사님은 그들의 주검 속에서 예수의 부활을 보셨습니다.

군사독재가 끝나고 새로운 시대가 열렸지만, 여전히 한맹순 권사님은 아드님과 함께 민족의 부활을 통해 평화의 역사가 이루어질 것을 기도하셨습니다. 짧지만 10년간의 남북 간에 이룩한 평화는 이제 한맹순 권사님의 꿈을 조금이나마 빛으로 만들어 드린 것으로 생각합니다.

한맹순 권사님의 삶은 바로 현대사의 증언입니다. 아니 현대사 자체입니다. 그 사연을 절절히 적어간 일기를 모아 책으로 만든 것은 참으로 우리에게 소중한 믿음과 희망의 길이 될 것입니다.

한맹순 권사님의 글을 가슴에 새기면서 우리는 다시 역사의 빛을 만들어 가야 할 것입니다.

한맹순 권사님이 꿈꾸는 빛의 나라, 하느님의 나라가 이 땅에 반드시 이루어질 것을 믿습니다.

이런 어머니를 만나면 우리는
어린애같이 행복해 집니다

어머니 사랑은 마음에 있습니다.

이 사랑이 세상의 흔한 사랑과 다른 것은 진정한 마음의 자리이기 때문이리라. 아무리 모성애는 사랑이 아니라고 역설하지만 모든 사랑은 모성애로부터 출발하는 것입니다. 그 자리에 부처님도 예수님도 계십니다. 어머니의 마음자리는 바로 하늘로 통하는 길이라 생각됩니다.

세계의 아름다운 사람 뒤에는 반드시 어머니의 기도가 있었다는데 이해학 목사님께도 어머니의 사랑과 기도가 풍성한 토양이 되어 시대의 양심으로 피어난 것 같습니다.

어머니의 일기를 읽으면 이해학 목사님은 어머니의 사랑으로 피어난 한 송이 연꽃이고, 어머니는 한 송이 연꽃을 피운 작은 연못입니다. 이런 어머니를 만나면 우리는 어린애같이 행복해집니다.

용맹스런 우리 어머니
마음껏 자랑하자

이해학 목사님의 전 생애를 한마디로 정의하라면 나는 감히 '被褐懷玉 (피갈회옥)'이라 말하고 싶다. 속에는 옥을 지니고 겉에는 베옷을 걸치고 있다는 말이다. 그는 우리 민족의 고난사인 민주화, 인권, 통일운동에 큰 발자취를 남기고도 결코 자랑하지 않는다.

그런데 이분이 자신의 어머니만큼은 한사코 자랑하고자 한다. 곤궁할 때도 그 뜻이 꺾지 않고, 사랑하는 외아들이 옥에 갇혀도 온후한 빛과 엄중한 용모를 잃지 않으셨던 어머니, 귀하게 되어도 그 믿음을 더 높이 세운 어머니 한맹순 권사를.

이 책은 외아들 이해학 목사님과 억만리 창공 저 너머 하나님 음성을 또박또박 중계한 한맹순 권사님의 97개 성상의 기록문이다.

할머니는 우리 후손들에게
하나님의 은혜입니다

일생을 오직 기도로 진력하신 할머니께 하나님은 늘 건강이란 복을 내려 지켜 주셨습니다. 오늘 각별히 한 권의 책을 더 해 하나님은 더 큰 축복으로 응답해 주십니다. 늘 무릎 꿇으신 할머니 기도의 한 가운데 저희 후손들이 있었고, 그것을 기록으로 확인한 가족들은 할머니의 일기 앞에 부끄럽기 그지없습니다. 일기를 접하면서 지난날을 고백하고 또 회개하게 됩니다. 참 많이 모자라고 부끄러웠던 모든 잘못, 할머니 기도 없이는 용서받기도 치유 받기도 어려웠을 시간이었습니다.

우리 가족 모두의 삶을 안아내신 그토록 한없이 자애로운 분이셨지만, 다른 한편 할머니는 맹렬한 투사이기도 하셨습니다. 암흑의 시절 우리 가족 누구보다 용감하고 정의롭고 끈질긴 분이셨습니다. 사람들이 머리와 마음만으로 살아갈 때 할머니는 기도와 몸의 힘으로 역사를 살아내셨습니다. 유명한 분도 지체가 높은 분도 체구가 아주 장대한 분도 아니셨습니다. 그러나 할머니는 아주 작은 체구로도 누구보다 역사를, 삶을 성실하게 살아오신 우리네 평범한 할머니의 진실을 일기를 통해 증언하고 계십니다.

할머니의 기도는 언제나 짧지만, 진실하고 강력하셨기에 짧은 인사로 대신하렵니다. 그렇지만 우리 가족 모두의 할머니께 드리는 사랑과 감사의 마음은 진실하고 또 진심일 수밖에 없음을 이 책의 표지에 새겨 두렵니다. 후손들을 대신해 인사드렸습니다.

14

5-2 　글을 배우기 시작 예수 몃게로 시작

치면 시집가서 시집사과 서럽다 편지를 하게티 이공부
안뒈고 말씀 핸서요 차근여 할무니가 내가 갈저줄터
우라고 하신다 나를 위 해서 항상 기도 해주신 어머님 두고
왔지 못함니다 이케부터 한글을 배워기시작 했다 나는
가서 글을 모르니 답답 한마음 견댄수 엇섯다 자
여 어머니가 성경또 주고 찬송도 주시고 한다 마는
지를 보니 답답 하다 꼬히 기약찬송 차자 주면 책장
을 접어 가지고 와서 연필노 그걸 보고 만날 글세를 쓰기
시작 했다 찬송 다의 면서또 일거보
찬송 가를 듬만 있스면 잠을 안자고 써브고 일거보고
햇다 그리서 조금 알돈 알문 하니 제머가 나
서 참고 써 보고 일거 보고 햇다
는 못해도 엽사곰의 차자 주면 산슬을 모르니 찾지
부르는 시늉은 햇다 그런데 이케는 성겸또 배워야케
하고 성겸을 열신히 아무 뚱또 모르며 일걷다
하고 답답 해서 하넘 께 기도 하면 하나님 나도 성경
배워서 하나넘 말슴 잘배우게 해주세요 열심히
기도 하고 열심히 일거보기도 하고 써브 기도 햇다

목 차

첫 번째 이야기
장사해서 빚 갚으면서 감사기도를 하다

16

장사해서 빚 갚으면서
감사기도를 하다

돈 벌어서 빚 갚는 기쁨,
아들 낳아서 키우는 기쁨

어려서 생각나는 일만 적는다

어느 따뜻한 봄날 진달래꽃이 만발했다. 언니 따라 나물 캐러 나섰다. 안 데리고 가려고 해도 기를 쓰고 따라갔다. 가서 나물은 안 캐고 꽃만 바구니 하나 가득 담았다. 뱀이 내 앞을 쓰윽 지나가는 걸 보고는 집에 가자고 울어댄다. 언니는 더 멀리 가 버린다. 더 큰 소리로 울었더니 언니가 나물을 캐서 담아준다. 울음은 그쳤지만, 나물도 안 캐고 언니만 따라다녔다.

설날 한복을 예쁘게 입고 널뛰기하니 기쁘다

음력설이 돌아와서 어머니가 명지에다 초록 물 들이고 빨강 물 들여 울긋불긋 한복과 버선을 지어주셨다. 아버지가 꽃신 삼아 주셨는데 컸다. 나중에 줄여서 주시더라.

설날 친구들하고, 세배도 다니고 널도 뛰고 재미있게 놀았다. 설에는 일주일, 보름에 5일 노는 날이 끝나면 집 보고 아기도 돌봐야 한다. 어머니가 일할 걸 내주셨다. 돼지 밥도 주고 걸레도 빨아 널라고 한다. 아기 새참 먹이도 어머니가 하란 대로 다 했다. 순기가 우리 집에 안 온다. 가

20

봤더니 학교 다닌다고 한다. 나도 학교 보내달라고 울었다. 어머니 말씀이 큰 집 언니도 학교 안 보내고 고모네도 학교를 안 보냈다. 딸을 학교 보내면 시집살이 서럽다고 편지나 오제, 아무 필요 없다고 어른들이 절대 말린다. 나는 학교 문 앞도 못 가 봤다.

아버지가 다리를 데어서 온 식구가 고생을 했다

우리 어머니 집은 부자는 아니지만 큰집에서 독립할 때 논 서 마지기와 집 한 채를 가지고 나왔다. 악착같이 길쌈해서 논 두 마지기 보태어 먹고 살았다. 그런데 아버지가 친척 빚보증을 잘못 서서, 큰댁에서 가지고 온 논도 팔고, 가을에 농사진 것도 다 팔아서 이자를 물었다. 겨울에 먹을 것이 없었다. 다행히 어머니가 알뜰하게 길쌈해서 먹고 살았다. 할머니께서 새끼들 배곯게 한다고 야단을 하는 걸 나는 봤다.

아버지가 삼을 꼬다가 두 다리를 홀랑 데었다. 가을이 돌아와도 다리가 안 나았다. 일 년 반 동안 일을 못 하시고 온 식구가 다 고생했다. 어머니가 가을에 날 머리로 이어 날라서, 나도 따라다니면서 같이 이어 나르고, 큰 댁 머슴으로 나가고 생고생을 했다.

할머니는 아들 걱정에 저녁으로 자주 오셨다. 어머니하고 나 하고 볏단도 이어 날랐다. 일꾼을 얻으려 해도 일꾼이 다 자기 일에 바빠 어려웠다. 하지만 우리 집엔 공짜로 도와주는 사람도 많았다. 가을에 무도 종일 이어 날랐다. 고추도 따서 이어 나르고 콩도 이어 나르고 목화도 따서 이어 나르고 날마다 날마다 이어 나르는 일을 했다. 조금씩 이어 나르려고 해도 어머니가 하도 고생하니 욕심껏 이어 날랐다.

바느질하고 수놓는 일을 잠 안 자고 열심히 배웠다

열 두세 살 때는 무엇을 배우고 싶어졌다. 옆집에 며느리가 왔는데 나

어릴 때 배운 바느질과 수놓는 솜씨로 치매 3급인 지금도 복주머니를 만들어 고마운 이들에게 선물한다.

보다 나이가 많았다. 베개 수를 놓고 싶은데 가르쳐 주어요 했더니 새댁이 색실도 사고 척도 사서 가지고 오면 가르쳐 준다고 했다. 어머니 몰래 목화를 주고 색실도 사고 척도 샀다. 가지고 색시 집에 가서 배웠다.

열다섯 살이 되면서 길쌈하는 것, 베 짜는 것을 다 배웠다. 일 배우는데 재미가 있다. 무엇이라도 배우고 싶은 마음이다

열네 살 먹어서 어머니가 베를 짜다가 내려오시면 내가 올라가서 베틀도 배우려고 노력했다. 어머니는 아직 베 짜는 것이 이르다, 더 있다가 배워라 하신다. 어머니가 빨리 베를 많이 짜지 못한다 해도 어머니가 내려오시기만 하면 베틀에 올라가서 베 짜는 것도 배웠다. 알듯 말듯 하면서도 재미나서 자꾸 한다.

하루는 어머니께서 네 언니는 어려서 시집갈 옷을 다 해놨는데, 너는 하나도 안 해서 걱정이 된다고 하신다. 그러면서 농에서 베를 꺼내시더니 내 옷을 베는데 옷을 크게 베시더라. "어머니 이게 내 옷이예요? 나는 작은 사람 이렇게 커서 어떻게 내가 입어요." 한 삼 년 있다가 시집가면 그때는 큰 사람이 된다 하고 말씀하시더라.

한글 배우는 기쁨, 열심히 잠 안 자고 가갸거겨를 배웠다

내 친구가 우리 집 놀러 와서 자기는 한글을 배워서 책을 읽을 줄 안다

일상에서 가장 소중한 성경책과 안경 돋보기 교인에게 선물 받은 시계

고 자랑한다. 자기 아버지가 가르쳐 주었다고 한다. 나는 샘이 번쩍 나서 아버지를 졸랐다. 아버지, 복순이는 자기 아버지가 한글을 가르쳐 주었대요. 울면서 나는 일만 죽도록 시키고, 아버지 말씀이 복순이는 부잣집이라 아버지도 놀고 복순이도 놀지 않니. 너는 우리 집이 가난해서 일을 죽도록 해야 남이 밥 먹을 때 죽이라도 먹지 않니.

아버지가 본문장 써 줄게 배워라 하시고 또 일을 가신다. 나는 옆집 애기 있는 색시 집에 가서 "나 본문장 하나 써 주세요. 애기도 내가 볼게요. 청소도 내가 할게요." 말했다. 색시 말이 결심 있는 사람은 무엇이라도 할 수 있다 말하면서 글씨를 크게 써서 주더라. 내가 종이를 가지고 갔지만 이건 안 된다고 질긴 종이어야 안 찢어진다고 하면서 써 주더라. 본문을 읽은 다음에는 옆으로도 읽어보고 거꾸로도 읽어야 한글을 알게 된다고 한다.

아버지는 저녁 늦게 오시고 새벽같이 일 나가신다. 새댁 집을 자주 가서 배웠다. 한글 본문을 옆으로 읽어보고 받침하는 것도 '가'자에다가 기억하는 것 쓰고, 한 자만 받침 가르쳐 주었는데 나 혼자 받침공부를 다 했다. 나는 자신감이 생겼다. 사람이 무엇이든지 열심히 결심만 하면 되는구나. 내 친구들은 뛰어다니면서 노는데 나는 가난하기 때문에 온 식구가 열심히 일하다 보니 배우게 되었다. 부엌에서 밥 하면서도 읽었다. 불 때면서도 부엌 바닥에 글을 써 보기도 했다. 어머니가 일거리를 내놓고 가시면 그 일 다 끝내고 내 볼 일을 보았다.

딸 여의라고 중매쟁이가 와 졸라댄다

겨울도 일찍 돌아왔는데 딸 여의라고 중매쟁이가 드나들었다. 우리 어머니 말씀이 "아직 딸을 못 여의겠소. 한 3년 더 있다가. 그리고 우리가 끼니 살기도 어려운데 딸을 아직 여읠 수 없소." 중매쟁이가 우리 어머니 친정 친척이다. 그냥 가시더니 또 와서 신랑이 착하고 인물도 잘생기고 큰 황소가 매여있고 농사도 많이 하고 또 성씨도 양반 전주 이씨라고 우리 어머니한테 자꾸 선 보러 가자고 한다.

나는 우리 어머니를 못 가시게 말렸다. 아버지가 전주 이씨면 괜찮다고 말씀하시니, 우리 어머니가 딸을 뭘 가지고 여의느냐고 말씀하신다. 중매쟁이가 그 집에서 사람 하나만 보잔다, 가난해도 처녀만 보내도 괜찮다고 자꾸 권유한다.

결국, 구식 결혼을 하는데, 신랑 상투가 커서 맘에 들지 않고, 사람이 완만하게 보여서 실망했다

저녁마다 잠도 안 자고 기쁨으로 시집갈 준비를 했는데 맥이 뚝 떨어진다. 그리고 사람들이 각시는 작은데 신랑은 크다고 한다. 신랑도 가마 타고 나도 가마 타고 아버지 옆에 따라서 시집을 가서 아침마다 시부모님에게 인사를 드렸다. 잔치 도중에 아버지 가신다고 해서 울었다. 잔칫집에 오신 손님도 다 울었다고 하더라. 우리 아버지도 인사도 잘 못하고 우셨다고 하더라. 집에 가서도 속이 상해서 진지를 안 잡숫고 담배만 피우고 계셨다고 하더라.

잔치가 끝나고 내가 시집을 오면서 농짝에 옷 해 온 것을 구경했다. 친척과 동네 사람들이 옷 구경을 하자고 해서 다 보여주었다. 겹치마가 다

24

섯 벌, 여름 치마가 다섯 벌, 또 속옷이 한족, 치마저고리가 한족, 여름 적삼이 한족, 겨울 적삼이 한족, 모시로 저고리 한 벌씩 하고 시어머니 비단옷으로 한 벌, 시부님 두루마기하고 베개 열두 개를 손수 수놓아서 열두개, 내가 두 개 하고 인사로 나눠주라고 열 개를 주었다. 주머니도 열 개 배삐덕 버선 부적을 보기 좋게 주머니 달아서 드렸더니 온통 솜씨 좋다고 칭찬이다. 색시가 했느냐 엄마가 했느냐고 물어본다. 제가 했어요 했더니 솜씨 좋은 며느리 얻었다고 동네가 칭찬했다고들 한다.

가마 타고 친정 가는 길 기쁨이 넘친다

시어머님이 조청을 곤다. 떡도 하고 여러 가지를 장만하신다. 그래서 시골 큰 먹사리를 담아서 짐꾼이 지고 가고, 나는 가마 타고 참 기뻤다. 친정 가는데 시어머님은 다음 해에 농사지어서 10월에 오라 하시고, 신랑은 봄에 오라고 한다.

짐꾼이 너무 힘들어하니 시아버님이 "내가 떡 바구니 지고 간다"고 하시더니 떡 바구니를 지고 가신다. 얼마를 가다 떡 바구니 속에 조청 그릇이 엎어져서 두루마기에 흘러내려 엉망이 됐다. 가마를 세우고 아버님 두루마기 벗으세요, 제가 빨아드릴게요. 그 앞에 도랑물이 흘러가는데 조청 묻은 자리만 잡아서 빨아서 마른 수건으로 닦아서 드렸더니 입고 가시다가 햇볕에 다 마르더라. 시아버님이 집에 오셔서 며느리가 두루마기를 빨아주었다고 자랑을 하셨다고 한다.

친정 가서 어머님 아버님 동생들 친구들 보니 기쁘기는 하지만 걱정이된다. 농사지어 일 년 반 친정에 있으면서 봄 가을로 시댁에 선물해야 하고, 잘해 가지고 오라는 뜻이다. 너를 여의면서 빚진 것도 못 갚고 있는데, 해 가지고 갈 것만 아니면 열 번이라도 명년에 가면 좋겠는데. 설 쇠고 늦은 봄에 시댁으로 떡도 하고 장만을 해서 또 가마 타고 친정 아버지 따라오시고 짐꾼이 아버지 짐 지고 시댁으로 왔다.

시집살이가 험하다. 돌포리 점쟁이한테 점을 봤더니 동갑짜리로 만났으면 잘 살 텐데, 궁합이 안 맞아서 집안에 안 좋다고 한다

그런데 시어머니 시집살이가 너무 험하고 강하다. 견디기 힘들다. 시아버님 돌아가시고는 날마다 화를 내시고 돌포리 점쟁이를 데려다가 점을 하더니 삼 년이 넘도록 애기가 없으니 손이 귀하다고 궁합이 안 좋은 사람끼리 만나서 집안이 안 좋고 손도 귀하고 동갑짜리를 이제라도 만나면 참 잘 살겠소. 점쟁이 말 듣고 시어머님도 더 실망하시고 신랑도 실망한다. 신랑이 항상 나더러 어머니가 죽으라고 하면 죽는시늉이라도 하라고, 어머니는 성질이 무섭지만 그때 뿐이라고 나를 위로해 주더니 이제는 마음이 변한 것 같다.

산에 가서 종일 도토리 따 가지고 지쳐서 집에 오니, 보리죽 한 그릇을 주더라. 사람들이 어디 가서 많이 따왔다고 칭찬하는데, 시어머니는 아무 말씀도 안 하시고, 아들이 내 방에 와서 잠만 자도 안색이 안 좋다. 모든 것이 며느리가 잘못 들어와서 집안이 안 좋은 걸로만 생각한다. 그래서 신랑은 내 방에 안 들어오고 동네 사랑방에서 잠을 자고 온다.

신랑은 자기 허락도 없이 친정 갔다고 안 좋은 말을 자꾸 한다

가난은 더 늘어나고 시집살이는 갈수록 더 태산이다. 나는 결심했다. 죽으면 죽으리라. 친정아버지 하신 말씀이 철못처럼 박혀서 나는 강한 마음으로 살아나갔다. 너무 빚에 쪼들려서 시어머님 친척이 장사하러 가는데 자기도 따라가서 돈을 벌어보겠다고 같이 따라가시더라.

나 시집올 때 세 살짜리 시누이도 꽤 컸고 또 애기씨 아제가 꽤 컸다. 말썽꾸러기 시동생이 열 살 먹고 막내 애기 시동생이 다섯 살 먹어서 한참

말썽꾸러기다.

논다랭이도 다 팔아먹고 없다. 빚만 안 걸린 데 없이 걸렸다. 시어머니는 안 계시니 빚도 더 얻을 데가 없고 씨앗 종자를 다 먹어버렸다. 갈 데가 없다. 친정을 자주 가서 종자를 구해 왔다. 친정 가면 어머니가 밥이나 배불리 먹고 가라고 더운밥을 큰 막그릇에다가 가득히 담아주면 다 먹었다. 종자를 구하러 세 번이나 친정에 갔다.

시동생들도 알뜰하게 거두었다. 정신 똑바로 차리고 살림살이도 알뜰하게 했다. 못자리도 해놓고 목화도 심고 여기저기 밭에다가 깨도 심고 콩도 심고 어머니 계실 때처럼 다 했다. 서숙도 심고 풀이 길기 전에 뙤약볕에서 악착같이 밭도 깨끗하게 매 놓고 겨울에 입을 솜옷도 꾸며두었다. 시누이 옷도 색색이 물들여서 손으로 해서 농에다가 차곡차곡 넣어 놓고 시어머님 옷도 깨끗이 해서 두었다. 신랑이 어쩌다 장에 가서 술을 먹고 와도 어머니가 안 계시니 바람 잔 것 같이 집안이 조용하다. 먹을 것은 없어도 신랑하고 시집살이가 풀렸다. 바느질은 밤에 했다. 시어머님 오시면 꾸중 듣지 않고 칭찬 들으려고 열심히 했다. 꾸중 안 들으면 칭찬 듣는 것이다.

남편이 하루는 나더러 말을 한다. 집에서 농사지어야 맨날 흉년이 드니 어머니가 오시면 어머니는 집에 계시라고 하고 우리 둘이 나가서 돈을 벌자고 한다. 나는 그러자고 했다. 남들이 하는 것 무엇이라도 다 할 수 있다고 생각한 나는 이제는 꽤 성숙해졌다고 생각했다. 이게 다 친정 아버님께서 나에게 꾸중하시던 덕이라고 생각한다. 내가 죽으면 죽으리라 결심한 게 열매 맺은 게 아닌가 싶었다.

가을 일 다 끝나고 돈 벌러 가신 시어머님이 오셨다. 오셔서 농도 뒤져 보시고 겨울에 입을 솜옷을 식구들 옷을 다 해서 둔 것을 보셨다. 옆집 친구들이 놀러 오셨는데 바느질 솜씨 끝내준다, 식구들 버선을 새 버선 같이 기워서 두었다고 말씀하신다. 그러면서 다른 집 며느리들은 애기를 다 낳는데, 우리 며느리만 애를 안 낳는다고 걱정이라고 말씀하신다.

나는 애기 못 낳는다고 그런 걱정은 안 돼요. 먹을 것도 없는 집에서 주책없이 애기만 낳으면 안 돼요. 돈 벌어서 남의 빚도 다 갚고 애를 낳을 것이니 애기 못 낳는다고 걱정은 마시오. 내가 이제 옳은 말대답이라고 할 말을 다 했다.

시어머님이 오시더니 아들도 같이 나간다. 나는 가을 일도 끝나고 밤낮으로 길쌈만 했다. 그 해 목화 농사가 잘됐다. 송알 좋은 목화는 가는 베 낳고, 또 보통 목화는 보통 베로 낳았다. 목화를 손으로 따서 또 눌레에다가 잣고, 마당에 널어서 혼자 베를 매는 일을 처음 해 보았다. 베틀을 차려놓고 밤낮으로 짜면서 시동생들 아침에는 조밥을 해서 주고 점심은 맹물 죽, 저녁에는 보리죽을 끓여서 주었다.

잡곡밥만 김치에다가 먹고 살면서도 베를 짜서 차곡차곡 쟁여두기만 했다. 한 필 팔아서 쓰고 싶었지만 안 팔았다. 음력 설날이 돌아온다. 쑥도 삶아 놓고 나물도 삶아 놓고 콩나물도 길러 놓고 두부도 해놓고 어머니 계실 때처럼 설 쇨 준비를 다 해놓고 나니 신랑이랑 어머니가 오셨다. 식구들이 다 모여서 재미있게 설 쇠고 내가 베 짜놓은 것 팔아서 밑천 장만했다. 시어머님은 돈을 얼마나 벌었는지 알 수 없었다.

돈 벌어 빚 갚는 일도 기쁘다

친척 대실 댁이라고 하는 분을 따라서 장사를 나갔다. 큰 방을 얻어서 밥도 해서 먹기도 하고 사서 먹기도 하더라. 하루는 나 혼자 다녔다. 나는 그분들처럼 밑천도 없다. 혼자 다니면서 남자 신발 신는 집은 그냥 나오고, 남자 신발이 없는 집은 여보시오 잡화 장사입니다. 물건을 구경해 보시고 필요한 것 사세요 하면 들어와서 쉬어서 가라고 하는 집도 있고 안 산다고 가라고 하는 집도 있다. 사람들이 나를 보고 새색시가 다 장사를 나왔다고 말들을 한다. 나는 새색시가 아니요 나이가 많이 먹었소 하며 다섯 살을 올려서 말을 했다.

그럭저럭 몇 달 다니니 꾀가 나더라. 돈이 벌려 재미가 나고 남자는 날마다 별것을 다 사다 넣어주고 돈을 벌어서 보따리가 커지고 돈을 벌어 집에서 같이 배도 고프지 않고 잘못한다고 구박들을 일도 없고 애 없다고 걱정할 일도 없다. 애가 만일 있으면 큰일이다. 마음이 편안하고 남자도 좋아하고, 일 년을 객지 생활하다가 음력설 쇠려고 집에 갈 준비를 했다. 외상도 다 걷고 음력 스무 이튿날 고향에 들어오니 어머님도 기뻐하더라.

아들이 돈 벌어 가지고 오면 돈 준다고 빚쟁이들한테 약속했기 때문에 빚쟁이가 줄을 섰다. 돈 벌어 온 것을 다 급한 빚만 갚고 나중에 돈 받으러 오는 사람은 명년에는 꼭 갚을 테니 참으라고 약속했다. 돈 벌어서 빚 갚은 일도 참 재미있었다. 또 정월 스무 닷새날 장사 나가기로 날 받았다. 어머니 하신 말씀이 너희가 도토리 따놓고 간 것 지겹게도 먹었다. 애들이 만날 도토리 밥만 준다고 짜증을 부린다고 하신다. 나는 말씀 드렸다. 어머니 우리가 도토리 줍느라고 농사짓는 것보다 먼 산으로 가서 고생을 얼마나 했는지 몰라요. 올해도 돈 번 것 빚만 갚으면 논도 사고 잡숫는 것도 잘 잡숫지만 남의 빚 갚은 다음에 생각하세요. 빚 다 갚고 우리도 논도 사서 보란 듯이 살 생각이에요. (내가 항상 쥐구멍도 찾지 못하고 살았는데 큰소리 할 수 있는 용기도 생겼다. 자랑스러운 우리 아버지 감사해요.)

빚 정리를 다 하니 기쁘다

설 쇠러 와서 빚정리를 깨끗하게 하고 돈이 남아 논 서마지기 빌려 짓던 것을 우리가 사버렸다. 그리고 또 설 쇠고 돈 벌러 나갔다. 갑자기 입덧이 나더니 배가 불러진다. 애기가 죽고 유산이 되고, 하여간 애기를 지겹게 낳았다. 그렇지만 남의 빚 갚는 재미 돈 버는 재미로 산다. 빚만 갚을 뿐 아니라 가정 살림살이도 필요한 대로 돈을 대줌으로 군색하지 않고 부자 부럽잖게 살았다.

아들 낳아 잘 키운 기쁨

어떤 의사한테 나는 이러이러해서 애기를 자주 유산을 한다고 했더니, 영양 부족이란다. 이제는 장사 안 나가고 집에서 농사짓는다고 했는데, 시동생을 결혼시켜서 또 한 해 더 벌자고 비단장사를 나갔다.

나는 고기라고는 닭고기만 먹는 사람이다. 임신했을 때 마당 닭 한 마리 뜯어먹고 싶어도 그걸 못 먹었다. 또 임신 중이다. 그런데 이상하게 개고기가 먹고 싶어서 사서 먹어도 괜찮아서 자꾸 먹었다. 또 열 달이 되어서 집에 와서 아들을 낳았다. 이번에는 애기가 건강하게 자란다. 우리 아

일본 하꼬네 공원에서 아들 이해학 목사와 함께 야스쿠니 행사 참여 후

30

들 이해학이다. 하나라도 건강하게 자라는 걸 보고 장사 안 하고 살림하면서 농사를 지었다.

가정이 화목한 기쁨, 애들이 죽고 섭섭한 마음 못 견뎠는데 이제는 원이 없다

이만큼 일구었으니 어깨를 펴고 살 수 있다. 가족도 화목했다. 우리 시어머님께서 아랫지방 해남 가서 해학이가 태어났다고 맨날 업고 다니셨다. 그리고 개라고 하면 허물없이 큰다고 해불개라고 부른다. 동네 사람들도 해불개야 하고 부른다.

나 시집을 때 세 살짜리 시누이가 18세가 되어서 결혼도 시켰다. 그리고 또 2년 만에 시동생도 양씨 집에서 좋은 색싯감이 있어서 결혼시켰다. 돈을 벌어서 잔치도 어려움 없이 잘 치렀다. 화탄 앞에 수리조합이 생겨서 이제는 비가 안 와도 걱정이 없다. 맨날 흉년이 들어서 살림 망한 사람이 많다.

해학이가 건강하게 자라는데 머리가 뜨겁더니 홍역을 했다. 엄마 머리 아파, 아무것도 먹지 않고 피똥만 싸서 죽는 줄 알고 겁이 나더라. 온몸이 건강하게 돌아오더니 그렇게 홍역을 무사히 치렀다.

수리조합이 있어서 농사가 잘됐다. 하지만 물세 물어내느라고 별로였다. 그런데 남편이 아들이든지 딸이든지 하나 더 낳자고 한다. 또 임신해서 일 년 농사짓고 낳았는데 애기가 무럭무럭 큰다. 그런데 애기가 아파 무당 들여다가 별짓을 다 해도 죽어버렸다.

한글 배우는 재미,
성경 읽는 재미

일본 사람에, 6 · 25에 시달리며 살아왔다

우리 친정 전라북도 순천군 풍산면은 목화가 잘 되는데, 목화 팔아서 돈도 쓰고 길쌈도 하고 옷도 해서 입고 팔아서 돈도 하는데, 일본 사람들이 다 가져가고 쌀도 다 가져가 버렸다. 그래서 쌀을 땅을 파고 감추는 것도 봤고 목화를 감추는 것도 봤다. 그런데 한국에서 일본을 이겼다고 동네 사람들이 모여 장구치고 평화로다 평화로다 노는 것을 나는 봤다. 그때는 내가 어려서 아무것도 모르고 봤던 것이 생각난다.

그런데 또 6 · 25가 나서 고통을 당한다. 빨리 평화가 이루어져야 살지 고통이 너무 심해서 이대로 가면 살 수 없었다. 남자들은 국방군과 인민군을 피해서 숨어 있고 애통이 터져서 살 수 없었다. 남자들은 잡혀가면 행방불명 된다고 하니 살 수 있나, 늘 남자들을 찾고 다닌다.

이장룡이 운명하는 날, 음력 정월 18일 이장룡이 운명하다

우리 남편은 죽으려고 자기반성을 하는구나. 자기가 내게 못 할 일을 많이 해서 우리 집에서 고생도 퍽 했다고 한다.

"우리 해학이는 큰 인물 될 거여, 머슴 들여라, 해학이는 공부를 잘 가르쳐야 해, 요 첫 수물(섬진강물이 불어날 때쯤) 이만 할 때는 위험하니

32

꼭 내다봐야 해."

또 자기 어머니를 부르더니 내가 해학 엄마에게 못할 일을 많이 했소. 시집은 안 갈 것이오. 내가 죽은 후에라도 참고 살면서 막냇동생도 도와줄 거요 하고 말한다. 그러다가 사흘 만에 운명했다. 어느 곳 주막에 술값을 갚아 주고 아무 곳 돈 받을 것이 있으니 받으라고 했다. 평소 때 남의 술 한 잔 먹으면 두 잔으로 갚은 사람이다. 그리고 어디를 가든지 인심이 좋고 불쌍한 사람 보면 두부를 사 가다가도 내가 돈 가진 것 없으니 두부라도 받으라 하면 고맙다고 좋아하더라. 아버지가 죽었는데도 해학이는 사람이 많아서 좋아 뛰어다니더라.

남편 없어도 악착같이 살겠다고 결심한다

해학이가 아버지 있을 때 학교를 일 학년 다니다가 말았다. 물이 많을 때는 아버지가 업어서 물을 건너주었다. 봄이 돌아와 국민학생들 입학 때가 돌아왔다. 나도 해학이를 학교에 보내려고 했다. 시동생 말이 해학이가 학교에 가면 이 살림 누가 다 하라고 일도 않고 공부하느냐고, 마른자리만 있으면 이 살림 누가 다 하느냐고 말한다. 나는 이런저런 속이 안 좋아서 말했다. 내가 따로 살지 않고 합쳐서 살면서 그런 소리를 하느냐고. 시어머니도 안 좋아하신다.

나는 또다시 생각한다. 내가 왜 못 살아. 나는 결심한다. 논도 20마지기 되고 아들 있고 내가 벌어서라도 아들 공부 가르쳐서 훌륭한 사람 되게 할 거야 하고. 시어머님하고 의논을 했다. 식구가 많아졌으니 나는 돈 벌어서 해학이 공부 가르치고 또 가정에 생활비도 벌어 쓴다고 했더니 시어머님께서 그렇게 하라신다. 명베 아직 안 짠 것으로 밑천 조금 준비해서 윗집 대실 댁 따라 장사를 갔다. 처음엔 밑천이 적어서 조금씩 벌었다. 일주일에 한 번씩 집에 왔다.

남편하고 같이 다니던 데 가면 반가워하면서 왜 이 선생은 안 오셨소 하면 집에서 농사짓고 나는 가용돈 이라도 벌어볼까 하고 나왔소 말했다. 남편이 인심을 얻어 놓아서 가는 곳곳마다 반가워한다. 죽어도 남편 덕이 많구나 생각했다. 집에 가끔 들어갈 때마다 해학이 학교 무슨 돈, 간장 담는다고 소금값, 농사짓는 농약, 무슨 돈이 그렇게도 많이 들어가는지 그걸 다 대주었다.

아들을 위해서 절에 공들인 기쁨

이제는 절에 다니면서 공을 들인다. 절에 갈 때마다 돈을 부처 앞에 놓고 절을 열심히 했다. 쌀도 가지고 가고 비단도 가지고 가서 부처 앞에 놓고 큰절을 한다. 차금녀 할머니가 왜 절에 다니느냐고 하면 우리 아들 명 줄 길게 공을 들입니다 했다. 절을 많이 해야 좋다고 해서 백 자리를 손꼽아 세면서 절을 했다. 허리가 아파서 백 자리를 세다가 잊어버렸고 허리가 아파서 더 못한다.

남원 초파일 날 아들 이름으로 등을 사서 불도 켰다. 그리고 우리 시어머님도 모시고 가서 절도 하고 하루를 절에서 놀았다. 차금녀 할머니는 장사 갔다 오기만 하면 예수 이야기만 하신다. 나는 그 말씀이 내 귀에 들리지 않았다.

차금녀 할머니 전도를 받고 교회 다니기 시작하다

하루는 어느 집에 가서 밥을 먹자고 하면서 예수 믿으라고 한다. 나도 모르게 "믿습니다." 하고 그분이 식사 기도 하는 걸 보고 따라 기도했다. 차금녀 할머니한테 나도 교회를 나가야겠소. 어떻게 예수를 믿는지 나를 데리고 가라고 말씀드렸다.

웬일인지 믿습니다 하고 대답해놓고 양심의 가책이 되어 못 견뎌서 교

34

회에 나가기로 작정했다. 차금녀 할머니 따라서 교회를 갔으나 설교 말씀은 무슨 소린지 알 수가 없다. 절에 가서 앞에서 허리가 아프도록 절하는 것이 부담되어 고민이 생겼다. 그런데 차금녀 할머니는 나하고 만나기만 하면 성경 말씀을 가르쳐 주셨다.

한글 배우기 시작 – 예수 믿기 시작했다

이제부터 한글을 배우기 시작했다. 나는 교회 가서 글을 모르니 답답한 마음을 견딜 수 없었다. 차금녀 할머니가 성경도 주고 찬송가도 주시고 한다마는 읽을 수가 없으니 답답했다. 교회 가서 찬송가 찾아주면 책장을 접어가지고 와서 연필로 그걸 보고 맨날 글씨를 쓰기 시작했다. 장사 다니면서 읽어보고 집에서도 읽어보고 틈만 있으면 찬송가를 써보고 읽어보고 했다.

성경 읽는 재미, 교회 열심히 나가는 재미, 남원중앙교회를 다녔다

나는 성경을 열심히 읽었다. 나는 결심했다. 무엇이든지 결심해서 실패해 본 적이 없다. 어려서 바느질도 결심하고 배웠다. 걸어서 베 짜는 일도 결심해서 배웠다. 시집살이 남들이 고생하지 말고 애기 낳기 전이니 다른 곳에 가라고 해도, 죽으면 죽으리라 결심하고 살다 보니 잘한다고 칭찬도 받게 되더라. 돈 버는 일도 결심하고 죽으면 죽으리라 열심히 장사했더니, 산더미보다 더 무서운 남의 빚을 다 갚고도, 논을 20마지기 사서 부자는 아니지만 밥을 먹고 살았다.

나는 성경공부도 결심하고 배울 거야. 구약 신약 다 읽을 거야. 읽고 또 읽을 거야. 나는 보기는 이렇게 못난 사람이지만 어려서부터 결심으로 살아왔다. 차금녀 할머니 따라서 교회도 열심히 다녔고 새벽기도도 열심히 다녔다.

방 얻어서 아들하고 같이 사는 재미

해학이가 초등학교를 다 마치고 중학교를 남원으로 다녔다. 방을 하나 더 얻어서 살려고 아는 집 방이 하나 비어 있어 도배도 하고 이사를 했다. 여태까지 아는 집 다니면서 살았지만 차금녀 어머니께서 잘해 주셨다. 믿음의 어머니가 친딸같이 대해 주셨다. 이제는 아들이 오게 되어 따로 밥도 해 먹어야지 하고 우리 집에 가서 시어머니 방을 하나 더 얻었어요. 어머니 같이 가셔서 살자고 말씀드렸더니 깜짝 놀라시면서 내가 없으면 집안이 아무것도 아니다. 내가 꼭 지키고 있어야지 그렇지 않으면 큰일 난다고 하신다.

대충 밥해서 먹을 그릇을 가지고 왔다. 아들하고 같이 살게 되어서 감사합니다. 해학이 공부도 잘하고 교회도 잘 다니게 하소서. 예수 이름으로 기도합니다. 가정에서 처음으로 기도드렸다. 해학이도 교회 열심히 나갔다. 나는 장사 열심히 하면서 성경을 띄엄띄엄 뜻도 모르고 열심히 읽었다. 해학이가 남원중학교 들어간 지 일 년 됐다. 겨울방학이다. 집에 가서 설 쇠고 온다고 갔다. 나는 장사하려고 곧 나왔다.

예수 믿는다고 핍박이 심하다

그때 한 밤중이었다. 잠도 오지 않아서 기도하고 앉아 있는데 대문 소리가 나서 문구멍으로 내다보니 시동생이 또 도끼를 가지고 온다. 나는 소름이 끼쳐서 자는 식구들을 깨웠다. 시누이도 깨우고 시어머님도 깨웠다. 식구들이 나를 밖에 나가 숨으라고 뒷문을 열어주어서 집 뒤 볏단 속에 숨기도 했다. 하나님 우리 시동생이 몰라서 그러니 그 마음을 안정시켜 주시옵소서. 울면서 기도만 했다. 친척들이 와서 아무래도 큰일이 날 것 같다고 도끼는 빼앗아 친척 집에 두고, 우리 시동생을 붙들어다가 동네 사랑에다가 재우고 식구들은 문을 잠그고 잤다.

나는 그때 한창 열심히 믿을 때였다. 하나님 말씀에 나로 인하여 핍박을 받는 자가 복이 있다는 그 말씀을 기억하면서, 시동생을 위해서 기도만 했지 미운 생각이 없었다. 동네 사람들에게 미안하기만 했다.

교회 건축하느라고 비싼 이자 돈 얻어다가 댔다. 하나님 세밀한 음성에 용기를 얻다

건축 시작할 날짜는 가까이 닥쳤다. 교회 개척을 시작할 유 집사 남편이 교회 일이니 돈을 다른 데서 얻어다가 라도 내놓아야 건축을 시작한다고 말씀하신다. 무엇이라도 바치고 싶은 심정이었다. 그 교회 나오신 최 집사가 돈놀이한다고 해서 찾아가 빚을 얻어야겠다고 말했더니 이자가 15부라고 하면서 돈을 준다. 나는 15부란 돈을 안 써봐서 처음이라 아무것도 모르고 그대로 돈을 얻어다가 교회에다 바쳤다.

그래서 교회 건축을 시작했지만 이잣돈 주는 일이 바빴다. 이자를 제때 안 주면 이자에 이자가 붙는다. 야단났다. 고물을 팔다 팔다 못 팔아서 교인들도 하나씩 주고 친척 집에도 하나씩 주고 빚만 몽땅 지고 있다. 이잣돈만 주다 보니 장사 밑천이 줄어들어 버렸다.

비싼 이자라서 번쩍번쩍 빚이 늘어난다. 집에서는 돈 안 가져온다고 난리다. 저녁마다 철야기도 하면서 하나님 나는 빚을 너무 많이 져서 큰일 났소. 없는 것을 있게 하시는 하나님 빚을 갚게 하소서. 하고 기도해도 안 된다. 장사 밑천이 없어질 정도다. 하루 저녁은 금식하면서 울면서 기도하다가 지쳐서 엎드려 있는 중에 하나님 음성을 들었다. "믿기만 해라." 세밀한 음성을 들었다.

하나님께 아들을 맡기는 기쁨

아들을 하나님께 맡기면서 하나님의 종이 되게 해 달라고 기도합니다.

하나님 저는 아들 독자 있는데 하나님께 바칩니다. 받아 주세요. 하나님
께서 큰 그릇으로 써 주세요. 훌륭한 종 되게 하옵소서. 언제는 명줄 길
게 해 달라고 기도했는데 이제는 훌륭한 종 되게 해 달라고 기도합니다.
아멘.

장사를 변경했다. 시장으로 다니며 하는 포목 장사로 바꾸다

보따리이고 다니는 장사는 그만하고 장날만 다니면서 포목을 펴놓고
앉았으면 손님들이 찾아와서 사 갔다. 맨날 머리에 이고 가서 사세요 사
세요 하니, 이제는 나도 장사를 편안하게 하고 싶다. 하나님께 기도합니
다. 하나님 이제는 저도 시장에서 앉아서 장사하고 싶어요. 이루어 주옵
소서. 열심히 기도합니다.

아는 사람에게 물었다. 나도 이제는 장날만 다니면서 팔고 싶다고 했
더니, 지금 장터에 가게가 하나 비어 있으니 그 자리에서 팔고 가게세는
해 질 녘에 돈을 주어도 된다고 하더라. 장을 보려면 물건이 구색을 갖추
어야 한다. 교회 나오는 장부정씨가 나하고 친하다. 거기 가서 돈 얘기를
했더니 싼 이자로 돈을 얻어주어서 포목의 구색을 갖췄다.

남원장 다음은 오수장이다. 나도 남 다니는 대로 따라서 다녔다. 오수
장 보고는 순창장, 그다음은 담양장, 그 담은 곡성장이다. 곡성장 보고 남
원장 날은 우리 어머니 나오셔서 곁에 앉아 계신다. 시장 가서 맛있는 것
사다 드리면서 집에 들어가시라고 하면, 며느리 저녁에 온다고 밥도 따
뜻하게 해 놓으시고 기다리시더라. 오일장을 쭉 돌고 돌아 남원 와서 주
일이 되면 주일도 재미있게 지키고 했다.

장사 보따리 잃어버리는 사고가 일어났다

하루는 순창 장날에 우리 친정 동생이 와서 오늘은 짐을 모아놓으면

내가 와서 져다가 줄게 했다. 그 날은 비가 와서 짐을 일찍 쌌다. 짐을 일찍 매어놓고 옆에 떡 장사가 있었는데, 우리 동생 오면 이 짐을 저 창고에 넣어주라고 부탁하고, 나는 송방에 외상값을 갚으러 나섰다. 동생이 짐을 지고 창고로 갔더니 임자 없는 짐은 안 받는다고 해서, 그 자리에다가 놓고 날 찾으러 왔는데 짐을 누가 가지고 가 버렸다. 동생이 나를 만나서는 누나 보따리가 없어졌어. 창고가 만원이라고 임자 없는 짐은 안 받는다고 해서 그 자리에 놓았는데 없어졌다고 한다. 날은 저물어가고 다 찾아봐도 없다. 사람들이 자고 내일 아침 짐 실을 때 와서 보라고 해서, 친정에 가서 자고 아침 일찍 우리 친정어머니 오셔서 지켜보고 있다가, 우리 딸은 어떻게 할까 하면서 뛰면서 우신다. 나는 너무도 어이가 없어서 멍하니 있었다.

아주 잃어버렸다. 생각하지 않는다. 나는 어머님 우시지 마세요. 하나님께서 자기 딸 필요한 대로 주실 거요. 보따리 찾아 주실 거요. 어머니를 안심시키고 나는 경찰서로 달려갔다. 그전에도 경찰서에 찾아갔더니 경찰이 찾아 주더라. 경찰서 찾아가 신고하고 소장을 만나서 내 보따리를 찾아주시면 1/3을 드리다 하고 말했더니, 알았다고 하면서 자기들이 꼭 찾겠다고 하더라. 이날은 담양 장날이다. 나 아는 사람이 담양 장날에 누가 혹 내 물건을 파나 담양장에 가서 찾아보자고 해서, 여기저기 기웃거려 봐도 내 물건은 보이지 않는다.

죽으려고 저수지로 달려갈 때 하나님 음성을 듣고 회개하다

몰래 빠져 죽을 거야. 그래야 동생들이 시체 찾아서 묻으려고 애도 안 쓰지 하고, 논두렁에서 논두렁을 허둥지둥 정신없이 달리는 중에 난데없이 음성이 들린다. 살인죄다. 그렇게 죽으면 살인죄다. 네 죄를 회개하라. 나는 그 음성을 듣고 그 자리 논두렁에 펄썩 주저 앉아서, 하나님 내가 무슨 죄가 있습니까. 십일조 쓴 죄가 있다고 내 머리에 떠오르고, 주일 범한 죄, 전도 안 한 죄, 너무 욕심부린 죄, 내 머리 죄가 낱낱이 생각나는 대로 회개했다.

나는 십일조를 열심히 했다. 보따리 장사할 때에는 주일마다 바쳤다. 십일조 떼면서 장사할 때는 맘이 기뻐서 살았다. 기도하는 중에 야고보서 말씀이 생각났다. 시험을 참는 자는 복이 있도다. 이것에 옳다. 이 정하심을 받은 후에 주께서 자기를 사랑하는 자들에게 약속하신 생의 면류관을 얻을 것입니다. 사람이 시험을 받을 때에 내가 하나님께 시험을 받는다 하지 말지니, 하나님은 악에 시험을 받게도 아니하시고, 친히 시험을 받는 것은 자기 욕심에 끌려 미혹됨이니, 욕심이 잉태한 즉 죄를 낳고 죄가 장성한 즉 사망을 낳느니라.

하나님, 남의 빚을 다 어떻게 하지요. 하나님, 내 죄를 용서하시오. 내가 너무 욕심을 부렸습니다. 용서하십시오. 빚쟁이가 너무 많아서 십일조 떼어놓은 것도 썼습니다. 그리고 십일조 모을 정신조차 잊어버렸습니다. 하나님 것을 도둑질했습니다. 죄 진 줄도 모르고 지냈습니다.

하나님 음성 듣고 회개하니 기쁘다

나는 논두렁에서 하나님을 체험했다. 비록 논두렁일지라도 보리밭이었다. 보리는 누릿누릿 익어서 훙청훙청 참 보기도 아름답고, 논두렁에는 풀이 높이 자라, 울어도 아무도 안 보였다. 아름다운 자연의 품속에서 생활이 시작된 것 같은 생각이 들었다. 보기 좋은 보리 모가지를 훑어 잡아보기도 했다. 향긋한 냄새를 가득 풍기고 있었다. 파릇파릇한 잔디도 아름다웠다.

내가 열두 시쯤 저수지 물을 향해서 달렸는데, 논두렁에서 네 시간을 울면서 죄를 회개하며 뒹굴었다. 내 신짝이 여기 한 짝 저기 한 짝 놓여 있다. 버스를 기다리는 중 나 하고 같이 장사하던 아줌마들도 장사 끝나고 집에 가려고 나왔다. 나더러 묻는다. 보따리 어디 있는지 알았소 하고 묻는다. 나는 기분 좋은 낯으로 말했다. 아니요 하나님이 나를 살려주었소. 아는 아줌마들이 이제 나더러 큰일이 났소, 정신 차리시오. 자기들끼리 정신이 돌았다고 쑥덕쑥덕한다.

아들 생각하면서 빚진 것 갚게 해 달라고 호소하다

하루는 남원교회를 세웠던 유 권사님 댁에서 편지가 왔다. 그분은 교회를 세워놓고 문정길 목사한테 맡기고 직장 따라서 서울로 이사를 하셨다. 내가 보따리를 잃어버리고 장사를 못 한단 말을 듣고 오라고 편지가 왔다. 그래서 우리 동생네한테 해학을 부탁하고 나는 서울로 떠났다.

유 권사도 나를 만나서 반가워하더라. 서울이란 데는 처음 와서 어리둥절하기만 하다. 유 권사님 작은아들 집에 가정부로 있으라고 한다. 그 가정도 아들 며느리가 주일은 교회 나가시고 식구는 어린 딸 하나로 세 식구다. 식모 아이가 하나 있다. 애기는 그 식모 아이가 보고 나는 빨래나 했다. 그때는 수돗물이 제대로 안 나오고 한밤중에 한두 시간 나온다.

나는 밤중에 수돗물을 받으면서 하나님께 호소합니다. 남원으로 가서 장사하는 길을 열어주세요. 빚쟁이들이 나를 얼마나 욕하겠소. 하나님 영광 가리지 않게 해 주세요. 저는 아무 데도 기대할 데가 없습니다. 나를 살려주셨으니 또 돈 벌 길도 열어주옵소서. 저녁마다 계속계속 하루 쓸 물을 물통에다 가득가득 차게 받으면서 기도하는 귀한 시간이었다.

그 집에서 식모도 월급을 주고 나도 조금씩 준다. 나는 그 돈도 아들한테로 부쳐 주면 얼마나 좋을까 했지만 장부정 씨한테 곗돈 타서 쓴 것 갚으라고 부쳐 주었다. 주일은 버스 타고 교회에 가는데 나는 걸어서 다녔다. 저녁으로 기도생활을 끊임없이 합니다. 돈 받을 사람들이 나를 가지고 얼마나 조롱을 할까. 예수쟁이 돈 떼어먹고 도망쳤다고 앉을 때마다 욕할 거야. 나 욕 얻어먹는 건 괜찮은데 하나님 영광 가리니 답답한 맘으로 하나님께 호소합니다.

나는 아들 걱정, 빚 갚을 걱정 아니면 편안하겠다. 서울 올 때는 기대를 잔뜩 하고 올라왔다. 그 식모 아이가 언제 갈지 모르니 유 권사님 딸 같이 친절한 사람이라 나를 안 보내려고 한다. 차라리 모르는 집이나 되면 도망이라도 하고 싶다. 남원에서는 교인들 집에 심방도 하고 새벽 기도도 하는데, 여기에서는 독 안에 있는 쥐 같아 울화통이 터진다.

기도할 때마다 하나님 내가 몰래 빠져 죽으러 갈 때 나타난 하나님 나에게 나타나소서. 돈 버는 길을 열어주소서. 내가 지금 독 안의 쥐 같이 갇혀서 삽니다. 빚쟁이들이 예수쟁이 빚 떼어먹고 도망갔다고 욕하는 소리가 내 귀에 들립니다 하고 기도했다.

식모살이에서 풀려난 기쁨

하루는 뜻밖에 내가 아는 장부정이가 날 오라고 기별이 왔다. 내가 빚 줄 것이 있는데 나를 오라고 하니 가슴이 끔찍하다. 내가 먼저 찾아가서 위로라도 해야 하는데 빚지은 죄인이다. 괘씸해서 나를 오라고 하는구나 하고 갔더니, 나 만나서 나더러 집사님은 장사를 다시 하십시오.

돈이 없어서 장사를 못 하고 있소 말했더니, 내가 돈을 줄 테니 장사를 해서 벌어서 먼저 것도 갚으세요. 집사님은 보통 사람 같지 않아서 잘 될 거요 한다. 나는 너무도 감사해서 감사합니다. 빚진 죄인을 장사하라고 또 돈을 주시니 감사합니다.

장사해서 빚 갚으며 감사 생활하다

　이제는 남의 빚을 갚아 나간다. 빚쟁이 집을 찾아가서, 내가 이제는 돈을 버니까 조금씩이라도 받으라 말했더니, 이렇게 찾아와서 조금씩이라도 돈을 갚아나가니 감사합니다. 돈 받을 사람들이 칭찬한다. 열심히 찾아다녔다. 이자 길어진 돈을 먼저 갚고 물건값은 나중에 갚고 남의 돈 갚아나가는 일도 참 기뻤다.

　하나님은 있는 것을 없게도 해 주시고 없는 것을 있게도 해 주신다. 찬송과 기도를 받으시기 합당하신 하나님 은혜 감사합니다. 제가 장돌뱅이로 돌아다닌 것이 아버지 뜻이 아니어서 보따리를 잃어버리게 하셨고 옛날처럼 마을로 다니면서 그 많은 빚도 갚게 하심에 감사합니다. 그동안 해학이는 신문 배달도 하면서 학교는 꼭 다녔다.

아들이 고등학교 마치고 대학교 못 들어간 섭섭한 마음

　해학이가 하루는 먹지 못해서 길에 쓰러져있는데 조선대학교 다니는 학생이 데려다가 자기 집에서 같이 살면서 학교 다녔다. 이 학생 이름은 정만조다. 자기 아버지가 어려서부터 머슴살이만 하고 살아왔는데, 아버지는 못 배워서 한이 맺혀 정만조 아들은 조선대학교까지 가르쳤다. 머슴살이해서 시골 갑부로 산다.

　나도 이제는 정신을 차려 아들 공부할 방도 얻어주고 우리 시어머님이 같이 계시면서 밥도 해주고 나는 반찬도 가끔 만들어서 광주로 부쳐주곤 했다. 어렵게 고등학교를 마쳤는데 대학교는 못 들어가고 공고 도서관에서 일했다. 돈을 버는 대로 남의 빚을 갚아 나가니 가난한 생활이 끊이지 않았다. 아들이 학교 도서관 다녀서 월급을 좀 타다가 내 주머니 넣어주면서 어머니는 만져라도 보고 달라고 하면서 돈 봉투를 내 손에 쥐여주더라. 나는 그 돈을 받아서 만져보고 십일조 떼어서 하나님께 바치고 돈 봉투 그대로 아들에게 주었다. 돈을 만져라도 보고 달라는 그 말에 나는 마음이 흐뭇했다.

일 년을 지내면서도 남의 빚 갚느라고 항상 먹을 것 제대로 못 먹고, 입는 것 먹는 것 최고로 가난했다. 그렇지만 나는 남의 빚 갚아나가는 걸로 만족을 느끼면서 항상 감사하며 살았다. 장사 보따리 잃어버리게 하신 것도 하나님이시오, 남의 빚을 많이 져서 갚게 하는 분도 하나님이시오. 나를 물 속에서도 구해주셨고 불 속에서도 구해주셨습니다. 나를 이 모양으로 저 모양으로 단련시켜서 금같이 단련시킨 줄로 믿고 저는 감사합니다.

아들이 하나님의 종으로 목사 되기를 기도하는데, 돈 벌러 친구 따라 갈까 걱정이다

하루는 아들이 말한다. 자기 친구와 영광 법실로 돈 벌러 가자고 약속이 되었다고 한다. 같이 가려고 원서를 써냈다고 한다. 그 직장은 비료공장(나주 비료공장)인데 월급도 상당히 준다고 한다. 나는 또 갈등이 생겨서 하나님께 기도합니다. 아들 하나 있는 것, 하나님께 바친다고 훌륭한 목사가 되게 해 달라고 기도했는데, 웬일입니까. 하도 살기가 어려워서 아들이 직장 생각을 했지만 내 기도가 헛되지 않게 하소서. 내가 죽으러 갈 때도 살려주신 주님 또 길을 열어주소서. 믿고 기도합니다. 주야로 기도합니다. 아들은 직장 합격 기별 오기만 기다린다. 날짜가 오래되어도 직장은 기별이 없다.

남원에서 서울로 이사하는 일에 분주했다

하루는 우리 아들이랑 같이 남원중앙교회를 다니는 이호윤씨가 우리 집을 찾아와서 하는 말씀이 해학이는 순복음 신학교를 다니고, 한 집사

44

님은 우리 밥도 해 주고, 장사 할 수 있으면 장사도 하고 하라고 서울로 가자고 한다. 그래서 나는 아들 신학교 보낸다는 말씀에 어찌나 반가운지 얼른 대답했다.

저잣거리에서 큰 가방을 사 가지고 왔다. 아들 옷도 다 넣고 책도 다 넣고, 아들 성경 찬송가 내 성경 넣고 내 옷도 좋은 것으로 다 넣고 아들 필요한 것 다 넣고, 우리 살림 중에서 가장 값진 것만 넣었다.

아들이 먼저 서울 가고 나는 나중에 가면서 이호윤이 하고 약속을 했다. 내가 빚이 얼마 남았으니 이걸 꼭 갚아야 한다고 말했더니, 자기가 어떻게 하든지 그 빚을 다 갚아준다고 말했다. 그래서 이삿짐을 간단한 걸로 부치고 아들은 먼저 가고 나는 나중에 갔다.

돈 들어가는 걱정 속에
며느리 얻고 손녀를 얻다

방이 없어서 걱정하던 중, 방이 생겨서 이사 가는 기쁨

우리도 방을 얻어서 나가야 하는데 돈이 없어서 방을 못 얻고 기도만 합니다. 하나님 구하면 주신다고 했지요. 두드리면 열어준다고 했지요. 당장 방이 필요합니다. 우리 두 식구 들어앉을 방을 하나 주세요. 주야로 기도합니다.

하루는 해학이와 내가 친척을 찾아가서, 사는 길이 있을까 물었다. 친척 이름은 장성 형님이다. 남편은 죽고 아들하고 산다고 찾아가는 도중에, 우리 아들 교회에서 가르치는 주일 학교 3학년 여학생을 만났는데, 선생님 우리 어머께서 선생님 만나자고 해요. 어머니 모시고 올게요. 하고 가더니 어머니를 데리고 온다.

그의 어머니가, 선생님을 만나려고 했어요. 이 선생님이 교회 학생들을 잘 가르친다고 우리 딸한테 들었어요. 선생님 우리 집에 방이 여러 개 있으니 우리 집에 와서 살면서 애들 공부를 가르쳐 주시오 한다. 나는 방 하나 준다고 하는 소리에 어찌나 반가웠는지 모른다. 그런데 해학이는 느긋느긋하게 대답을 얼른 안 한다. 결국, 그 집으로 이사를 했다. 집에 애들이 넷 인데 아침에도 공부를 가르치고 학교 다녀와서도 공부를 가르친다. 저녁에는 계속 못 하게 되었다.

날씨가 더워져서 금방 비지가 쉬어버린다. 나는 또 무슨 장사를 할까 걱정이 된다. 교회를 통해 김의경 집사를 만나니, 나더러 한 집사님 나 하고 떡 장사를 해 볼까요. 쌀은 내가 댈게요. 집사님은 팔고 나는 떡 만들고 해 보십시다. 그이가 쌀집에서 외상으로 찹쌀 한 말 멥쌀 한 말, 그때는 쌀에 돌이 많아서 담가 두었다가 아침에 방앗간으로 이고 가서 만들고, 고무대야에 이고 와 가정 마당에 들였다. 사람들이 떡을 보고 하도 싸고 탐스럽게 보인다고 안 산 집 없이 다 사더라. 십 원에 세 개씩 팔아도 돈이 남더라.

떡 장사해서 돈 남은 기쁨

떡 장사를 계속했다. 나는 이고 다니면서 팔고 김의경이 집에서 만들고 떡 장사 소문이 났다. 나도 김의경 집사도 양심적이다. 무조건 팔아서 돈을 맡겨도 마음이 하나고 뜻이 하나다. 하루는 김의경 집사님이 한 집사님 남은 돈을 둘이 똑같이 나누어 가지자고 하면서 남은 돈을 꽤 많이 나누어 주더라.

우리 아들 학비도 내고 십일조 떼어서 하나님께 바치고, 떡을 도매 가격으로 세 개 십 원씩 받고 팔았다. 처음에는 한 말씩 했는데 서 말 하다가 나중에 너 말까지 김의경 집사가 집에서 만들고 하루 네 번씩 이어다가 팔았다. 비지 장사를 할 때는 기운이 없어서 힘없이 다녔는데, 떡 장사를 하면서부터 다리에 힘이 생겼다. 내 뱃가죽은 대창같이 얇았는데, 떡 장사를 하면서 아주 두꺼워졌다. 그리고 힘이 있어서 기쁨으로 신이 나게 했다.

아들 신학교 가까운 불광동으로 옮기다

전세 만 원짜리를 간신히 마련했는데 전세를 만 원 더 올려달라고 한다. 그리고 아들 학교가 불광동이다. 거기에다가 방을 얻었다. 응암동 교회를 다니면서 주일학교도 가르치고 열심히 교회를 받들면서 애들 과외 공부를 가르쳤다. 애들이 아주 개구쟁이이다. 우리 집에서 밥도 같이 먹고 잠도 같이 자고 하면서 공부를 가르쳤다. 엄마들이 돈 한 닢도 안 주더라.

그중에서 두 학생은 학교에서 맨날 제적당하고 부모들도 아주 내놓아 버린 아이들이다. 그런데 한 아이는 공부만 못하지 아주 똑똑한 학생이다. 그 학생은 초등학교도 제대로 안 다녔는데, 공부를 열심히 배워서 직장도 좋은 직장 들어갔다고 엄마가 우리 집에 찾아와서, 이 선생이 우리 아들 사람 되게 가르쳐 주셔서 어찌나 감사한지 인사라도 하려고 찾아왔다고 하더라. 우리 아들이 그 학생을 만나서 식사도 하는데 마음이 흐뭇하고 기뻤다고 하더라.

아들이 한국신학대학에 가려고 학원에 다니고 있다

해학이 순복음 신학교 졸업이 한 달 남았다. 나는 고생을 하지만 미래의 희망을 안고 기쁨으로 살아간다. 순복음 신학교를 졸업하면 어느 교회라도 취직해 전도사라도 하면서 우리 두 식구는 먹고살겠지 하고 꿈을 꾸고 있었다. 그런데 우리 아들하고 나 하고는 딴판이다. 졸업장도 받지 않고 한국신학을 들어가려고 학원에 다니고 있다. 나는 맨날 밑천이 적어서 쪼들리고 있는데 큰일 났다.

기대는 다 무너지고 돈 들어갈 일이 걱정이다

그런데 나 다니는 교회 장 목사님께서 한국신학대학을 나오면 목사되기가 힘들고 정치 일을 해서 목사 대우를 못 받는다고 나더러 달래서 한국신학대학을 못 가게 하란다. 내가 별소리를 다 해도 듣지 않는다. 한국신학대학에 가서 시험 봤다고 한다. 나는 떨어지기를 원했는데 합격이 되었다고 친구들이 우리 집에 와서 집사님은 기쁘시겠어요. 나는 말했다. 나는 기쁘지도 않고 걱정만 됩니다.

여자 학생이 말한다. 한국신학대학을 가려고 여러 사람이 시험 보았는데 이영일 선생님 하고 이 선생 하고 두 사람만 합격되었어요. 기뻐하십시오. 등록금 내려고 일숫돈을 얻을래도 보증 두 사람이 필요해 보증 하나는 주인이 서 준다고 하는데 한 사람이 없다. 그때 내가 맨날 입술이 아파서 고생했다. 아들이 걱정하면서 약방에서 약을 지어다가 주면 먹고, 자고 나면 조금 낫고 낮에 돌아다니면 도로 아프다. 약방에서 영양이 부족해서 입이 아프다고 한다.

우리 아들이 약방 아줌마에게 등록금 낼 날짜가 가까이 닥쳐오는데 보증설 사람이 없다고 하니 옆집 약방 아줌마가 자기가 보증 서 준다 했더니 자기 남자가 듣고 싸웠다고 한다. 약방 아줌마가 여러 번 남의 빚보증 서 주다가 실수를 해서 손해를 봤다고 한다. 그 아줌마가 또 말한다. 떼일지라도 자기가 보증 서 준다고, 엊저녁 잠을 잘래도 마음이 안되었고 걸려서 남편 모르게 서 준다고. 배우는 학생인데 아들 하나라도 잘 두었으니 아줌마는 지금 고생이지만 괜찮을 거에요. 일수 돈놀이 하는 아줌마 오라고 해서 돈을 금방 얻어서 학교에 냈다. 이런 모든 것들을 우리 하나님께 감사합니다.

아들 결혼해서 며느리 얻은 기쁨, 아들 제대하고 온 기쁨

며느리 얻어놓고 아들은 제대가 아직도 한 달이 남아서 군대로 도로 갔다. 나는 불광동에서 장사하고 어린애를 두고 다니는 것 같이 항상 집을 못 잊고 자주 집에 다녔다. 며느리 먹을 것을 꼭 사서 집에 다녀왔다. 내 방이 비어 있어서 그 동네 목사님이 방이 없어서 우리 방에 오셔서 살라고 했더니, 살다가 집을 마련해서 이사를 하겠소, 집을 마련하고 돈 안 받고 작은 방이라도 살라고 주니 나는 기쁘다.

손녀딸이 어여쁘게 자라는 재미가 있다

남편 없이 자란 아들이 어느새 결혼 해서 이제는 손녀딸을 주어서 감사합니다. 세 식구가 이제는 네 식구가 되어서 감사합니다. 혼자 살면서 방황하던 신세가 하나님의 오묘한 은혜 받아 감사합니다.

애기 이름이 도레다. 도레는 무럭무럭 어여쁘게 자라고 있다. 며느리가 도레 낳기 전에는 스웨터 짜는 기술이 있어서, 시집오면서 스웨터 짜는 기계를 가지고 와 남의 것도 짜서 주고 돈벌이를 조금씩 했다. 도레 때문에 그것도 못 한다고 앉아서는 우리 마당에 가게를 차리겠다고 해서 반찬거리 가게를 차려주었다. 한 푼이라도 벌어보려고 하는 것이

아들 며느리 손녀 도레 미파 솔라와 함께한 가족사진

고마웠다.

내가 집에 올 때마다 계란도 큰 걸로 갖다 주고 반찬거리도 사다가 놓고, 장사가 되게 하려고 구색을 자꾸 사다 주어도 장사가 안된다. 집에 들어오면 도레가 날로 날로 어여쁘게 자란다. 아들이 봉천동에서 수유리 학교에 가려면 버스를 두 번 갈아타야 하니 귀한 시간 아깝다고 이사를 하자고 한다. 집을 팔아서 수유리 학교 앞에다가 전세를 얻자고 한다. 나는 아들한테 말했다. 나는 죽어서 들에 나가지 이사를 안 할 거야. 이 집을 지을 때 내가 얼마나 고생을 했는데, 집을 팔 때 나는, 남의 대궐 같은 집 좋아 보이지 않고 오두막집이라도 하나님께서 내가 기도할 때 이뤄주신 집이다. 하나님께서 없는 것을 있게 해 주셨다고 말했지만, 아들이 대학을 마치고 목회를 하게 되면 어차피 이 집을 팔고 어디 가서 살지 모른다고 한다. 그래서 나는 아들 하자는 대로 했다.

도레, 미파 추석날 예쁘게 옷 입혀 자랑하러 다니다

세월이 흐르는 물결 같아서 우리 도레가 네 살, 미파가 세 살 먹을 때다. 추석날 돌아와서 노는 날이다. 나는 도레와 미파를 옷을 예쁘게 입히고 자랑하고 싶어서 시장 아는 집을 찾아다녔다. 아는 집에 가서 놀다가 집으로 오는데 미파는 업고, 도레가 곁에서 오다가 잠이 와서 떼를 부리고 주저앉아서 운다. 나는 할 수 없이 길가에서 장사하는 아줌마 옆에다가 애기를 재워놓고 도레를 집에다가 업어다 놓고 또 미파를 업고 왔다. 버스 구역으로 하면 두 구역이나 되게 먼 거리였다. 나는 우리 도레, 미파가 어서 크면 유치원도 데리고 다니려고 생각했더니, 그렇게 할 사이도 없이 세월이 번쩍번쩍 지나가 버린다.

아들이 학교에서 퇴학을 당한 아픔

아들이 신학 대학을 2년 다니고 3년째 접어들면서 학교에서 데모했다고 경찰들이 둘러싸고 있다. 사방을 뒤지고 찾는데 이해학 전도사는 자기 잡으러 온 줄 알고 짚차 안에 미리 들어가서 앉았고, 경찰들이 엉뚱한 데서 찾고 다녔다. 경찰들이 찾다가 못 찾고 차 안으로 들어가니 거기 앉아 있더라고 한다.

경찰서에 가서 한 열흘 살다가 나도 오라고 하고 며느리도 오라고 하더니, 다시는 이런 일이 없도록 서약을 쓰라고 해서 그대로 하고 나왔다. 그런데 얼마간 학교에 다니다가 퇴학을 당했다. 나는 학교에서 잘못해서 퇴학을 당한 줄 알았더니 정부에서 하는 일이더라. 이영일 전도사님도 같이 퇴학을 당했다.

아들이 신학대 졸업하면 고생을 면할까 하고 꿈을 꾸다

아들은 한신대를 다니다가 군인 다 마치고 와서도 얼른 학교로 못 돌아가고 일 년을 쉬었다가 갔다. 4년 거쳐서 어느덧 졸업할 때가 되었다. 아들은 졸업할 날짜를 앞두고 방학이 되어 자기가 개척하려고 장소를 여기저기 알아보러 다니는 중이다.

나는 아들이 개척은 절대로 못하게 만류하려고 생각했는데 아들은 꿈이 크다. 나는 개척하는 목사들 고생하는 걸 자주 보고 나도 개척하는 교회에서 고생을 많이 했다. 아들은 주일마다 일찍 나간다. 수진동 27단지에 3평짜리 방을 얻어서 애들을 모아놓고 예배 본다고 한다.

나는 아들에게 말했다. 내가 고향에서도 개척교회에서 얼마나 고생이 많은 걸 보았는데, 나는 아들이 학교 졸업하면 큰 교회 가서 전도사로 들어가서 우리 식구 장사 안 해도 밥을 먹고 살 줄 알았는데, 왜 너는 식구들을 고생만 시키느냐고 하고. 그랬더니 어머니 저는 편안하게 목회를 할 수 없어서요. 예수님은 죄인을 위해서 십자가를 지고 돌아가셨는데, 내가 왜 편안히 돈만 보고 목회를 합니까. 이미 개척하려고 시작했습니다 하고 말한다. 나는 다시 두 말도 못했다. 그럼 어디에다가 개척을 시작했느냐고 물었더니 성남시 수진동 27단지 3평짜리 전세 1만 원짜리 방을 얻었다고 말한다. 애들만 열 명 모인다고 한다. 조금 지나서 무려 50명이 모인다고 하더라.

긴급조치,
그리고 아들의 15년 형

15년 징역형을 받은 아들,
선한 일만 해왔는데 무슨 죄가 있나

성남으로 방 얻어서 이사 온 기쁨

하루는 아들하고 도레 엄마가 같이 방을 얻으러 간다. 딴 데 더 좋은 집 있나 돌고 오면 그 방이 금방 나가버리고, 저녁 늦게까지 돌아다니고도 방을 못 얻었다고 한다. 내일 또 성남으로 방을 얻으러 간다고 하여 나는 교회 가서 철야기도를 하면서 하나님 가게가 나갔으니 성남에 우리 식구 살 수 있는 적당한 방을 얻게 해 주세요. 밤새도록 기도했다. 그 후 성남 에다가 방을 얻었다. 그때는 우리 집이 가장 좋은 집이었다.

기도할 때마다 하나님의 훌륭한 종 목사가 되게 해 달라고 기도합니다. 하나님께서 일러주실 걸 믿고 감사한 마음으로 기도합니다. 하루는 장사도 않고 시골 다녀왔더니 벌써 이사를 해 버렸다. 아들이 개척하는 교회에 갔더니 간판은 주민교회라고 쓰여 있고, 3평짜리 방에 문 열면 길 가가 있고, 조그만한 시멘트 벽돌 방에 주일 학생이 80명이 모이고 하루 에 세 번 5, 6학년 학생들과 1학년에서 3학년까지, 유치원 아이들을 가르 친다고 한다.

56

가난한 사람들 치료해 주는 일은 기쁨이다

어른은 한 사람도 없고 애들만 삼부예배를 본다. 우리 식구가 이사 와 다섯 사람이 더해져 열 사람 정도가 예배를 보았는데 우리는 밥은 먹고 살았지만, 수진동 사람들은 너무도 가난하게 사는 사람이 많았다.

아들이 부자교회 다니면서 모금을 해다가 쌀 다섯 가마를 사서 반장 통장을 통해 포대 봉지에 한 말씩 담아 동네 사람들에게 나누어 주니 기쁜 마음으로 가지고 가더라. 병들었어도 병원 치료도 못 받는 사람도 많다. 서울에서 사업하다가 실패한 사람들이 많이 와서 산다. 영등포 최형주 원장이 일주일에 한 번씩 오셔서 동네 사람들을 진찰도 하고 침도 놓고 약도 무료로 주었다. 주일마다 환자가 백 명도 넘게 모였다. 가난한 사람들 취로사업 해서 벌어먹는 사람들이 8명이 되었다. 교회 나오지 않는 사람들이 주민교회 전도사 칭찬도 했다. 칭찬받으려고 하는 일은 아니었지만, 개척교회치고는 고생을 덜 하는 것 같다.

파란이 일어났다. 죄 없는 전도사가 긴급조치법으로 구속되었다. 15년 형이다

갑자기 목사님들이 구속되었다고 했다. 우리 전도사도 같이 구속 되었다. 그리고 15년 형이 내려졌다고 한다. 너무도 실망이 컸다. 우리 아들은 죄지을 리가 없는데 웬일일까. 울화통이 터진다. 누가 가르쳐주는 사람이 없다. 내가 하나님께 기도할 때 당신 종 죄를 지었거든 회개시켜 주시고 그렇지 않으면 석방시켜 주소서. 저는 아들 하나 하나님의 종 되게 해 달라고 주야로 하나님께 부르짖었는데 이제 감옥살이를 15년 한답니다. 이 목숨 차라리 죽은 목숨만도 못합니다. 주야로 기도합니다.

하루는 이영일 목사 사모님 집을 찾아갔더니 그 사모님이 나에게 자세한 이야기를 해 주신다. 우리 아들이 박정희 대통령에게 대통령이 되어서 자기 맘대로 헌법을 고치는 일 잘못했다고 편지를 써서 부쳤다고, 박정희 대통령이 이해학이는 15년을 가두라고 명령을 내렸다고 하시더라. 나는 그 말씀 듣고 우리 아들이 어려운 사람 돕는 데 앞장서는 사람인데 무슨 죄가 있어서 15년 형을 받았는가 너무도 답답했다.

15년 징역형을 받은 아들, 선한 일만 해 온 우리 아들이 무슨 죄가 있나

수진동에서 개척교회를 하고 처음으로 성탄절이 돌아왔는데, 내 생각에 교인이 적은 수이지만 성탄절에 재미있게 지내리라 기대하고 있었다. 그런데 엉뚱하게도 아들이 김포공항에 교인들을 데리고 가서 그곳에서 구호를 외치고 찬송 부르고 포스터를 큼직하게 써 들고 예배 보다가 경찰서로 다 끌려갔다. 나는 처음으로 아들이 하는 일에 너무도 속이 상했다. 아들 하나라도 내 아들이 최고라고 생각하고 믿었는데 실망이 커서 감당하기 어려웠다.

수진동 41단지 집에 살면서 탁아소도 시작했다. 아들은 가난한 사람들을 위해서 별짓을 다 했다. 좁은 마당에다 어디에서 애들 타는 그네를 놀라고 가져다 놓고, 어린애들이 하나둘씩 모이자 나는 똥 치우고, 도레 엄마는 간식 사다 주고 밥도 해서 먹이고, 어린애들 노래도 가르치고 기도했다. 장사하는 사람들은 저녁 8시, 9시가 되어야 애를 데려갔다.

하나님 은혜를 생각해 보는 시간에 기도하면서, 교회가 파산되지 않을 걸 믿고 기도합니다

오늘은 이영일 목사님 어머니가 아프시다고 해서 물어물어 갔더니 반가워하더라. 사모님께서 자세한 이야기를 나한테 해 주더라. 죄를 안 지었지만 법적으로는 죄를 졌지요. 박정희 대통령은 잘못했다, 왜 헌법을 마음대로 고치느냐고 편지를 써 부쳤답니다. 그래서 15년을 가두라고 했

유신헌법철폐 성명과 서명운동으로 구속된 이해학 전도사 구속 1주년 예배에서 강연하는 함석헌 선생

고 대통령 명령이라 긴급조치라고 합니다. 기장교회 목사님들이 모여서 기도하고 찬송하고 설교도 하시고 우리 여기 있다 잡아가라 하고 모였었 답니다. 경찰들이 와서 딱딱 쇠고랑을 채워서 차에 싣고 갔답니다.

내 맘이 그 말씀 듣고 시원하다. 왜냐하면, 나는 아무것도 모르니 무슨 죄가 있어서 15년 형을 받았을까 하고 속이 탈 정도였소. 사모님이 자세한 말씀 해 주서서 감사합니다. 나는 그 말씀 듣고 나서 그러면 그렇지 우리 아들은 하나님 앞에 죄가 없습니다. 왜냐하면, 바른말 했기 때문이지요. 나는 이제는 더 열심히 기도합니다. 주민교회는 파산되었다고 소문이 났답니다. 시작도 주님이시오 모아주신 것도 주님이십니다. 우리 주민교회를 지켜주소서. 그리고 당신 종을 빨리 석방해 주소서. 믿고 간절히 기도합니다.

교회 간판을 떼어가 버렸지만, 교회가 파산되지 않을 걸 믿고 기도합니다

하루는 교회 간판도 떼어가 버리고, 교회 집주인이 그 자리에 새로 집을 짓는다며 교회를 옮기라고 해서, 우리 살림집으로 교회를 옮겼다. 나는 새벽마다 교회 가서 기도하고 울며 큰 소리로 하나님께 하소연하면서 위로받고 살았는데 울면서 기도할 데도 없어졌으니 기가 막힌다. 집에서 아침저녁으로 기도하고 속으로 울었다. 아들을 위해 기도하고 주민교회를 위해 기도했다.

노회에서 목사님들이 오시어서 교회 전세로 하나 얻어준다고 해서 어찌나 기쁜지, 그게 얼른 안 되어서 하나님께 안타까운 맘으로 열심히 기도했더니, 시일이 걸려 수진동 국제시장 옆 2층 건물에 깨끗하고 위치도 좋은 곳에서 개척교회 시작하게 됐다. 똑 알맞은 장소를 얻어서 계약해 놓고 나는 어찌나 기쁜지 저녁에 잠을 잘래도 잠이 안 오고 하나님 감사합니다. 감사합니다. 감사 기도만 나온다. 여러 군데 가정에서 예배 보다가 교회를 얻어서 이사를 하니 그렇게도 기뻤다.

노회장 오셔서 우리 교회 전세 하나 마련해 주신다. 기쁨이 넘친다

기장교회 목사님들이 기도해 주시고 위로도 해 주시고 가신다. 노회에서 노회장, 부노회장, 목사님들이 한 번씩 찾아오시더라. 그리고 노회에서 노회장님이 오셔서 우리 교회를 전세로 마련해 주신다고 하신다. 나는 어찌나 반가운지 아들은 하나님의 훌륭한 종으로 단련 받아서 하나님께서 높이 들어 쓰실 거야. 나는 이제 슬퍼하지 않을 거야. 주민교회는 우뚝 세워질 거야. 왜? 하나님이 계시기 때문이다.

경건한 마음으로 기도를 드립니다. 주여 당신의 뜻으로 이해학 전도사도 감옥에 가게 된 줄 믿습니다. 주여 그 가엾은 인생을 불쌍히 보시고 위로해 주소서. 용기를 잃지 않도록 위로해 주소서. 비천한 여인의 기도를 들어주시니 감사합니다. 교인들이 다 흩어지고 대여섯 사람 되지만 그들을 들어서 알곡 되게 하소서. 간절히 기도합니다. (내가 아들 감옥에 가는 날부터 일기장을 날마다 썼는데 일기장을 다 잃어버리고 대충 생각나는 것만 적습니다.) 교인들이 안 나오는 가정은 심방갈 수 없었지만 나오다가 안 나온 가정 열심히 다니면서 우리 전도사가 금년 안에는 나온다고 교회 나오라고 전도했다. 아픈 집도 자주 찾아다녔다.

이해학의 석방,
그리고 경찰의 감시와 모략질

아들 재판 세 번 했다. 형이 감해지지 않아서 복받친 맘으로 자살할까 생각이 든다

오늘은 아들 재판하는 날, 또 나도 갔다. 오늘도 역시 재판장이 가만히 앉았고, 우리 아들 말을 쉴 새 없이 잘한다. 그 자리에서 잘못했다고 빌어야 빨리 나온다고 한다. 징역 형량이 감해졌을 거로 생각했는데 그대로 15년이라고 한다. 날마다 기도할 때 하나님 옥문을 끌러 주세요. 베드로같이 쇠사슬을 끌러 주세요. 속히 석방해 주세요. 금년에는 꼭 석방해 주세요 하고 기도했는데, 15년 그대로라는 소리 듣고, 나도 모르게 나는 어떻게 살까 하고 소리치며 땅바닥에 뒹굴었다. 구속자 가족들이 어머니 왜 그러십니까, 그러면 안 됩니다. 나를 붙들어 택시 태워서 우리 집까지 데려다 주고 가더라.

재판을 세 번이나 했는데 15년 그대로라고 하니, 차라리 죽는 것이 낫다는 생각이 들었다. 아무도 모르게 쥐약을 사다 먹고 그 약병을 쓰레기통에 버리면 사람들이 보고 기도하다가 죽은 줄 알 거야. 온갖 공상을 다해 본다. 그런데 전에도 물에 빠져 죽으러 갈 때 그렇게 죽으면 살인죄라고 하나님 음성 듣고 내가 살아났는데, 또 독약을 먹고 죽으면 살인죄다 싫어서 그냥 포기하고 교회 가서 하나님 전에 내가 죽으러 갈 때 나타난 하나님 나타나소서. 울면서 기도했다.

기도하는 중에 세밀한 음성으로 들어주신다. 올 1년 살면 나온다고. 음성을 듣고 그러면 그렇지 내 하나님 내 하나님 나는 너무도 기뻐서 하나님 감사합니다 감사합니다. 기쁨으로 집에 오니 일거리가 밀렸다. 청소도 하고 설거지도 하고 밥도 해서 애들 주고 나니 도레 엄마가 오더라. 저는 하나님이 우리 아들 1년 살면 나온다는 소리에 마음이 기뻐서 하나님께 기도합니다. 언제라도 저를 도와주시니 감사합니다.

1975년 2월 15일 이해학 석방되는 날, 기쁨이 넘친다

오랫동안 교인들 집에 심방 간 지도 오래되어서 오늘은 심방을 가려고 옷을 따뜻하게 입고 성경 가방을 들고 마루 끝에 걸터앉아서 교인들이 전도사 왜 안 오시냐고 물으면 뭐라고 대답할까. 라디오 소리가 난다. 박정희 대통령이 긴급조치 진짜 석방한다고 라디오에서 말한다. 도레 엄마도 놀라고 나도 놀라서 오 하나님 우리 하나님 그러면 그렇지 내 하나님 감사합니다. 너무도 감사해서 눈물을 주체도 못 한다. 그러면 그렇지 하나님 감사합니다. 당신 종들을 베드로가 쇠사슬을 끄르고 옥문을 열고 나온 것 같이 석방했으니 감사합니다.

도레 엄마하고 나하고 안양교도소에 갔더니 구속자들 가족이 다 나왔다. 점심때가 지나고 아무리 기다려도 감옥에 있는 분들이 나오지 않는다. 추워서 손발이 꽁꽁 언다. 춥고 배고프다. 구속자 가족들 다 모여서 몸이 달았다. 감옥에 있는 분들이 나오지는 않는다. 감옥 대문 곁에 가서 땅에 엎어져 보면 감옥에 있는 분들이 보인다고 하여 가족들이 다 엎어져 들여다보았다.

결국, 저녁 열 시쯤에 나왔다. 왜 그렇게 늦었는지 물어봤더니, 이해학 전도사더러 나가서 다시는 이런 죄를 짓지 않겠다는 각서를 써서 놓고 나가라고 했는데, 다른 사람들은 각서를 쓰고라도 얼른 나가고 싶어도 이해학 전도사가 고집을 부려서 밤늦게 석방했단다.

아들이 교회를 지켜서 교회가 부흥되어 기쁘다

아들이 집에 있어서 주일이 돌아와도 걱정이 없다. 맨날 주일에 누가 설교할까 수요일 예배는 누가 설교 할까 걱정이 되더니 이젠 아무 걱정이 없다. 심방도 다니고 교회 분위기가 아주 좋아졌다. 교인도 더 많아졌다. 그리고 교인들이 기뻐한다. 우리 교회에서 야간학교도 시작했다. 학생이 꽤 많이 모였다. 초등학교 졸업하고 가난해서 학교도 못 가는 학생들을 모았다. 선생들과 김금용 선생도 봉사하겠다고 했다.

그리고 환자들 무료 봉사 하겠다고 한양대 병원에 계신 의사도 두 명이나 오셨다. 일주일에 한 번씩 의사가 오시는데 환자가 많이 모인다. 우리 교회 나오는 사람뿐 아니라 동네 사람들도 모인다. 의사 언제 오시냐고 묻는 사람도 있다. 계속 했다. 주일날 교인들과 예배 보고 새벽기도회

1979년 7월 어린이부 여름성경학교

64

도 한다.

새벽기도회. 하나님 감사합니다. 당신 종이 15년 형을 받고 감옥에 갔는데 일 년 만에 석방해 주셔서 감사합니다. 당신 종을 쇠사슬에서 구해 주셨고 또 사자 굴에서 구해 주셨으니 감사합니다. 우리 당신 종 말씀의 능력 주소서. 교인들 많이 모이게 해 주소서.

1976년 3월 17일 피신을 가버렸다. 경찰이 골목에 꽉 찼다

오늘은 심방을 한다고 해서 일찍 집에 와서 보니 경찰들이 골목을 둘러싸고 있다. 집에 아들은 보이지 않고 경찰들이 꽉 찼다. 나는 깜짝 놀라서 아들을 찾아도 보이지 않는다. 며느리는 아들이 아침밥도 안 먹고 갔다고 밥을 조금 했다고 한다.

경찰들이 발동하는 것이 아무리 생각해 봐도 무슨 일이 난 것 같다. 우리 아들은 죄가 없다. 언제는 죄가 있어서 감옥살이했나. 나는 가슴이 착 늘어진다. 파도가 가라앉을 만하면 또 일어나는구나. 정신을 차리고 내 방에 들어가서 기도합니다. 여호와여 뭔 일로 아들은 보이지 않고 숨을 내쉬는 길을 열어 주소서. 당신 종이 하나님께 죄를 지었거든 죄 갚음 하게 하시고 하나님께 죄가 없거든 잡히지 않게 하소서. 간절히 기도합니다.

오늘은 수요일 예배다. 저녁 예배 시간이 다 되어도 아들은 오지 않고 박 집사님께서 찬송하고 기도하고 수요예배를 마쳤다. 집에 들어오자마자 경찰들이 줄을 섰다. 온 집을 뒤지고 우리 아들 책꽂이에 책 꽂아놓은 걸 밤을 새워 뒤지고 하나하나 두드려보고 가지도 않고 지키고 있어서 아랫방을 하나 내 주었다. 밤에도 지키고 낮에도 지키고 식사하러 갈 때도 교대하면서 지키더라.

경찰하고 싸우고 병이 났다

내가 교인들 집에 심방을 간대도 엿보고 섰다. 그리고 경찰들이 우리 교인들 집을 찾아다니면서 왜 그 교회를 나가게 되었으며 누가 가자고 해서 교회를 가게 되었느냐고 조사가 심하고, 어떤 집에 가서는 그 교회 나가지 말라고 신신부탁하면서, 딴 교회로 가면 우리가 안 오시만 그렇지 않고 그 교회로 나가면 좋지 않을 거라고 압력을 넣음으로 교인들이 많이 안 나온다 했다.

나는 너무도 화가 나서 집에 와 아랫방을 펄쩍 열고 경찰들하고 싸웠다. 당신들 하는 일이 이게 무어요. 왜 교인들 집을 찾아다니면서 그 교회 나가면 좋지 않다고 윽박지르나요. 우리 아들은 하나님 앞에 의인이요. 당신들은 죄인들이요. 교회를 해체하려고 교인들을 못 나오게 하는 것, 하나님께서 당신들 그냥 두지 않을 거요. 우리 식구 잡아다 가두든지 죽이든지 하고 교인들 집에는 찾아가지 마시오.

김 형사가 전도사 있는 데를 빨리 가르쳐 주면 우리는 금방 간다고 말한다. 나는 악을 안 써보다가 썼더니 열이 오르고 가슴이 벅차 내 방에 들

성남경찰서 앞에서 전경과 대치 농성 중인 교인과 시민들

어가 누웠다. 정신 차려서 하나님께 호소한다. 하나님 왜 보고만 계십니까. 우리 교회 잘 지켜주소서. 잠만 자고 나면 오늘은 또 무슨 일이 생기려나 날마다 불안 속에 떨고 있다.

금용이가 구속됐다. 불안 속에 떨고 있다

오늘은 거룩한 주일입니다. 답답한 마음으로 하나님께 호소합니다. 당신 종을 눈동자 같이 지켜주소서. 경찰들 악마들 손에 잡히지 않게 하소서. 그리고 주님께서 이 단을 지켜주소서. 우리 교인들 실망하지 않게 하소서.

오늘 설교는 현 장로님이 오셔서 말씀해 주셨다. 생각밖에 교인들도 꽤 모였고 장로님께서 설교 재미있게 해 주셨다. 저녁예배는 남광 선생님이 설교해 주셨다. 오늘 예배는 무사히 마쳤다마는 또 다음 주는 누가 오셔서 설교하실까 걱정이다.

금용이가 피신 다니다 잡혀 구속되어서 창자가 끊어질 것 같다. 걸어가면서도 일을 하면서도 기도합니다. 주님 죄 없는 금용이 빨리 나오게 하소서. 어떻게 하면 좋을는지 답답한 마음 금할 길 없어 하나님께 날마다 호소합니다. 금용이 죄 없으니 나오게 하소서.

박점동 집사님께서 서울에서 인쇄 공장을 하는데 경찰이 이해학 전도사 찾아내라고 날마다 오라 가라고 괴롭히더니 데리고 가서 안 내보낸다. 박 집사를 심하게 다루면서 안 내놓는다. 하나님 나의 기도 들으소서. 죄 없는 박 집사 빨리 내놓게 하소서. 이게 웬일입니까? 내 아들 때문에 남의 식구가 고통을 당하니 참으로 견디기 어렵습니다. 빨리 박 집사님 나오게 하소서.

김 순경이 금융이 형을 꾀어 수작으로 모략질 하는 걸 들었다

김 순경이 시골까지 가서 금융이 형에게 술을 잔뜩 먹여서 그자가 우리 집에 와서 생떼를 부린다. 내 동생 빨리 찾아내라고 당신들은 집 지키고 밥 먹고 편안히 지내면서 왜 내 동생은 감옥에다가 가두어두고 전도사 이놈은 나타나지 않고 내 동생만 고생을 시키고 너고 하무중일 쏠아텐다. 우리 식구들을 칼로 목을 잘라 죽이든지 그렇지 않으면 감옥에다가 가두든지 하라고 말했더니 전도사만 찾아내면 우리 동생은 감옥에서 금방 나올 텐데 왜 전도사는 숨겨놓고 내 동생만 고생을 시켜 하고 소리소리 지른다. 김 순경이 금융이 형을 데리고 나가더라.

야간학교를 해체하는 악마들

밤을 지내고 나면 오늘은 또 무슨 일이 날까 걱정이 된다. 오늘은 경찰들이 거지 같이 생긴 청년 두 놈을 데리고 온 것을 내가 골목에서 봤다. 나는 또 저놈들이 무슨 수작을 꾸밀까 생각이 들었다. 조금 있다가 우리 집 큰 방 창문이 높아서 올라갈 수 없는데 누군가 도둑놈처럼 창문으로 고개를 내밀고 본다. 어찌나 무서운지 소리를 질렀더니 내려가더라.

그때 우리 교회에서 초등학교를 마치고 중학교에 못 들어간 학생들이 우리 교회 야간학교를 많이 다녔는데 윤 선생님과 임 선생님을 야간학교 못하게 하려고 잡으러 다녔다. 야간공부 가르치는 시간이 되어도 선생들은 오지 않고 학부모들이 웬일로 선생님들이 안 오시지요 묻는다. 나는 뭐라고 대답해야 할지 말을 못하고 난처하기만 했다. 선생님들을 잡아다가 가두는 통에 야간학교도 해체되어 버렸다.

가난한 집 아이들 공부도 못 하는 게 불쌍해서 야간학교를 시작했는데 그것도 못하게 되었다. 너무도 기가 막혔다. 문화령 선생 어머니와 아버지, 또 작은아버지가 와서 문 선생을 데리고 가 버렸다. 경찰들이 시골 문

68

선생 어머니 집으로 전보를 쳐서 와서 데려가라고 했다. 그래서 열 일을 제쳐놓고 왔다고 한다. 문 선생 아버지가 딸을 윽박지르자 문 선생도 울고 나도 울었다. 너무도 불쌍하고 속이 상했다. 그는 우리 교회 와서 먹지도 못하고 헌신적으로 애들을 열심히 가르쳤다. 우리 교회에서 애쓴다고 차비 한 닢도 못 주었다. 생전에 잊지 못할 은혜였다. 두고두고 못 잊는다. 한 번 가더니 소식도 없고 주소도 모른다.

경찰서 가서 고문당하는 날들

오늘은 김 순경이 오더니 나를 오라고 한다며 가자 한다. 우리 아들 15년 형을 받고 감옥살이할 때 구속자들 가족이 종로 5가 기독교회관에서 금식기도회 하며 농성하다 경찰차로 몇 사람 잡혀갔었다. 나도 같이 잡혀갔는데 그때도 조사가 아주 심하고 온갖 조작을 꾸미더니 세브란스 병원으로 데리고 간다. 우리는 건강하다고 병원에 안 간다고 해도 병원 한쪽 방에다 가두더니 나가라고 하더라. 내가 우리 아들하고 같이 있게 해 달라고 해도 나가라고 윽박질러서 나왔다.

그런데 벌금 5만 원을 물리고 해서 안 물었더니 그 뒤로 재판 날 몇일 날 오라고 한다. 그 날짜 돌아와서 또 갔더니 벌금 5만 원 재판을 여러 번 하고 돈이 적어져서 2만 원 내라고 해도 안 냈는데 김 순경이 그때 돈 2만 원 안 낸 일로 날 오라고 한다고 한다. 나는 두말 않고 따라갔다. 경찰서에 죄인 많이 실어다 놓은 옆에다가 나를 내동댕이친다.

죄인들이 오줌 마렵다고 소리를 지르니 죄인들을 하나둘 세어 욕을 하면서 데리고 간다. 나도 오래 앉아 있어 소변이 마렵다고 했더니 가라고 해서 다녀왔다. 얼마나 오래 앉혀 두었던지 또 소변이 마렵다고 말했더니 한 놈이 나더러 도망치려고 자꾸 변소에 가려고 한다고 말한다. 나는 말했다. 나 그렇게 비겁한 사람으로 보입니까. 변소에 다녀왔다.

한 놈이 구속할 거라고 말했다. 나는 그제야 눈치를 챘다. 김 순경이 거짓말로 그전 벌금 안 낸 사건으로 나를 찾는다고 했구나. 구속되어 차라리 감옥에 앉았으면 더 나을 것 같다고 생각했다. 집에 전화한다고 했더니 하라고 해서 전화 거니 도레 엄마가 받는다. 아야, 창꽃 썩으면 안 된다. 박 집사 집에 마당을 파고 기기에다 독을 본고 팀그라고 했다. 도레 엄마는 설탕도 없고 독도 없다고 하면서 끊어버린다.

조금 있다가 나를 보호실로 가자고 한다. 차가운 방으로 나를 들여보내 놓고 철문을 철컥 닫는 소리가 요란스럽다. 조금 있으니 여자 두 사람이 들어온다. 아주 젊은 처녀다. 그런데 씨펄 놈하고 욕을 해댄다. 그 방에 변소도 있는데 변소에서 똥 누는 것이 훤히 보이고 똥 냄새도 나고 방도 얼음장 같다.

거짓 수작을 꾸미는 악마 연락 꾼

그런데 조금 있으니 남자 하나가 들어온다. 나에게 친절하게 말을 자꾸 걸면서 자기는 도로에서 리어카로 장사하다가 걸렸다고 말을 한다. 그러면서 자기는 집에다 전화했다고 벌금 물었으니 어쩌면 나가게 될 거라고 말을 한다. 날더러 아주 순하신 분 같이 보이는데 왜 오셨소 하고 말한다. 나는 이러이러해서 왔다고 말을 다 했다.

아들 이름이 누구시지요. 이해학 이라고 가르쳐 주었다. 아 그분 나도 잘 압니다. 반가워하면서 내가 나가 연락할 것 있으면 말씀하십시오. 전해 드리지요 한다. 나는 우리 며느리에게 내가 추워서 못 견디니 담요 한 장 보내달라고 전해주세요. 꼭 보내달라고 말했다. 그리고 전화번호도 가르쳐 주었다. 아들이 어디 있는지 아시는가 묻는다. 나는 모른다고 했다.

또 철문이 열리고 그 남자가 불려 나갔다가 조금 후 다시 들어오더니 말한다. 주민교회 박 집사라고 하면서 그분이 매를 많이 맞대요. 아주 죽는소리를 하던데요. 자기는 조금 있다가 증인만 세우면 나간다고 한다. 우리 교인은 그렇게 매를 많이 맞게 죄지은 사람은 없어요 말했다. 아주 떡대도 크던데요. 나는 아니라고 그렇게 매 많이 맞게 죄지은 사람 없다고 자꾸 우겼다.

떡 철문을 열더니 나를 나오라고 한다. 나는 어디인지 모르고 끌려갔는데 경찰들 다섯 사람이 앉아서 나더러 왜 창꽃을 따다 놓아서, 창꽃 때문에 박 집사가 죽도록 맞아서 똥물을 찍찍 내놓고, 다 죽게 되니 가르쳐 주어서 이해학 전도사도 저기 있고 박 집사도 갇혔다고 한다. 그리고 녹음기를 틀어놓고 나더러 들으라고 한다. 당신이 며느리한테 전화했지요 한다. 나는 전화했지요 했다. 녹음을 들어보니 내 소리가 아닌데 엉뚱한 말도 하고 큰 소리로 말한다. 나는 저렇게 말 안 했어요. 내 소리가 아니요. 나는 말했다. 나는 저렇게 말하지 않았어요. 경찰들이 윽박지르며 나를 협박질하는 통에 내가 그렇게 했는가 보오 말했다.

전화 수화기를 들어주면서 며느리한테 전화하라고 해서 도레 엄마야 하니 예, 어머니하고 대답한다. 박 집사가 죽게 맞았다고 한단다. 우리 전도사도 여기 있다고 한다. 예, 어머니 나도 다 알아요. 내가 면회하고 왔어요. 이제는 다 가르쳐 주어도 괜찮아요. 다 끝장났으니 바른 대로 가르쳐주고 고생을 덜 하지요 한다.

나를 가운데 의자에 앉혀놓고 빙 둘러 앉아서 온갖 조작을 다 꾸미더라. 이 사람은 이 말 하고 저 사람은 저 말 하고 어찌나 공갈을 치는지 나는 혼이 나가버렸다. 연락하는 사람을 알아야 우리가 협조해 준다고, 아프다고 꽃술을 담가서 가져오라고 연락이 왔다고 해야 한단다. 나는 거짓말했다. 왜냐하면, 이미 잡혀 왔으니 아프다고 해야만 매를 덜 맞을까 하고. 집에 있을 때도 사족이 아프다고 자면서도 끙끙 앓는 소리가 났었어요. 그래서 꽃술을 담가두면 언제라도 줄 수 있지 하고 담그라고 했지요 말했다.

얼마간 실랑이를 하다가 나를 아까 그 방으로 데리고 가더니 철문을 철컥 닫는다. 아까 들어온 여자 두 사람은 젊은이라 잠이 꽤 들었다. 나는 앉았으니 엉덩이가 시려 아예 서서 기도했다. 하나님 비 집사를 살려주세요. 나의 외아들입니다. 맞은 상처를 어루만져 주세요. 아이고 내가 왜 창꽃을 따다 놓고 왜 전화를 했던고. 하나님 나인성 과부의 외아들을 살리신 하나님 박 집사 아픈 상처를 어루만져 주세요. 왜 내가 며느리한테 전화했던고. 나는 서서 미친 사람처럼 발을 동동거리며 뛰기도 하고, 내 머리를 잡고 흔들어도 봤다. 하나님 어디 계십니까. 아골 골짜기에 송장 뼈도 맞추어서 움직이게 하시고 살아나라 하시니 군대가 되게 하신 하나님 박 집사 아픈 상처를 이 밤에 고쳐 주소서. 그리고 위로해 주소서.

거짓 수작을 꾸민 경찰들, 계속 거짓을 꾸민 악마들

나는 아들이 잡혀서 박 집사처럼 똥물을 쏟도록 맞을까 걱정이 되지만 어차피 잘 됐다고 생각한다. 이제는 하나님께 그 악마들 손에 잡히지 않고 제 발로 걸어가서 자수하기를 기도했는데 하나님께서 왜 내 기도를 안 들어주셨소. 하나님 어디 계십니까. 밤새도록 기도하면서 또 하루를 지냈다. 아침 식사가 들어왔다. 두 젊은이는 밤새껏 잠도 잘 자고 밥도 잘 먹는다. 내 밥도 먹으라고 주었다. 나는 입이 나쁠 때처럼 부르텄다. 아무것도 안 먹은 채 살았다.

나를 나오라고 하더니 아들 면회하겠느냐고 물었다. 나는 그래도 아들을 면회했으면 했기에 예 하고 대답했다. 또 나를 데리고 높은 꼭대기로 올라가더니 가는 목소리로 말한다. 자기들이 알아야 아들에게 협조해주고, 알아야 매도 안 맞고 면회도 시켜준다고 한다. 또 벌금 2만 원도 물지 않고 아들도 우리가 알도록 협조를 해야 빨리 나간다고 한다. 그리고 아들이 누구하고 연락이 되었는지 우리가 알아야만 빨리 처리가 된다고 똑같은 말만 반복하며 묻는다. 나는 대답했다. 모르는 일을 어떻게 거짓말로 꾸밀 수 있나요. 나를 죽여도 나는 아들에 대해서 모르니 답답합니다. 차라리 아들과 같이 가둬 놓으라고 나는 말했다. 나를 데리고 내려가더니 까만 차에 올라가라고 한다. 경찰 두 놈이 탄다. 어디로 가는지 한없이 가더니 거기에서 내리라고 해서 내렸다. 나는 아들 면회 시켜준다고 했으니 면회를 시켜주겠지 하고 생각했다. 거기 경찰서로 나를 데리고 가는 줄 알았더니, 먹는 차를 시켜 먹으면서 나더러 무슨 차를 먹을 거냐고 묻는다. 나는 커피도 안 먹고 우유도 안 먹어요 했더니 율무차를 한 잔 주어서 먹었다. 그리고 또 차를 타라고 하더니 검찰청으로 데려갔다. 김 형사가 우리 아들에 관해 이야기를 한다.

거기 앉은 사람은 아주 겸손했다. 돈 2만 원 내시지요 한다. 나는 돈을 안 가지고 왔어요 말했더니 자꾸 오라가라 하면 귀찮지요 말한다. 나는 말했다. 아무리 돈을 챙기려고 해도 안 됩니다. 그러니 대신 깨끗이 몸으로 살고 처리하려고 왔소 말했더니, 다음에 돈을 가지고 오시오. 구속을 못 하게 되었어요 한다. 나를 또 태워서 수진동 경찰서로 오더니 또다시 삼 층 꼭대기로 가서 앉혀놓고 바른 대로 가르쳐 주지 않으면 협조를 전혀 할 수 없다고 한다. 나는 똑같은 말로 대답했다.

며느리를 만나서 사실대로 들으니 찢어진 창자가 고쳐졌다

삼층 추운 데에 청소한다고 문을 다 열어놓고 몇 시간을 앉혀 놓더니 다시 나를 데리고 내려갔다. 경찰들이 며느리를 데리고 왔다. 나는 며느리를 보고 어찌나 반갑던지 눈물이 글썽글썽거렸다. 아야, 박 집사가 어떻게 되었냐고 물었다. 박 집사가 똥물을 토하도록 맞았다더라. 며느리가 말한다. 박 집사가 왜 맞아요. 집에 계시는데. 너는 내가 전화할 때 박 집사가 맞아서 다 가르쳐 주어서 우리 아들도 잡혀 왔다고 말했지. 면회도 했다고 말하지 않았냐. 며느리가 깜짝 놀라면서, 전화를 끊어버려서 전화도 안 돼요. 전부 거짓말이에요. 얼마나 못 견디셨으면 입이 저렇게 부풀었네요. 왜 거짓말을 해서 사람을 다루느냐고 한다. 나는 박 집사가 똥물을 토하도록 맞았다길래 고통스러웠는데 며느리 말이 전부 다 거짓말이라고 해서 너무도 반가워 그러면 그렇지, 내 하나님 감사합니다. 한숨을 후우 쉴 수 있었다. 며느리더러 아야 도레 엄마야, 누가 그렇게 아들 면회도 했다고 말을 했제, 물었더니 다 거짓말로 조작을 꾸며서 한 것이지요 한다.

　나를 또 데리고 가더니 의자에 앉혀놓고 김 형사는 나가버린다. 거기 있는 순경은 나를 강도 다루듯 다룬다. 말끝마다 이년, 저년 년자를 놓는다. 이년, 왜 바른 대로 안 가르쳐주느냐, 공산주의가 얼마나 무서운지 알아 그따위로 행동을 해. 이년 전도사 어미면 좀 똑똑히 예수를 믿으라고, 내 턱 때리려고 주먹이 올라갔다 내려갔다 한다. 나는 저 주먹으로 맞으면 나만 손해다 싶어서 아무 말도 않고 기도만 했다. 예수님은 낮아지시고 천해지시고 오래 참으시고 핍박과 고난을 부끄러워하지 않았다. 참고 견디자 하고 고개만 숙이고 기도했다. 책상 서랍을 열더니 우리 아들 사진을 가지고 이 놈 죽여버려야 하는데 살려 주었더니 이놈이 나라를 뒤엎으려고 해서, 우리 아들더러 빨갱이보다 더 못된 행동을 한다고 전도사 그따위 못된 놈, 이놈 죽여버려야제 하면서 사진을 짝짝 찢어버린다. 자기 어머니는 무슨 교회 무슨 권사고 자기는 무슨 대학을 나왔다고 한다. 오늘 저녁에 다루면 끝장이 날 거여. 나는 오늘 저녁 밤을 새도록 당해도 좋다 말했다. 이년 어디서 뭐라고? 욕 좀 봐라 말한다. 그러자 김 순경이 와서 그럴 것 없다고 나를 끌고 간다. 나는 안 가려고 했는데 끌려갔다. 나를 차에 싣고 온다. 나는 그따위 아들 둔 권사도 불쌍한 사람이다 하고 말했다. 그따위로 거짓말 조직해 꾸민 법을 누가 인정할까. 나는 그렇게 거짓말만 해서 사람 다루는 경찰서인지 몰랐어. 차 안에서 김 순경 들으라고 소리소리 질렀다. 집에 오니 도레 엄마도 와 있다.

금용이 어머니. 천사를 만난 듯하다

집에 와서 병이 났다. 잠을 자면 병이 나을 것 같은데 너무 억울하고 아파서 잠을 잘 수가 없다. 금용이 어머니가 오셨다. 나는 무어라 말씀을 드릴까 어리둥절하고 있었다. 전에는 아들이 와서 우리 식구들을 모략하며 겁을 주고 갔는데, 이제는 어머니가 오셨구나 생각했다. 금용이 어머니가 "얼마나 고생을 하십니까, 진작 한 번 와서 위로라도 하려고 했지만 이제사 왔습니다. 우리 큰아들이 여기 와서 생트집을 부렸다고 말하대요. 우리 아들에게 김 순경이 술을 사 주면서 전도사 집에 가서 생트집을 부려야 이해학이가 구속되고, 그래야 금용이가 나오지 그렇지 않으면 금용이는 좀처럼 못 나온다고 그렇게 시켰답니다. 우리 아들이 술을 먹으면 사람도 아닌데 내가 야단했지요. 하나님 종의 가정을 그렇게 하면 하나님께 벌을 받는다고 왜 그렇게 했느냐고 가서 빌라고 했더니 저는 차마 못 온다고 나더러 가라고 합디다. 나도 아들 하나님께 맡기고 기도합니다." 하고 얼마나 위로를 하는지 마음에 감동을 받고 하나님께 감사를 드립니다. 금용이 어머니는 자기 큰아들이 우리 집에 와서 행패 부렸다고 죄송하게 생각하더라. 나는 말했다. 우리 입이 열 개 달렸어도 할 말이 없다고. 우리가 쥐구멍도 못 찾는 처지인데 말씀으로 위로해 주시니 감사합니다. 기도해 주시고 교회 같이 가고 하루 저녁 주무시고 가셨다.

명우를 경찰이 데리고 가더니 안 왔다고 엄마가 소리소리 지른다. 참으로 믿는 사람을 만난 시간, 하나님을 알지 못하는 사람, 엄청나게 차이가 있다. 하나님 감사한 마음 금할 데 없다. 이게 하나님의 섭리입니다. 좋지 않은 말을 해도 우리는 쥐구멍도 못 찾을 형편이다. 양 집사 아들, 김영순 집사 아들, 다른 학생들 또 경찰이 데려갔다고 한다. 경찰들은 우리 문밖에 꼭 지키고 있으면서 식구는 못 나가게 한다.

풍생학교 삐라 사건 – 교인들과 어린 학생들이 다 끌려갔다

기도합니다. 하나님 공부하는 학생들 잡아다가 조사를 하니 억울하고 분합니다. 하나님 감당하기 어렵습니다. 우리 식구에게 압력을 준다고 하는 일이다. 우리 식구는 대문 밖에도 못 나가게 하고 지키고 있다. 우리 집 안으로도 남의 식구는 한 사람도 못 들어오게 했다. 학교에다가 무슨 삐라를 붙였다고 우리 교인들을, 어른과 어린 학생들을 다 데려다가 글씨를 쓰라고 해서 전 교인이 경찰서에 가서 글씨를 쓰고 왔다고 한다. 글씨가 똑같지 않아서 다행히 곤욕을 당하지 않았다. 만일 똑같은 글씨가 있었으면 교인들을 다 데려다가 가둘 거요?

서울서 사모님들이 오셔서 우리 아랫방 악마들을 내쫓아 버렸다

오늘은 김대중 전 대통령 후보 사모님, 윤보선 전 대통령 사모님, 박형규 목사님 사모님, 목사 사모님들 15명이 우리 집에 오셨다. 함께 기도하시고는 우리 아랫방에 벅적벅적 있는 경찰들에게 사모님들이 이게 무슨 짓들이냐고, 여자들만 사는 집에 와서 무슨 수작을 하려고 무슨 생각 갖고 그따위 행동을 하느냐며 당장 나가라고 실컷 공갈을 쳤다.

사모님들이 다 가시고 경찰들이 저녁 먹으러 가더니 안 온다. 웬일일까. 또 무슨 일이 날까 걱정이다. 저녁 열두 시가 되어도 안 온다. 길 곁에서 구두 발자국 소리만 나도 대문을 두드리는 것 같다. 막상 경찰들이 안 와도 집안이 텅 빈 것 같다. 와도 걱정이고 안 와도 걱정이다.

76

새벽기도 하는 첫 시간 주시니 감사합니다. 경찰들을 쫓아주어서 감사합니다. 당신 종을 지켜 주옵소서. 그리고 악마들 손에는 잡히지 않고 자기 발로 걸어 자수하게 하소서. 그리고 우리 교회를 지켜주소서.

오늘은 심방을 열심히 다녔다. 집안에만 있다가 자유스럽게 새처럼 훨훨 다니니 나는 기분이 난다. 오늘은 전도도 하고 심방도 열심히 했다. 무슨 일을 한 가지 처리하면 기분이 좋고 나가도 기분이 좋다. 살다 보면 언젠가 평탄한 날도 오겠지.

외아들 하나 맨날 감옥살이나 하고 눈앞에 두고 살지 못하는 세상. 오늘은 아들이 불현듯 보고 싶다. 자비하신 주님은 내 심정을 이해하실 줄 믿고 기도하면서 위로를 받습니다. 언제 끝이 날까요. 차라리 죽는 것이 좋을 것 같습니다. 피곤한 몸에다가 내 몸에 가려운 식중독이 걸리고 거기에다 어깨 팔이 아파서 잠이 들지 못하고 아들 생각만 하다가 펄떡 일어나서 기도합니다. 주님 아들을 기억하소서. 저는 아들을 위해서 하나님 훌륭한 목사 되라고 평생토록 기도했어요. 저는 그렇게 될 걸 믿고 기도합니다. 주님 말씀 한마디로 바다도 순종했지요. 저는 주님 기적을 믿습니다. 성경에 있는 선지자들도 수난과 고생을 겪고 나서 성공했던 일들을 생각해 봅니다. 사도 바울도 성도들이 바구니에 담아서 높은 나무 위에 숨어 있다가 내려오셨고, 요셉도 형들이 저놈 꿈쟁이 온다고 미워서 애굽 사람한테 팔아 왕실에서 살았지만, 옥중생활을 하고 나서 그 나라의 지도자가 되었다. 모세도 자기 민족을 사랑하다가 피란 가서 살았지만, 하나님께서 자기 필요할 때 일꾼으로 쓰임을 받았다. 예수님도 수난을 당하시고 부활해 승리하셨다.

오늘은 목사님들 재판 날입니다. 주님께서 재판장이 되셔서 억울한 재판이 되지 않고 당신 종들 고통에서 풀어 나게 하옵소서. 종들에게 지혜 주셔서 꼭 해야 할 말씀을 주소서. 오늘은 독일에서 선교사님(슈나이스

목사)도 오시고 그분 사모님들도 오시고 하나님 감사합니다. 사람을 통해서 여러 면으로 도와주시니 모든 것이 주님의 은혜입니다. 오늘은 허병섭 목사님 오셔서 심방을 하시고 점심도 못 잡수시고 섭섭하게 가셨다.

교회터를 상대원에다 사 놓고 날마다 위로받는다

교회터 사 놓은 땅에 깨도 심고 고추 모종도 하고, 날마다 걸어서 상대원 교회터에 다니며 생땅을 일구었다. 우리 교회 땅이니까 기쁨으로 했다. 독일에서 선교사가 오셔서 우리 교회에서 야간학교도 하고 환자들 치료도 하고 많은 일을 했는데, 환자들 치료할 때 접수해 놓은 것을, 야간학교도 하는 증거물로 보고 어려운 이웃을 위해서 일하는 사람이라고 도와주겠다 하고 가시더니, 시일이 걸려 돈이 와서 상대원 땅을 교회터로 사게 되어 저는 아주 기쁘고 하나님께 감사드립니다. 나의 기도를 들어주심에 감사드립니다. 교회 건축은 아직 가능성이 없지만, 없는 것을 있게 해 주신 하나님께서 성전 건축할 때도 오시겠지 하고 믿고 기도합니다.

늘 상대원 교회터에 가서 농사짓는 재미로 산다. 진 날 갠 날 없이 걸어서 상대원을 다리 아픈 줄도 모르고 다녔다. 호박도 심고 들깨도 심고 콩도 심고, 귀한 땅이니 먹든지 못 먹든지 골고루 심었다. 집안일이 너무 밀려서 저녁에 다 해놓고 잠을 잤다. 얼마나 바쁜지 사람이 몸으로 사는 것 같다. 죽을래도 죽을 시간이 없을 정도다.

허 목사님께서 연행되었다고 한다. 나는 더 슬프다. 허 목사님이 심방도 가끔 하시고 낮 설교도 더러 하시는데 하나님 우리 교회 일꾼 보내줍소서. 주님 웬일로 막연한 생각이 듭니다. 주님 나의 기도 들으소서. 귀를 기울이소서. 응답하소서. 나의 잘못은 계산하소서. 그리고 당신 종을 판단하소서. 나의 반석이 되시고 나의 피난처가 되시니 주님 나의 애원 들으소서. 내 혀 닳았을 것 같으면 닳았을 거요.

내아들아 내아들아 악마들 손에 잡히지 마라

오늘 또 주님께 호소합니다. 오늘은 주일 마귀 틈타지 않게 하소서. 하나님 견디기 어려우니 당신 종 빨리 보내주소서. 남의 식구를 많이 잡아다가 고통을 주는 걸 차마 볼 수 없습니다. 우리에게 압력을 주기 위해서 하는 일입니다. 나의 하나님 박 집사, 강웅기, 이호윤, 김의경 집사 속히 보내주시고 그들 마음을 감동시켜 주옵소서.

하도 답답해서 천호동 시누이 집을 찾아갔더니, 거기도 경찰들이 세 사람이나 지키고 있더라. 시누이더러 해학이가 혹 여기 있나 하고 왔다고 혹 해학이 오면 빨리 자수하라 말하세요 했다. 버스를 타고 오면서도 아들이 혹 버스 타고 어디를 가나 하고 두리번두리번 찾아봤다. 내 아들아 내 아들아 악마들 손에는 잡히지 말고 빨리 자수해라. 하나님 살려 주세요. 우리 식구를 불쌍히 보소서. 우리 아들 때문에 주변에 아는 사람 다섯이나 잡혀 들어가 이해학 찾아내라고 고통을 줍니다. 하나님 내 기도 들으시고 그분들 빨리 내보내 주소서. 저는 변소에 앉았어도 기도합니다. 죄 없는 사람들 빨리 내놓게 하소서. 박 집사, 강웅기, 이호윤, 이창렬, 김의경 집사 빨리 나오게 하소서. 종일 밥도 안 먹고 창자가 끊어질 것 같습니다. 기도하는 시간, 저녁 열 시가 다 되어서 다녀왔습니다. 하나님 감사합니다. 하늘이 무너져도 솟아날 구멍이 있구나 하고 한숨을 내쉴 수 있게 해 주신 하나님 감사한 마음 금할 수 없습니다. 눈물을 흘리면서 감사드립니다.

주님 뜻이 있어 주민교회를 세우셨지요

수도권 목사님들 걱정했는데 다 석방되었다고 기별이 왔다

전혀 모르는 사람을 알게 되어 원연이 집에 심방도 다녀왔다. 저녁에 누워 잠이 겨우 들었는데 대문을 두드리는 소리가 나서 뛰쳐나가 누구여 하고 물었더니 하는 소리가 들어가서 자겠다고 한다. 나는 자긴 어디에서 자요 말했더니 경찰서 명령이라고 한다. 나는 안 된다고, 먼저도 경찰들이 우리 집에서 살면서 시장 파 한 뿌리 사러 가도 따라가고 애들 소풍 가는 데도 따라다니고 이웃집 가택 조사를 하고 우리 식구들 나가지 못하게 지켰다고 했다. 편지가 와도 꼭 뜯어보고 주었지 거짓 수작만 쓰는 귀신들 생각만 해도 치가 떨린다 하면서 대문을 꽉꽉 닫으니 이런저런 소리를 지르더라. 방에 들어와서 생각하니 도둑놈인지 순경인지 분별도 못 하고 잠이 오지 않고 불안하더라.

따뜻한 방 고마운 마음

김의경 집사가 아파서 병원에 같이 다녀왔다. 경찰서에서 김 집사를 오라고 한다. 오늘 또 종일 의자에 앉혀놓는데 순경이 때린 자리가 아프다고 하며 나와 같이 앉아있다. 저녁에는 여인숙 추운 방을 준다. 박 순

80

경이 오늘 저녁에는 우리 집에 가서 주무시라고 데리고 간다. 박 순경 어머니도 좋고 그 부인도 좋더라. 박 순경이 우리를 지키는 담당이다. 자기 집에 데리고 가서 뜨신 방에다가 재우고 아침 식사도 잘 대접받고 왔다. 김 집사가 아프다고 했더니 자기 집 따뜻한 방에 자라고 해서 고마운 마음 금할 수 없었다.

남의 식구 잡아다 고통 주는 것 보다 우리 형제 잡아가는 것이 마음 편하다

새벽기도회. 하나님 김의경 집사님 구속되지 않게 하시고 그 마음을 위로하소서. 그는 과부예요. 불쌍한 딸이요. 어린애들 공부도 가르쳐야 하고 먹여야 하고 그러니 구속되면 안 돼요. 당신 종을 빨리 자수하게 하소서. 그 악마들 손에는 잡히지 않게 하소서. 김의경 집사는 할 수 없이 구속영장이 떨어졌다고 한다. 나는 그 소리 듣고 사지가 떨린다. 주님 웬일입니까. 당신 종 빨리 보내 주옵소서. 아무리 그렇지만 무슨 죄가 있다고 하나님 어디 계십니까. 왜 보고만 계십니까. 나의 애통한 사정을 들어주소서. 하나님 우리가 무슨 죄가 있어서 이렇게 고통을 받아야 합니까. 당신의 종 잡히지 않고 제 발로 걸어와서 자수하게 하소서.

우리 영기 동생이 잡혀갔다. 경찰서에서 조사가 심하다고 한다. 나는 남의 식구를 자꾸 잡아다가 고통을 주는 것보다 우리 형제들이라도 잡아가는 것이 마음 편하다. 우리 동생댁이 우리 집에 왔다. 순경이 끌고 가더니 며칠이 되어도 안 온다고 해서 내가 말했다. 남의 식구 자꾸 데려다가 고통을 주니 별 수가 있는가. 내 동생이니 참소. 자네가 애를 쓰지만 참소. 곧 나올거여 했더니 순종하면서 믿음이 없으나 믿습니다. 들어가면 좋겠소. 어째요 별수 없지요. 그리고 갔다.

주님 내 혀가 닳을 것 같았으면 닳았습니다

새벽기도. 오늘도 똑같은 기도로 하나님께 통사정합니다. 하나님은 어디 계십니까? 너무 지치고 충격이 큽니다. 주님 내 혀가 닳을 것 같으면 닳았습니다. 김의경 집사님은 참으로 의로운 사람입니다. 속히 기도를 풀어주소서. 나의 매인 것 이루소서. 어디에 가서 호소할 곳 없습니다. 주님 우리가 무슨 죄가 있어서 남에게 못할 일을 시킵니까? 당신 종은 언제까지 숨어서 살아야 합니까? 답답한 마음 자나 깨나 주님께 부르짖습니다.

주님께서 판사도 되시고 재판장도 되옵소서

오늘은 〈명동 시국 사건〉으로 구속된 목사님들 재판 날이다. 하나님 오늘 재판받는 목사님들 지혜를 주셔서 빨리 석방하게 하소서. 주님께서 판사도 되시고 재판장도 되옵소서. 명동 사건으로 우리 전도사도 사건이 풀릴 것입니다.

위대하신 목사님들이 명동성당에서 부흥집회를 하시려고 전도지를 뿌리고 우리 전도사를 만나서 그 날 오라고 전도지를 주었다. 우리 전도사는 우리 교회에서도 3·1절 예배가 있어서 못 갑니다 하고 전도지만 받아 가지고 와서 책상에 올려놓고, 우리도 3·1절 예배를 무사히 마쳤는데, 명동성당에서 부흥집회 하고 나서 목사님들이 연행을 당하고, 정치 지도자들이 목사님들을 빨갱이라고 아주 엉터리로 신문에 냈다. 그리고 기장교회 목사들은 온통 빨갱이라고 소문이 났다. 세상 사람들은 이 신문만 보고 곧이듣는다. 우리 전도사가 너무 억울하고 분해서 우리 교회 청년들을 앉혀놓고 목사님한테서 전도지 받은 것을 보여주면서 이걸 인쇄해서 기장교회 목사님들 나눠주자고 말을 했다. 금용이 청년이 자신 있게 자기가 하려다 시간이 없어서, 전주에 사는 자기 친구를 시켜 그 친구가 인쇄해서 자기 방에 두었는데, 그 형이 신고를 해서 그 친구가 구속되었다. 금용이가 알고 금용이도 피신하려다 잡혀서 우리 전도사에게도 피신하라고 연락을 하여 피신했던 것이다. 김의경 집사는 밥장사하면서 거기에 방이 있어서 애들 공부도 가르치고 우리 아들이 좋아서 전도사님 생전 같이 살았으면 좋겠다고 했다. 김의경 집사가 전도사 우리 집에 있다 안 가르쳐 주었다고 감옥살이를 몇 달 했다.

시작도 주님이시오 모아주심도 주님이십니다. 주님 뜻이 있어서 주민교회를 세우셨지요

당신 종을 저울질하소서. 당신 종이 저울추가 모자라거든 본인이 뉘우치게 하소서. 자비를 원하시고 진실을 원하신 하나님 당신 종을 외모로 보지 말고 중심을 보시는 여호와께서 당신 종을 판단하소서. 원수 같이 찾는 자들은 깨닫게 하소서. 여호와여 왜 보고만 계십니까? 그 원수들이 이해학 잡으려고 곳곳마다 올무를 놓고 있습니다. 이해학을 잡아주는 사람은 돈을 50만 원 준답니다. 그 악마 손에 잡히지 않고 자기 발로 걸어서 자수하게 하소서. 오늘 또 우리 교회를 생각하면서 잠을 잘 수 없습니다. 교회 일 할 사람을 보내주소서. 심방할 사람도 없습니다. 주님 애통한 마음으로 기도합니다. 시작도 주님이시오 모아주심도 주님이십니다. 주님 뜻이 있어서 주민교회를 세우셨지요.

환조 엄마가 4주째 교회를 안 나온다. 우리 교회를 안 나오려고 그러는 건지 나는 퍽 걱정이 된다. 심방이라도 갈까 하고 여러 날을 심방 가자고 이 사람 저 사람 붙들고 말을 해도 들은 척도 않고 맨날 다음으로 미룬다. 주일에도 예배 끝나고 심방 가자고 이 사람 저 사람한테 말해도 예배 끝나고 다 가버린다. 나는 종일 맘이 불안했다. 나 혼자 심방가는 것보다 여럿이 가면 나을까 하고 가자고 해도 안 듣는다. 맨날 나 혼자만 심방을 가는 것보다 아픈 환자가 있으니 여럿이 가자고 해도 말들을 안 들어준다. 나 혼자만 발버둥을 친다. 오늘은 애들만 맡겨두고 이점례 집사님과 환조 엄마 집에 갔더니 털어놓고 말씀을 하신다. 중부감리교회 몇 주일 갔더니 그 교회에서 심방을 오셨더라고 말씀하신다. 나는 너무 기기 밀며서 말을 못 하고 와 버렸니.

환조 엄마도 우리 교회 일꾼 되게 하소서

목사님들 재판 날 입니다. 주님 그곳에 기적이 나타나게 하소서. 주님께서 판사가 되어 명동 사건 속히 해결 되게 하소서. 그리고 주민교회가 하나님 계신 것 나타나게 하소서. 교인들이 한 사람 한 사람 자꾸 가 버리니 속상해 죽겠습니다. 환조 엄마도 우리 교회 일꾼 되게 하소서. 주님은 나의 사정을 아시지요. 속상한 맘 금할 수 없습니다. 주님 당신 종 어디 있는지 속히 소식 듣게 하소서. 속히 자수시켜 주소서. 속히 끝이 나게 하옵소서.

왼쪽부터 한맹순 권사 이점례 권사 임유순 권사

84

이제 보시오. 쨍 해 뜰 날이 돌아오리라고 나는 믿습니다

우리 교회 집사님들 네 분이 안양교도소에 계신 김의경 집사님 면회를 갔었다. 그런데 교도소에 계신 김 집사님께서 건강이 안 좋다고 하신다. 사식을 넣기로 했는데 약을 먹어야겠다고 돈으로 넣어 달라고 해서 돈으로 주고 왔다. 나는 면회를 하고 나오며 가슴이 벅차다. 집사님이 죄도 없이 고생하면서 건강도 안 좋다고 하니 어찌나 불쌍한지 안타까운 마음 금할 수 없다. 집사님들은 면회 후 영등포 최 원장 약국에 들렀다 가신다고 해서 나도 같이 따라갔더니, 영등포 최 원장이 김 순경이 날마다 그곳에 와 점심도 같이 하면서 이호윤 구속하려고 잡으러 다니고 이해학은 이제 자수해도 필요 없고, 이제는 찾지도 않고 죄가 더 크게 되어 그 15년 형을 살 거라고 한다. 그 뒤에는 사람들도 구속할 거라고 말씀한다. 나는 그 말씀 듣고 큰소리로 외쳤다. 살아계신 하나님 계시니 무슨 걱정이오. 내가 아는 것은 우리 아들은 하나님 앞에 죄가 없는 사람이오. 하나님 앞에 죄가 있어야 걱정이지, 나는 앞날을 꿈 꾸고 있소. 이제 보시오. 쨍 해 뜰 날이 돌아오리라고 나는 믿습니다. 버스를 타고 오면서 두 주먹을 불끈 쥐고 내가 더 정신을 차려야제. 내가 더 기도 많이 하고 전도도 더 열심히 해야제. 하나님은 나의 기도 언젠가 들어주실 걸 믿고 그 힘으로 삽니다.

집에 와서 환조 엄마 집에 가서 내가 또 왔소. 우리 교회는 탄식하고 있소. 가난하고 근심하고 어지러운 교회를 버리고 가면 안 됩니다. 일꾼이 없소. 고통 속에 신음하고 있는 교회를 버리고 가면 안 됩니다. 도와주십시오. 가시면 안 됩니다. 하나님도 슬퍼하실 겁니다. 오세요. 오늘 저녁 수요일 예배에 나오십시오. 단단히 부탁하고 기도하고 왔더니 예배 시간에 환조 엄마가 오셨더라. 나는 맘 속으로 어찌나 고마운지 하나님 감사합니다.

인간이 감당할 수 없는 것을 감당하게 하시니 감사한 마음으로 오늘도 내 일도 하나님의 기적을 맛보고 삽니다

새벽기도. 주님 나의 신음 들으소서. 내가 눈도 쇠약해지고 목이 탑니다. 자다가 깨도 주님만 부릅니다. 날이 새도 종일 주님만 부릅니다. 그리고 교회 성경학교 많이 모이게 해 구옵소서. 선생님들도 기쁨으로 정성껏 가르치게 하소서.

오늘은 이점례 집사님 댁에서 선생님들 음식을 대접했다. 참 감사했다. 그리고 여러 집사님 댁에서도 돌아가면서 대접했다. 오늘 마지막으로 성경학교가 재미있게 끝났다.

앞으로도 미래의 희망을 꿈꾸며 저는 용감하게 살아보려고 애도 퍽 씁니다만 문득문득 생각할 때마다 당신 종을 생각하면, 그리고 김의경 집사와 금용이를 생각하면 가슴이 찢어질 것만 같습니다. 우리 아들은 지금 어디에 있는지 주님 지켜 주시고 악마들 손에 잡히지 않게 하소서.

어머니 어머니 아들입니다

집에서 기도하고 자려고 하는데 아들한테서 전화가 밤 열두 시쯤 왔다. 어머니 어머니 아들입니다. 나는 너무도 당황해서 거기가 어데여 물었더니 성남경찰서에요 한다. 나는 너무도 당황해서 물어보고 싶은 말도 못 물어보고 전화가 끊어졌다. 아들 음성을 듣고 나서 꿈인지 생시인지 분간을 못 하겠구나. 언제 자수해도 해야 할 걸, 이제 짐을 하나 더는 것 같다. 아들 음성을 듣고 너무 당황해서 잠이 들지 않는다. 아들을 위해서 기도합니다. 하나님 감사합니다. 내가 기도하는 대로 잡히지 않고 자기 발로 걸어가서 자수하게 되어서 감사합니다. 조사가 너무 심하지 않게 하나님 도와주소서. 하나님 꼭 지켜주소서.

아들이 경찰서 있다가 떠날 줄 알고 도레 엄마가 밥을 가지고 나서길래 정회 할머니더러 집을 보라고 하고 나도 경찰서 갔더니, 과장님이 떠나려면 아직 멀었다고 아직 조사가 안 끝나서 다음에 보여준다고 한다.

집에 와서 보니 체사가 와 있다. 체사는 우리 사촌 언니의 아들이다. 혹 우리 아들 사건으로 왔나 하고 웬일인가 어떻게 우리 집을 찾았제. 이질 말이 경찰서 과장이 전화도 주소도 가르쳐 주대요. 해학이가 우리 집에 있었거든요. 나는 깜짝 놀라서 웬일이여, 자네 집을 어떻게 찾아갔을까. 해학이를 숨겨주는 사람은 잡으러 구속할 거로 생각하면서 걱정을 했는데, 이질이 나는 조사가 다 끝나서 가라고 해서 왔어요. 그래 정말이여, 나는 참 반가웠다. 우리 걱정을 하면서 추석 때 돌아왔는데 아무리 추석이나 쇠고 가라고 해도 말을 안 듣데요.

형수 씨가 해학이 신세를 망쳤소

오늘은 김 집사님 재판하는 날, 하나님 꼭 나오게 하옵소서. 그는 과부요, 어린아이들이 셋이 있어요. 죄도 없는 불쌍한 딸이요. 꼭 나오게 하시고 빨리 목사님들도 석방하세요. 첫 먼동 트자마자 밥을 해서 먹고 공판에 참석했다. 내 생각에는 오늘 나올 줄 알았더니 9월 21날 또 재판한다고 미뤘다. 나는 너무나 억울한 생각 금할 수 없었다.

오늘은 뜻밖에 금산 사시는 우리 시동생이 오셨다. 술은 여전히 잡수시고 전에 나 예수 믿는다고 구박하더니 지금도 여전히 예수 반대하는구나. 형수 씨가 해학이 신세를 망쳤소. 예수 믿지 말라고 내가 그렇게 말려도 내 말 안 듣더니 하필이면 예수 믿는 대학교를 보내서 맨날 감옥에나 가고 친척들한테 창피해요. 죽은 형님이 해학이는 큰 그릇으로 쓸 거라고 말했어요. 형수 때문에 해학이 신세는 망쳤어. 내가 말했다. 그렇게 말씀하시려면 우리 집에 오시지 마세요 했더니 내가 오고 싶어서 온 줄 알아, 듣자 하니 속이 상해서 따지러 왔제. 내가 별소리로 설명했지만 내 소리는 듣지 않고 화가 나서 천호동 우리 시누이 집에 간다고 식사도 않고 가버렸다. 나는 걸린다. 몰라서 그럴 수밖에 없다. 돈이 있으면 차비라도 드려야 하는데.

아들을 수진동 경찰서에 두고 열심히 기도합니다. 주님 당신 종 곁에 계시어 조사가 심하지 않게 도와주시고 형을 가볍게 받게 하소서. 하나님 감사합니다. 자기 발로 걸어가서 자수하고 잡히지는 않게 해 달라고 기도했더니 그대로 이뤄주시니 감사합니다. 빨리 명동 사건이 풀리게 하옵소서.

당신들이 지켜섰으니 불안해서 교인들이 많이 안 나와요

오늘 거룩한 주일 주서서 감사합니다. 교인들 많이 모여 단에 세운 종에게 말씀의 능력 주소서. 교인들에게 튼튼한 믿음주소서. 예배 시간에 김 형사가 와서 도레 엄마하고 큰소리로 말다툼을 한다. 단에서 종을 울려도 다툼은 끝나지 않는다. 나는 말했다. 예배 시간에 왜 지키러 옵니까? 또 잡아다 조작 꾸미려고 당신들이 지켜섰으니 교인들이 불안해서 많이 안 나와요. 당신들 너무 조잡한 일만 해요. 예배 끝나고 나가는 데 따라가면서 말했다. 우리 아들이 죄가 있어서 당신들한테 당하는지 아시오. 당신들은 죄인이지요. 우리 아들은 하나님의 종으로 인정받는 의인이요. 죄가 있어야 무섭지 죄 없으니 무섭지 않아요. 김 순경이 말한다. 주일날 예배 참석하는데 왜 그렇게 해요. 나는 말했다. 예배 참석 말은 좋은데 당신들 하는 일은 조작이여.

저는 하나님 은혜 감사하여 하나님께 바칠 게 없어서 외아들 하나 바칩니다. 하나님의 훌륭한 일꾼 되게 해 달라고 오늘까지도 그렇게 기도합니다. 나는 그 꿈을 믿고 기도합니다.

88

오늘 수요일 예배 시간. 명우가 술을 먹고 우리 집에 와서 말썽을 부리고 소란스럽다. 언제라도 우리 집에 와 소란을 떤다. 내 자식은 아니지만 그를 위해 언제라도 기도합니다.

아들이 부탁한 말 명심하고 내가 눈을 감고 죽는 날까지 기도 열심히 하고 전도 열심히 하고

새벽기도를 혼자라도 빠지지 않고 갑니다. 주님은 금용이 빨리 석방해 주세요. 그가 무슨 죄가 있습니까? 그리고 감옥에 계신 목사님들 빨리 석방해 주세요. 하나님 엘리야 제단에 불로 나타난 기적 일어나게 하소서. 주님 감옥에 있는 분들을 생각하면 눈물이 앞을 가립니다.

세 사람이 새벽예배 재미있었다. 이점례 집사님과 같이 심방 재미있게 했다. 나오다가 안 나온 집 열심히 했다. 나 혼자 심방하는 것보다 훨씬 재미있다. 새벽기도도 나 혼자 하는 것보다 두 사람만 있어도 더 재미있다.

아들이 수진동 경찰서에 있어도 면회를 안 시켜주어서 못했는데, 하루는 저녁밥을 가지고 나오라고 과장한테서 전화가 왔다. 저녁밥을 해서 가지고 오란다. 밥을 며느리가 얼른 해서 가지고 갔더니 나는 아들 면회를 생각지도 않았는데 아들이 한복 차림을 하고 과장실로 들어오는 것을 보고 깜짝 놀랐다.

아들을 처음 만나 보았다. 아들을 붙들고 울어도 보고 아들 따뜻한 손도 잡아 봤다. 그리고 그 씩씩하고 용감하고 지혜롭고 의로운 말로 내게 위로해 준다. 그 씩씩한 음성은 옛날이나 오늘이나 변함없다. 내가 어찌 실망하리오. 미래를 바라보면서 아들이 부탁한 말 명심하고, 내가 눈을 감고 죽는 날까지 기도 열심히 하고 전도 열심히 하고 낙심하지 않으려 작심했다. 그 날 저녁에 잠이 오지 않고 아들의 하얀 한복 입은 그 모습

여신도주일(강사 박성자목사)에 특송하는 권사님들

이 눈에 자꾸 보여 일어나 기도하는 시간, 빨리 명동 사건이 끝나게 하소서. 그리고 당신 종들 꿈을 이뤄주소서. 자나 깨나 기도합니다.

감옥에서 나오신 김의경 집사님 찾아갔다

　새벽기도. 주님 오늘은 김 집사님 재판합니다. 오늘은 꼭 나오게 하옵소서. 애통한 마음으로 간절히 기도합니다. 첫 새벽에 아침밥을 해서 애들 주고 우리 교인들과 성남경찰서 가서 전도사 면회를 사정했지만 면회를 못 하고 김 집사님 재판하는데 참석했다. 재판이 끝나버렸다. 밖에 나오는 길목을 지키고 있었더니 김 집사가 재판 끝나고 오신다. 오늘 저녁에는 나간다고 말씀하신다. 나는 너무도 반가워서 뜨거운 눈물을 흘리며 하나님 감사합니다. 하나님 기적을 믿지 못하고 몸부림친 것 용서하십시오. 무거운 큰 짐을 내려놓은 것 같다. 이제 모든 일이 풀릴 것 같다. 오늘은 감옥에서 나오신 김의경 집사님 찾아갔더니 반가워했다. 이런저런 이야기하면서 재미있었다. 그런데 건강이 안 좋아서 걱정된다. 그동안 살림은 언니가 다 하고 애들도 언니가 보살펴 주었다고 한다.

진 날 개인 날 없이 뛰어다녔더니 병이 나서 누워 있다

오늘은 심방을 하려고 미뤄왔는데 진 날 개인 날 없이 뛰어다녔더니 병이 나서 심방도 못하고 누워 있다. 예배 참석도 못 하고 누워 있다. 나는 예배 빠져본 적이 한 번도 없었다. 슬픔도 잘 참고 괴로움도 잘 참았는데 내 몸이 아픈 것을 못 참는구나. 하루 누워 있는 것이 며칠 누워 있는 것 같다. 나는 누워서도 생각한다. 악착같이 교회를 열심히 받아 우리 아들 오면 교회도 부흥되고 또 우리 아들 목사도 되고, 나는 미래의 희망을 믿고 기도합니다. 나의 기도를 언제라도 들어주시는 하나님 감사합니다.

이웃집 할머니들 밥을 할 때 여유 있게 해서 대접했다. 할머니들이 좋아하더라

오늘 또 도레 엄마는 면회 가고 우리 교회 청년들은 체육대회 가려고 준비를 한다. 나는 밥을 가지고 가게 하려고 반찬도 장만하고 밥도 하고 혼자 애를 바둥바둥 썼다. 밥을 해서 보내고 집에서 이웃집 할머니들 오라고 해서 여럿이 밥을 먹었다. 밥을 할 때 여유 있게 해서 대접했다. 할머니들이 좋아하더라.

나는 집에서 체육대회 가는 청년들을 위해 기도합니다. 하나님 우리 교회 청년들이 기쁘게 놀게 하소서. 이런 모임으로 말미암아 뜨거운 사랑의 공동체가 되게 하시고 청년들의 믿음이 튼튼하게 하소서. 실망하지 않게 하소서. 나는 괜찮다고 말을 해 주었다.

사람이 때로는 기쁠 때도 있고 슬플 때도 있다

미파가 극장에서 무용발표회를 한다고 해서 도레 엄마는 애들 데리고 미리 가고, 나는 집에 할 일이 많아 저녁 늦게 가서 자리도 없이 구경을 했다. 우리 미파도 저 속에 들어있고 귀엽게 무용을 하는 것을 보니, 아주 기쁘고 귀여운 게 이루 말할 수 없었다. 사람이 때로는 기쁠 때도 있고 슬플 때도 있다.

금용이가 무슨 죄가 있습니까?

새벽기도. 주님 오늘 금용이 재판 날입니다. 주님 내기도 들어주소서. 금용이가 무슨 죄가 있습니까? 오늘 주님 역사하옵소서. 애통한 마음으로 기도합니다. 나의 애통함을 들으소서. 믿고 기도합니다.

환조 엄마하고 찬송도 하고 성경도 보고 하는 도중에 금용이 엄마가 시골에서 밤 열차를 타고 오셨다. 반갑게 만나서 기도하고 예배 마쳤다.

오늘은 집을 남더러 보라 하고 나도 재판하는 데 참석했다. 나는 변호사를 똑바로 바라보면서 맘 속으로 숨을 쉴 새도 없이 기도했지. 주님 변호사님을 주님께서 그 입을 사용하소서. 그리고 법원에 있는 사람들 감화시켜 주옵소서. 변호사에게 말씀의 능력을 주소서. 믿습니다. 금용이도 용감하게 말 잘하게 하소서. 변호사도 씩씩하게 말씀 잘 하셨다.

심방하는 집사님들도 기쁨으로 심방하게 하소서

우리 교회에서 대 심방을 하는 날이다. 나는 집안 일도 하고 심방 가신 분들을 위해 점심을 준비하느라 아주 분주하다. 오늘 또 심방 가는 사람들을 위해 기도합니다. 나는 심방 안 갔어도 집에서 밥을 하면서 기도합니다. 하나님 교회 부흥되게 하시고 오늘 가는 곳곳마다 열매 맺히게 하소서. 같이 심방하는 집사님들도 기쁨으로 심방하게 하소서. 밥을 해놓고 기다려도 안 오신다. 늦게 오셔서 식사들을 맛있게들 잡순다. 집에서 하는 일이 많아서 힘이 들어도 심방을 하시니 재미가 있다.

금용이, 내 생전에 잊지 못할 귀한 나의 아들. 정말 왔구나 왔구나

재판 날을 앞두고. 금용이가 무슨 죄가 있습니까? 다음 재판할 때는 꼭 나오게 하소서. 눈물 흘려 간절히 기도합니다. 저는 내 아들보다 더합니다. 왜냐하면, 내 아들 때문에 감옥살이하게 되니 속상합니다. 천진난만한 청년입니다. 오늘 금용이 선고 공판에 금용이 꼭 밖으로 나오게 하소서. 인간의 어떤 힘으로도 말로도 못하는 일들을 주께서는 능이 못할 일이 없습니다. 주님 언제나 나의 기도 나의 신음을 들어주신 주님께 통사정합니다.

재판 시간에 맞춰서 도레 엄마도 가고 금용이 엄마도 아들 얼굴 보려고 시골에서 오셨다. 나는 뒤에 갔다. 집안일이 많아서 못 가게 생겼지만, 조급증이 나서 재판하는 자리에 나도 들어가려고 정신없이 뛰어갔는데, 지키는 경찰이 못 들어가게 해서 아들 얼굴 보려고 시골에서 왔는데 못 들어가면 어떻게 해요 사정을 했더니 들어갔다 만은 먼 데서 재판관 하는 소리를 잘 못 듣고 나가라고 몰아내서 나왔다.

금용이 형이 재판 끝마치고 나가면서 금용이가 저녁에는 나간다고 자기 형한테 말했다고 했다. 나는 저녁에는 나간단 소릴 듣고 하나님 감사합니다. 정말 감사합니다. 눈물을 겁 없이 흘리면서 집에 왔다. 꿈만 같아서 꿈이거든 어서 깨라고 했다. 저녁 열두 시가 되어도 오지 않고 청년들만 기다리다가 다들 집으로 가버렸다. 나는 가슴이 또 철렁했다. 왜 열두 시가 되어도 오지 않나 몸부림치고 누워있으니 그제야 들어오더라.

내 생전에 잊지 못할 귀한 나의 아들 정말 왔구나 정말 왔구나. 너무도 기뻐 잠을 잘 수 없어 세 시 반이 되도록 잠을 못 자고 병이 났다. 피곤하고 지쳐서 병이 크게 낫다마는 주님께 감사기도 눈물 흘려 드립니다. 찬송하고 성경도 보고 기도하고 예배 마쳤다. 아파서 밥도 안 먹고 아침 식사를 해 주고 종일 누워 있었다. 나는 아파도 일어나서 기도했다. 오늘은 수요 예배다. 교인도 없으니 금용이가 교회 올 거여. 금용이가 인사 말씀 드리고 교인들도 더 나왔다. 기쁘게 박수도 치고 이렇게도 기쁠 수가 있나. 하나님께 감사의 눈물뿐입니다.

하나님께 통사정합 l다 예배 블 징소 석당한 데 수세요

아들 면회를 갔다마는 법원에 가고 없다고 면회도 못 하고 섭섭하게 집에 왔다. 재판이 되면 빨리 나올 가능성이 있다는 말을 듣고 나는 기뻐했다. 오늘은 부인회로 이점례 집사님 댁에서 다섯 사람이 모여서 예배 재미있게 봤다.

우리 교회 주인이 사글세로 놓는다고 우리 교회 이사를 하라고 한다. 그래서 수진동 신흥동을 다 찾아봐도 우리 교회 이층 건물만큼 좋은 장소가 없어서 애가 터진다. 한 가지 일이 끝나면 또 계속 일이 터진다. 당장 교회를 비우라고 하는 데 큰일이 났다. 또 하나님께 통사정합니다. 하나님 우리 교회는 돈이 없어서 사글세를 얻을 수 없는데 어떻게 하면 좋아요. 빨리 장소 주세요. 예배 볼 장소 적당한 데 주세요.

숨을 내쉴 때마다 기도합니다

새벽기도. 주님 오늘은 당신 종 재판날 입니다. 당신께서 당신의 종에게 지혜를 주시어 꼭 해야 할 말씀을 주옵소서. 그 입을 주님이 사용하옵소서. 숨을 내쉴 때마다 기도합니다. 변호사에게도 지혜 주셔서 말씀의 능력을 주소서. 믿습니다.

재판을 끝마치고 많은 사람이 나에게 대놓고 아들 잘 두었다고 영광으로 생각하라고 인사들 한다마는 칭찬을 받아서 좋은 것보다 무슨 죄목이 드러나지 않고 용감하고도 씩씩하게 외친 음성 소리가 내 귀에는 쟁쟁하다. 광주 계신 노사장 정운이 아버지도 오셨는데 재판 끝나고 바로 가 버렸다. 너무 섭섭하다. 나는 저녁에 잠을 잘래도 잠을 잘 수가 없다. 내 아들 그 음성이 내 귀에 들리고 용감하게 돌아보면서 웃고 인사하는 모습이 내 눈에 자꾸 떠오른다.

주님, 예배 볼 장소를 당장 비우라고 하니 어떻게 하면 좋아요? 없는 가운데 있게 하신 주님 예배 볼 장소를 주옵소서. 애통하며 기도합니다. 속히 주옵소서. 나는 몸부림치면서 기도했다. 기도할 때 그 자리 있게 해 달라고 기도도 해 봤다. 예배 볼 장소가 그만한 장소도 없고 기적으로 그 자리에 있게 해 달라고 기도했는데 환주 공장하던 장소를 전세 놓는다고 해서 이 자리도 놓치면 안 돼. 주님을 찾아서 자리가 좋지 않지만 돈 50만 원을 계약했다.

며칠 지나서 주인이 또 말한다. 그냥 그 자리에 있으라고 해서 그 장소에서 예배를 봤다. 하나님께 기도할 때 그 자리에 있게 해 달라고 하나님 기적으로 되게 해 달라고 기도는 해놓고서 좋지 않은 장소에다가 계약금을 오십만 원 걸었다.

당신 종도 와서 이 동치미 김치를 먹게 하소서

오늘은 김영순 집사님이 리어카에다가 무를 싣고 왔다. 나는 맨날 내가 장사하면서도 하도 고생을 해서 김영순 집사 벌어 먹고살겠다고 저렇게도 고생을 해야만 한다고 하니 웬일로 슬픈 생각이 났다. 나는 그 무로 동치미를 담그면서 당신 종도 와서 이 동치미 김치를 먹게 하소서 하고 기도하면서 동치미를 담겄다.

큰소리 치고 살 수 있는 세상이 올 거여

손이 묶여서 차로 올라가는 아들을 쳐다보면서 눈이 깜깜하면서 나도 모르게 발이 굴려진다

새벽기도. 주님 오늘 목사님 재판 날 기억하시고 주님 뜻이라면 당신 종들 나오시게 하옵소서. 그리고 그 현장 하나님 같이하시고 빨리 나오게 징역형을 받게 하소서. 교회서 기도하고 와서 바쁘게 밥을 해서 주고 나는 뒤따라 갔다. 아직 재판이 시작 안 했다.

서울서 사모님들도 많이 오시고 목사님들도 오시고 재판은 금방 끝나고 징역 3년을 아들에게 내렸다고 해서 나는 생각하기를 혹 하나님 기적으로 오늘 선고 재판에 집행유예로 떨어질까 하고 기대를 많이 했는데 징역 3년이 웬일이여. 기가 막혀서 말도 안 나오고 문 곁에 서서 손이 묶여 차로 올라가는 아들을 쳐다보니 눈앞이 깜깜하면서 나도 모르게 발이 굴려진다. 도레 외할머니가 혹 사위가 나올까 하고 오셨다가 그냥 가려고 해서 점심이라도 하시고 가라고 모시고 왔다. 점심 하시고 떠나셨다.

일기는 점점 추워지고 감옥에 있는 분들도 걱정이지만 가난한 우리 교인들 걱정이 된다. 하나님 가난하고 날마다 벌어야 먹고 사는 나의 이웃들 또 우리 교인들을 불쌍히 보셔서 축복해 주시고 그들이 믿음으로 살게 하소서. 그리고 교인들 실망하지 않고 용기있는 믿음 주소서. 청년들이 거저 왔다 갔다 하는 자 없게 하소서.

건강이 괜찮나, 밥은 잘 먹어, 용기를 잃지 마라, 하나님 같이 계신다

도레 엄마가 나더러 면회를 가라고 한다. 나는 언제라도 가고 싶어도 말을 못했는데 교도소 찾아가서 아들 얼굴도 가려져서 희미하게 만나보고 나는 건강이 괜찮나, 밥은 잘 먹어, 용기를 잃지 마라, 하나님 같이 계신다. 우리 아들은 씩씩한 말로 어머니 저는 밥도 잘 먹고 건강도 좋고 제 걱정 마시고 교인들 잘 돌보시고 어머니 아무 걱정 마시고 어머니 휴식을 취하셔야 건강합니다. 땡그랑 소리 나면서 데리고 들어간다.

면회하고 오는데 첫눈이 내리는데 버스를 내릴 때 눈바람이 얼굴에 부딪히면서 몹시도 추운 날씨다. 이까짓 것 괜찮아 추운 겨울날 감옥에서 지낼 걸 생각하면 꿈만 같다. 주여 역사하옵소서. 당신 종들 낮에는 구름기둥으로 밤에는 불기둥으로 지켜 주옵소서.

예배 시간에 이숭일이가 결의문 읽었다고 일곱 명을 경찰서로 잡아갔다

새벽기도. 오늘은 추수감사절입니다. 주님 교인들 많이 모아 주세요. 주민교회를 이 자리에 세워주심도 주님이시오, 모아주심도 주님이시오, 오늘에 이르기까지 교회를 지켜 주신 것도 주님이시오, 단에 세운 종에게 말씀의 능력주소서. 교인들 하나하나 지켜주소서. 그들이 실망하지 않게 튼튼하게 성장하게 하소서. 그리고 감옥에 계신 종들 꿈이 이뤄지게 하소서. 그들 꿈을 속히 이뤄주소서. 여호와여 왜 보고만 계십니까? 내 혀가 닳아질 것 같았으면 이미 닳아졌습니다. 내 기도에 귀를 기울이소서. 응답하소서.

오늘은 생각밖에 교인들이 꽤 모였고 설교 말씀도 재미있게 하셨다. 오늘 추수감사절을 무사히 마쳤는데 저녁예배 끝나고 경찰들이 차를 대놓고 새카맣게 널려 있다. 금용이와 전도사, 여러 청년을 차에 싣고 갔다. 예배 시간에 이숭일이가 결의문을 읽었다고 청년들 일곱 명을 경찰서로 잡아갔다. 밤새도록 잠도 잘 수 없고 걱정이 벅차오른다 옷을 띠 섭게 입고 중앙파춘소를 가도 없다. 싱남경찰서로 갔다고 한다.

저녁 열두 시가 되어도 안 온다. 교회에 가서 하나님께 통사정하면서 기도합니다. 살려주세요. 아무 죄도 아닌 걸 죄라고 사람을 잡아갔습니다. 하나님 그들 손에서 빨리 풀어 나게 하옵소서. 이 밤에 보내주소서. 하나님 나를 불쌍히 보시고 내기도 들어주소서. 사실 급합니다. 사람이 못하는 일 하나님은 하시지 않습니까? 이운제 집사, 박 집사, 노 집사님, 우리 집으로 오시라고 모아서 경찰서를 보냈는데도 다녀와서 하는 소리가 긴급조치 9호로 걸렸다고 전도사님, 이숭일을 구속할 것 같다고 그리고 최귀님, 숙자도 구속영장이 내릴지 모른다고 한다.

도레 엄마는 면회를 가고 나 혼자 집에서 몸부림친다. 여러 사람이 들어가서 고생을 하게 되니 어떻게 하면 좋을까 창자가 끊어질 것 같다. 자면서도 기도, 걸어가면서도 기도, 변소에서도 기도, 미친 사람처럼 몸부림쳐 기도 합니다.

저녁 열두 시에 시끌시끌한 소리가 난다. 얼른 뛰어갔더니 경찰서 갔던 청년들이 다 나왔다. 창자가 끊어질 것 같더니 깜짝 놀라면서 그렇게도 기쁠 수가 없다. 내 아버지 그러면 그렇지 감사합니다. 하나님 우리 교회로 통해서 영광 받으소서. 청년들로 하여금 이런 어려운 일로 인해 더 믿음이 튼튼하게 하소서.

아들이 교회가 걱정된 모양이다. 제 걱정은 말고 교회 걱정이나 하라고 한다

아들 면회를 갔다. 양 집사도 같이 갔다. 아들이 교회가 걱정된 모양이다. 날마다 심방 열심히 하고 기도 열심히 하라고 한다. 내 맘에 든 말을 해 준다. 열심히 하고 기도 많이 하라고 부탁한다. 내게 다짐 말을 해준다. 요새는 웬일로 심방도 못했다. 나는 아들 추워서 어떻게 하느냐고 물었더니 아들은 속내의도 입었고 괜찮아요. 다른 사람은 속내의도 안 입은 사람도 있어요. 제 걱정은 말고 교회 걱정이나 하라고 한다. 면회를 끝내고 와서 심방을 한 집이라도 할까 했는데 추워서 누웠다가 심방도 못했다.

날씨가 아주 포근하다. 내 맘도 포근하다

나 혼자 열심히 심방도 하고 집에 와서 집안일 하느라고 분주한 중 경동교회에서 시무하시는 이영일 목사님이 오셨다. 나는 어찌나 반가운지 모르겠다. 경동교회에서 성탄절에 구속자들 돕기로 헌금을 했는데 약소하지만 가지고 왔어요.

돈 만 원을 주시고 그냥 차 한 잔 대접도 못 하고 가셨다. 도례 엄마가 목욕 집에 가더니 저녁 열한 시 반이 되어서 온다. 나는 집에서 또 무슨 일 났나 잠도 안 오고 걱정했더니 오더라. 날씨가 아주 포근하다. 내 맘도 포근하다. 오늘 저녁에 모이기로 했는데 교인이 한 사람도 안 나왔다. 내가 심방을 했는데도 집사님들은 안 나오시고 애들만 북적북적하다. 나는 교인들 집에 열심히 찾아다녀도 온다고 해 놓고도 안 나오신다. (76.12.23.)

어린 것들이 다음엔 자랑하면서 큰소리치고 살 수 있는 세상이 올 거여

새벽기도로 성탄절을 마치니 좀 분위기가 이상한 것 같다. 그리고 집

구속된 양심수와 함께 구치소앞에서 성탄축하 예배하는 교인들

사님들이 통 안 나왔다. 그리고 성탄절 낮 예배를 안 드리고 이상하다. 나는 걱정이 된다. 청년들이 서대문교도소 가서 무슨 산에 가서 예배를 드리러 갔다고 해서 나는 퍽 걱정을 했더니 무사히 예배드리고 왔더라. 나는 말했다. 그 목자 그 교인들이구나.

이해학 전도사는 교회 처음 시작할 때 성탄절에 김포공항에 가서 예배 보다가 교인들이 전부 연행되었다가 나왔다. 나는 생전에 잊지 못한다. 어린 것들이 이 담에는 자랑하면서 큰소리치고 살 수 있는 세상이 올 거여. (76.12.25.)

우리 교회에서 연극도 하고 무용도 한다고 준비를 하고 있다

오늘 또 추위가 영하 17도나 된다고 한다. 펄펄 끓는 방에서도 얼굴도 못 내놓게 한다. 하나님 악독한 법이 빨리 변경되게 하소서. 빨리 당신 종들 석방하소서. 오늘은 도레 엄마도 집에 있으니 누워서 쉬려고 했는데 아들 생각이 나서 잠도 안 오고 몸부림친다. 누워있을 수 없어 신들린 사

성탄절축하예배 연극공연 후 함께한 여신도들

람같이 골목으로 나가서 생각하니 갈 데가 없다. 이점례 집사님 집에 가
서 대문을 두드리니 추워서 문을 안 열어준다. 너무 추운 날 심방도 못 간
다. 그 집이 부담되었다.

　교회 가서 주님께 애통하게 호소하며 기도할 때 내 마음 위로가 되더
라. 오늘 또 영하 17도나 되는 추위다. 주님 언제까지입니까? 종들 신음
을 들으소서. 속히 민주회복되게 하소서. 종들 소원을 이뤄주옵소서. 간
절히 기도합니다. 오늘 저녁에는 우리 교회에서 연극도 하고 무용도 한
다고 준비를 하고 있다. 날씨가 추워서 누가 보러올까 싶다. 걱정되어서
교인들 집집이 심방을 했다. 설명해 주면서 어느 대학생들이 봉사해 준
다고 우리 교회 와서 아주 재미있는 연극을 한다고 오라고 했다마는 나
는 집 보느라고 안 갔다. 생각보다 많이 왔다고 한다. (76.12.28.)

1977년도에는 큰 소리로 찬양하리라

　1월 오늘은 아들 면회를 갔으나 접수할 때 새치기를 당했다. 설날이라

사람이 너무 많아서 간신히 얼굴만 보고 금방 들어가 버린다. 돈 가진 것 없어서 떡값도 못 넣어주고 섭섭한 마음 금할 수 없다. 사람마다 자기 새끼가 무엇이길래 그 얼굴만 잠깐 보고 말려고 발광들 한다. 나부터도 죄인이 이렇게 많을까, 아니여, 3·1 명동 사건은 의인이 억울하게 고생을 한 거여. 우선 우리 아든 목사님들도 너무 억울하고 피를 토할 일이다. 그렇지만 하나님께서는 우리 억울함을 알기 때문에 위로를 받는다. (77.1.)

하나님께서는 사람으로 이어져서 서로 사랑하고 서로 알게 하신다

오늘은 김의경 집사님 집을 찾느라고 고생 많이 했다. 만나서 얼굴도 보고 서로 속 있는 이야기도 하고 고기 사고 밀감도 사서 왔다. 어찌나 고마운 생각이 뼈저리게 드는지. 왜냐하면, 그 언니들도 우리 아들 때문에 자기 동생이 감옥에 가서 고생했는데, 그전에는 얼굴도 모르고 살았는데, 우리 아들 때문에 김 집사님 언니들을 알게 되었고 그분 아들도 알게 되었다. 하나님께서는 사람으로 이어져서 서로 사랑하고 서로 알게 되고 그래서 하나님 은혜가 항상 감사하다.

1976년도가 마지막 넘어간다. 원망스런 세월아 잘 가거라

3월 날씨가 너무 추워서 일기장을 쓰려고 하는데 볼펜이 자꾸 얼어서 나오지 않아서 쓸 수가 없다. 아들 생각하면서 불도 안 넣은 감옥에서는 얼마나 추울까? 나는 잠시라도 볼펜이 얼고 손이 얼고 안경에 김이 어려서 보이지 않아 닦는다. 1976년도가 마지막 넘어간다. 원망스런 세월아 잘 가거라. 나는 이제 새로운 새해를 맞이한다. 1977년도에는 목사님들도 석방되리라. 그리고 민주주의도 회복되리라고 믿고 명동 사건도 해결되리라. 큰소리를 치며 찬양하리라. 당신 종들 품은 뜻이 이뤄지리라.

허병섭 목사님을 경찰들이 신발도 못 신고 개처럼 끌고 갔다

3월 1일 오늘은 삼일절 예배를 보려고 준비하느라 무척 바빴다. 해 놓은 것은 없지만, 종일 분주했다. 예배 시간 되어 교회 갔더니 교인은 몇 사람만 나오고 경찰들이 교회 문밖에 새카맣게 와서 지켜서 있고 또 예배실을 다 차지하고 있다.

또 교인이 와서 사모님은 경찰들이 교회를 못 가게 지키고 있다고 해서 내가 집에 헐떡헐떡 뛰어왔더니 여섯 놈이 교회를 못 가게 지키더라. 나는 소리를 질렀다. 젊은이 교회 못 가게 하는 일이 이유가 무어냐고 힘 없는 목소리로 소리소리 질렀더니 나만 기운이 잡치고 소용이 없다. 그래서 바가지에 물을 떠서 뿌렸더니 안으로 들어온다. 나는 이러다가 예배를 못 보고 말겠다 싶어서 또 교회로 뛰어갔더니 허 목사님을 경찰들이 신발도 못 신은 채 개처럼 허리춤을 잡고 개처럼 끌고 갔다고 사람들이 서서 얘기하고 있다. 나는 분통이 터진다. 피를 토하고 죽고 싶다. 하나님 어디 계십니까? 너무 억울하고 분합니다. 언제까지입니까? 우리는 악독한 정치가들로 인해 분통만 당하고 살아야 합니까?

삼일절 예배 보려고 며칠을 준비하느라 돈도 많이 들었고 청년 학생들이 애도 많이 썼는데 예배도 못 보고 사람들이 놀라서 주기도문으로 끝내고 말았다. 저녁 예배 시간에도 황 형사가 왔다. 임광영 전도사가 황 형사더러 나가라고 했다. 예배 끝나고 경찰들이 다섯 사람이나 교회 문 앞에 지키고 있다. 나는 그걸 보고 집에 안 가고 지켜보고 있었다. 나는 또 무슨 일로 지키고 있소 하고 빨리 가라고 밀어냈다. 전도사님을 붙들고 악을 쓰면서 늘어졌다. 나 죽이라고 악을 썼다. 다행히도 집으로 오셨다. 잠을 잘래도 잠이 안 온다. 분하기만 했다. (77.3.1.)

오 주님 순서도 없고 질서도 없는 사회, 무엇을 믿고 살며 무엇을 희망하고 살까요

새벽기도. 하나님, 답답한 심경 어데 가서 호소할 데 없어서 하나님께 맨날 꼭 같은 기도로 반복합니다. 주님 사람들이 쓸쓸하고 냉정한 것 같아요. 교도소에 있는 분들도 냉정하고 인정도 사정도 없는 사람들 같아요. 오 주님 순서도 없고 질서도 없는 사회, 무엇을 믿고 살며 무엇을 희망하고 살까요. 오 주님 이곳에 오소서. 이곳에 오소서. 포로로 잡힌 자를 자유케 하시고 억눌린 자를 자유케 하시고 주님 언제까지입니까? 속히 응답하소서. 속히 석방시키소서. (77.3.9.)

우리 교회 사건을 알아보러 오셨다. 나는 마음이 흥분되고 기쁘다

오늘은 거룩한 주일이다. 예배 순서를 주님께서 인도하옵소서. 사랑하는 자녀들 구름떼같이 모여 당신 종 당신 뜻대로 하소서. 오늘 성경 말씀은 마태복음 5장 13절, 너희는 세상의 빛이라 산 위에 있는 동네가 숨기우지 못할 것이요 사람이 불을 켜서 말 아래 두지 아니하고 등경 위에 두나니 이러므로 집안 모든 사람에게 비추느니라. 성경 말씀 재미있게 가르쳤다.

저녁 설교도 청년학생이 많이 모였다. 전도사님 설교 말씀 재미있게 가르쳤다. 전도사님 설교 말씀 저녁에도 잘하셨다. 오늘은 김영순 씨가 방을 얻으려고 태평동 전체를 다 헤매고 다녔다. 오후 두 시까지 다녀서 지쳐서 집에 들어왔다. 오후 세 시쯤 노회에서 목사님들이 우리 교회 오신다고 집사님들 모이라고 한다. 이점례 집사님하고 나하고 참석했다. 우리 교회 사건을 알아보러 오셨다. 나는 마음이 흥분되고 기쁘다. 기도하고 가셨다.

오늘은 우리 시누이가 와서 반가웠다. 조카가 감옥에 가서 오래 고생을 하면 어쩌지 하고 걱정하고 하루 저녁을 자고 갔다. 도레 엄마는 목요집회 갔는데 전화가 왔다. 사모님이 없어졌다고 한다. 나는 또 걱정이다. 또 데모하다가 잡혀갔나 걱정했더니 조금 있다가 황 형사가 데리고 온다.

내 힘으로 하는 일이니 아무리 힘든 일도 결심하고 열심히 하면 다 이뤄주신다. 내 아들 감옥에서 나오는 일은 왜 어이 못 할까

오늘은 교회 여신도회에서 판매사업을 시작했다. 깨를 따다 기름을 짜서 재미있게 팔았다. 오늘은 빈터가 있어 삽으로 파고 곡괭이로 파서 돌을 골라내고 밭을 장만하겠다고 틈 있는 대로 돌을 주워서 돌밭을 옥토로 만들었다. 기를 쓰고 밭을 만들어서 콩도 심고 팥도 심고 깨도 심고 가장자리에 호박도 심고 녹두도 심고 돌을 엄청나게 골라냈다. 돌을 한쪽에다가 산더미처럼 싸놓았다. 일을 너무 힘들게 해서 내가 몹시 아프다.

교회 심방도 하고 또 집안 살림도 열심히 했다. 팔이 뚝 떨어지게 아프다. 고통을 당한다. 내 힘으로 하는 일이니 아무리 힘든 일도 결심하고 열심히 하면 다 이뤄주신다. 내 아들 감옥에서 나오는 일은 왜 어이 못 할까. 아니여 밤낮으로 부르짖는 나의 기도를 금방엔 안 이뤄주시지만 언젠가 하나님께서 이뤄주실 줄 믿고 저는 위로 받고 하루하루를 살고 있어요.

주님 언제 이뤄주실려는지요? 답답합니다. 주님 내 호소를 들으소서. 악의 세력을 물리치시고 속히 평화통일이 이뤄지게 하소서. 주님 어떤 것이 주님의 뜻입니까? 정의 기뻐하신 주님, 공평을 원하시는 주님, 정의와 공평 사랑을 찾아볼래야 없는 것 같습니다. 주님, 당신 종들 뜻을 저버리지 말고 이뤄주소서. (77.3.17.)

나는 오늘 성경 말씀에서 남을 위해서 의로운 사람이 되어야 한다는 것을 배웠다

상한 갈대도 꺾지 아니하며 꺼져가는 심지도 끄지 아니하기를 심판하여 이길 때까지 하리라. 새벽기도, 주님 오늘은 거룩한 주일날입니다. 주님 교인들 많이 모아 주시고 다에 새의 좋 믿음에 능 탁날 수소서.

오늘 성경 마태복음 16장 1~4절, '바리새파 사람들과 사두개파 사람들이 다가와서, 예수를 시험하느라고, 하늘로부터 내리는 표적을 자기들에게 보여달라고 요청하였다. 예수께서 그들에게 말씀하셨다. 너희는 저녁때에는 하늘이 붉은 것을 보니 내일은 날씨가 맑겠구나 하고 아침에는 하늘이 붉고 흐린 것을 보니 오늘은 날씨가 궂겠구나 한다. 너희는 하늘의 징조는 분별할 줄 알면서 시대의 징조들을 분별하지 못하느냐. 악하고 음란한 세대가 표적을 요구하지만, 이 세대는 요나의 표적밖에는 아무런 표적도 받지 못할 것이다. 그런 다음에 예수께서는 그들을 남겨두고 떠나가셨다.'

나는 오늘 성경 말씀에서 남을 위해서 의로운 사람이 되어야 한다는 것을 배웠다. 저녁 설교, 세월이란 것도 누구에게나 주어진 것이 아니라 우리가 하루하루 살아가면서 좀 더 뜻이 있는 생활을 하면 내 몸도 맘도 다 주님께서 아시고 너희는 낙심하지 말고 나에게 주어진 것들을 어떻게 살아야 할까 믿음에 굳게 서서 그리스도의 중심으로 살아야 한다. (77.3.21.)

당회장 정석면 목사님 오셔서 여덟 사람 학생이 세례받았다. 오늘은 교인들이 많이 모였다. 임광영 전도사님 설교 말씀 재미있다

4월 임 전도사님 설교 재미있다. 세월아 어서 빨리 가라. 하나님 종들이 원하는 꿈을 속히 이뤄주소서. 자유, 오 자유를 속히 이뤄주소서.

새벽기도, 주님 오늘 예배 시간에 많이 모아주시고 단에 세운 종 말씀의 능력 주소서. 당신 종에게 인간의 자취를 감춰주시고 오늘 설교 말씀은 마태복음 14장 13절, 세례 요한은 옥중에서 정의를 외치다 교수형을 당했다. 불의의 악이 정의의 사랑을 죽였다. 민중들 기대가 세례 요한의 힘을 바라고 있다. 희망의 사랑 구원의 사랑이 목이 잘렸다. 민중의 길은 선한 지도자가 필요했다. 선한 지도자들을 되새기면 산다. 있는 사람은 배가 터지고 없는 사람은 배가 고파 굶주린다. 예수님은 무리를 불쌍히 보시고 생명의 주님께서 무리에게 먹을 것을 주라. 예수님은 신랑 되신 예수님은 눈물을 흘렸다.

저녁 설교는 당회장 정 목사님 오셔서 세례, 여덟 사람 학생이 세례받았다. 오늘은 교인들이 많이 모였다. 임 전도사님 설교 말씀 재미있다.

(77. 4. 1.)

전화가 왔다. 도레 엄마가 병원에 있다고 한다. 나는 깜짝 놀랐다

오늘 또 도레 엄마는 어디 갔는지 말을 하지 않으니 어디 갔는지 모른다. 나는 집안 살림살이하랴 부엌에서 하는 일도 분주하다. 전화가 왔다. 도레 엄마가 병원에 있다고 한다. 나는 깜짝 놀랐다. 애들은 집 보라고 데려다 놓고 이윤재 집사님 댁을 갔더니 이 집사님이 병원에 도레 엄마한테 다녀왔다고 한다. 괜찮다고 걱정하지 말라고 하신다.

오늘 수요예배 시간이 되었는데 전도사님도 안 계시고 박점동 집사님이 설교하셨다. 도레 엄마가 아무래도 무슨 일이 난 것만 같다. 이윤재 집사님은 괜찮다고 한다마는 나는 걱정이 되어서 기도했다. 오늘은 황 형사, 양 집사님과 셋이서 도레 엄마 있는 병원에 갔더니 구속자 가족들이 많이 있더라. 집에서 걱정하는 것보다 보고 오히려 마음이 놓이더라. 도레 엄마와 구속자 가족들이 행진하다가 경찰들이 밀어버려서 머리를 다

첫다고 한다. 보호자 역할 해 주신 사모님께서 괜찮다, 걱정하지 말라고
해서 나는 한숨을 돌릴 수 있었다. 불행 중 다행이다.

　주님 감사합니다. 여종 빨리 치료해 주세요. 건강 주시고 불쌍히 보시
고 힘차게 싸워서 승리하게 하소서. 주님께서 보호하셔서 그만큼 된 줄
믿고 하나님께 감사합니다. 당신 종늘 자유가 속히 오게 하소서. 연약한
후에 강건하며 손해 받은 후에 이익 있고 눈물 난 후에 웃음 있고 씨 뿌린
후에 추수한다고 이르신 은혜로운 말씀 있지요. 주님 파수꾼이 아침을
기다림보다 더합니다만 당신 종들 그 신음을 들으소서. 당신 종들 꿈을
속히 이뤄주소서. 속히 통일되게 하소서. 여호와의 선하심과 인자하심
으로 우리 교회 우리 가정과 주님의 무한 은혜로 축복으로 보호하시니
감사합니다. 앞으로 남은 삶도 주님께 맡기고 기도합니다. 주님께서는
능이 못할 일이 없다고 성경에서 하신 말씀 믿습니다. 저는 하나님께 통
사정하며 호소합니다. (77.4.24.)

양심과 정의에서 떠난 사람은 바보라고 합니다

　사도 바울 설교 말씀에 면류관이 사도 바울을 기다렸습니다. 모든 일
에 작정하고 달려갈 길을 다 달려가고 믿음의 선한 싸움을 싸우라고 권
고합니다. 모든 사람은 자기 욕심을 위해 싸우고 있다. 우리는 세상 끝날
때까지 싸워야 합니다. 양심이 승리의 말을 하고 있습니다. 선인이든 악
인이든 우리가 선택하며 살아야 합니다. 신앙 속에서 정말 하나님의 사
람답게 살아야 합니다. 악인은 선한 것이 하나도 없다고 합니다.

　보라, 나는 의로운 자다. 육신의 사람 누가 나를 이 사망의 골짜기에서
구하리오. 육신의 사람은 교만과 거짓과 자기 욕망을 위해서 싸웁니다.
예수님은 좁은 길과 넓은 길을 분간해서 마음을 비유하지요. 양심과 정
의에서 떠난 사람은 바보라고 합니다. 이것은 하나님을 떠난 사람입니

다. 정의와 양심을 모르는 사람입니다. (77.5.2.)

도레 엄마가 오늘 병원에서 퇴원한다고 했는데 안 온다. 마음이 놓이지 않는다. 조금 있다가 도레 엄마가 왔다. 나는 어찌나 반가운지 모른다. 한 가지 걱정했는데 교회 전세금 문제로 말미암아 어려움을 맞았다. 오늘은 점심을 분주하게 해서 먹고 임 집사님과 전도사님 세 사람이 심방을 재미있게 했다. (77.5.4.)

야외예배 적은 수이지만 재미있게 노는 걸 볼 때 내 마음도 갑부더라

아들 면회를 도레 엄마와 같이 갔다. 해는 길고 까맣게 뜨고 한 평짜리 방, 옥중생활, 기나긴 세월, 해는 길고 정말 처량한 모습으로 보인다마는 씩씩한 말소리 기분 좋은 말로 위로한다.

새벽기도, 오늘 어린이 주일 교인들이 야외예배 간다고 도레 엄마는 밤새도록 김밥을 두 보따리나 싸서 교인들 하나씩 나누어주니 참 내 마음도 갑부. 교인들도 애썼다고 하면서 수고했다고 하더라. 애들도 즐겁게 놀고 장년들도 적은 수이지만 재미있게 노는 걸 볼 때 내 마음도 갑부더라. (77.5.5.)

교회 전세를 40만 원 더 올려달라고 주인이 급하게 말을 하며 돈을 더 안 내려면 나가라고 한다. 돈은 없고 답답한 마음으로 하나님께 호소합니다. 없는 것도 있게 하신 하나님께 호소합니다. 급합니다. 기도했습니다.

전도사님께서 어디에서 돈 40만 원을 주었다고 하시니 나는 깜짝 놀라게 반가웠다. 나는 또 한 가지 근심을 해결해 주신 하나님께 감사합니다. 가능성 없는 것을 있게 해 주신 하나님 감사뿐이 안 나옵니다. 임 전도사님 설교 말씀이 꿀보다 더 달다. (77.5.11.)

시계가 새로 두 시를 쳐도 잠이 안 와서 아들 편지만 계속 읽었다

부인회 판매사업에서 참기름도 팔려고 짜놓고 이점례 집사님과 같이 심방도 열심히 하고 오니 저녁 식사 시간이었다. 식사를 끝내고 나는 피곤해서 자리를 펴고 누워서 생각하니 수돗물이 걱정된다. 수돗물이 꼭 밤중에 나오니 밤중에 물을 안 받으면 물을 쓸 수 없다. 우리 집에는 수도가 없고 밑에 공동수도에서 대 먹는다.

밤 열한 시쯤 수돗물 다 받고 애자도 물 받으라고 깨우고 옆집 아줌마도 물 받으라고 깨웠다. 물 다 받고 방에 들어와서 내게 부탁한 은혜로운 말을 내 머리에 상상하면서 잠을 잘 수 없었다. 시계가 새로 두 시를 쳐도 잠이 안 와서 아들 편지만 계속 읽었다. 잠을 잘래도 잠이 안 오고 새벽기도 교회 가서 기도합니다. (77.5.18.)

너희는 무엇이 서러워서 우느냐? 내 설움과 네 서러움과 시합해 볼까?

오늘은 시간이 있어서 그냥 집에서 어정거리다가 아카시아꽃을 따러 이웃집 노인 따라서 갔다. 진달래꽃은 다 떨어지고 아카시아꽃이 온 산천에 하얗게 눈으로 덮은 것같이 보기도 좋고 참 아름답고 향기 냄새가 진동한다. 쑥국새는 쑥국, 구국새는 구국구국 울어댄다.

너희는 무엇이 서러워서 우느냐? 내 설움과 네 서러움을 시합해 볼까? 쑥국새는 시원 통통하게 울어나 보는구나. 나는 내 꿈이 이뤄질 걸 믿고 희망을 앞두고 산다. 배배새는 비비 하고 운다. 온갖 잡새가 다 운다. 나는 무엇인가 아쉬운 생각이었다. 우리 집이 산 곁에 있으면 얼마나 좋을까? 새들과 벗이 될 거여, 외롭지 않을 거여. (77.5.21.)

이점례 집사님 아드님 참 고마웠다

이점례 집사님 아드님이 회사택시를 타고 노인 다섯 분을 태워서 용인

어버이주일에 권사님들과 함께 오른쪽에서 세번째가 한맹순권사

자연농원으로 구경을 갔다. 듣는 말과 같이 참 잘해 놓았다마는 무엇인
가 아쉬운 마음이 생각난다. 이병철이라는 사람은 돈이 얼마나 많길래
이곳에다가 돈을 쓸어담는 함선을 만들어 놓았구나.

　무지무지하게 많은 사람이 돈 쓰고 피곤하고 지쳐 자기 집에 돌아간
다. 이 땅에서는 돈이라면 할 수 있지만, 우리 하나님 나라는 영원한 생
명의 나라, 주님의 은혜로 구경 잘했다. 갈 때도 택시로 실어다 주고 올
때도 택시 가지고 오셔서 타고 왔다. 이점례 집사님 아드님 참 고마웠다.
우리 노인네들을 구경시켜 주시니 감사했다. 호강스럽게 구경도 잘했다.
(77.5.23.)

갈 적에는 발길이 빨랐지만 면회하고 나오면서는 발길이 터덕터덕 거린다

　감옥에 계신 김대중 선생님과 또 다른 목사님들을 비롯해 우리 아들을
위해서 기독교회관에서 예배를 보려고 사람들이 무진장 많이 모여서 나
중에 오는 사람은 자리가 없어서 서는 사람이 많다. 나는 마음이 흐뭇하

고 고마웠다. 감옥에 있는 사람들을 위해서 기도회에 많이 참석해서 참 고마웠다. 예배 다 끝나고 나가면서 찬송도 불렀다.

우리는 비록 얽매였으나 돌아가리라 내 주님께로, 사모님들같이 힘차게 찬송 부르다가 이 많은 사람이 모였다가 그냥 헤어질 걸 생각할 때 나도 모르게 퍽 안타까웠다. 처 길 믿 긴 삐 ㅅ ㅗ 시원잖은데 내 아들 내놓으라고 힘껏 외쳤다. 모든 사람이 나를 붙들어서 맘대로 못했다. 내 심령은 어디 가서 악이라도 실컷 써보고 싶은 심령이다. 아쉬운 마음으로 집에 돌아왔다. 오늘은 도레 엄마하고 아들 면회를 갔더니 아들의 얼굴이 그 전보다 못한 것 같고 기분이 안 좋다. 면회하고 오면서도 서글픈 생각 금할 수 없었다. 갈 적에는 발길이 빨랐지만 면회하고 나오면서는 발길이 터덕터덕 거린다. 견딜 수 없는 일이다. 안에서는 오죽할까? (77.6.1.)

내 마음이 답답한 생각 금할 수 없어 삽을 들고 가서 공터를 푹푹 땅을 파서 조그마한 밭뙈기를 일구었다

도레 엄마가 감옥에서 옷을 한 보따리 찾아왔다. 아들 손수 빨아서 입던 옷, 나는 그걸 보고 마음이 안 좋았다. 내 아들아 이게 웬일이야? 나는 죄가 많아서 아들을 감옥에서 썩히고 살까? 내 마음에 답답한 생각 금할 수 없어 삽을 들고 들로 가서 공터를 푹푹 땅을 파서 조그마한 밭뙈기를 일구었다. 파 심어서 해먹으려고. 이건 내 힘으로 한 것이 아니요, 홧김에 밭을 만들었다. 날씨가 너무 어두워서 제대로 안 되었지만 요긴하게 양지 밭이 만들어져서 좋았다.

오늘은 시골 우리 친정 조카가 와서 사당동 작은 아버지 집에 가자고 해서 도레와 미파도 다 데리고 갔다. 자고 가라고 못 가게 해도 떨치고 나왔다. 터미널에서 버스를 갈아타려고 기다리는데 버스가 만원이라 우리를 못 태우고 그냥 지나가 버린다. 시간이 가고 저녁이 돌아와서 캄캄해

지고 우리 도례도 울고 미파도 울고 두 놈이 울어댄다. 할머니 우리 집에
못 가서 어찌하느냐고 운다. 나도 너무 겁이 나서 하나님은 우리를 도와
주신다. 울지 마라. 달래보아도 할머니 어떻게 할까? 할머니 어떻게 할
까?

　나는 기도합니다. 어려울 때 도와주신 하나님 이 밤에 어떻게 해요? 도
와주십시오. 기도했더니 마지막으로 버스가 오더니 빨리 달아나지 않아
서 타고 왔다. 버스는 오기는 와도 만원이라 멀리 도망가니 빨리 따라가
는 사람만 타더라. (77.7.15.)

도례가 내 귀에다 대고 할머니 기쁜 소식 알려드릴게요 하며 우리 교회 사려고 계약했다고 한다

　들에 내가 밭 일군 것 김매고 종일하고 집에 들어왔다. 도례가 내 귀에
다 대고 할머니 기쁜 소식 알려드릴게요 하며 우리 교회 사려고 계약했
다고 한다. 나는 깜짝 놀랐다. 오래전부터 교회 건물 우리 것 되게 해 달
라고 하나님께 퍽 졸랐다마는 언제나 이뤄질지 기약이 없었다. 자리에
누워서 생각해도 혹시 꿈이 아닌가도 생각이 든다. 새벽 한 시가 되도록
어찌나 기쁜지 잠을 잘 수가 없었다.

　하나님 영광과 찬송을 받으시기 합당하신 하나님 저희 기도 들으시고
저희 원한을 풀어주시니 감사합니다. 우리 교회 되게 하셨으니 감사합니
다. 앞으로 교회 부흥될 것도 믿고 기도합니다. 인간의 불가능한 것도 하
나님은 능이 못할 일이 없습니다. 하나님의 신비롭고 변화가 일어난 절
망 중에도 하나님의 신비로운 그 은혜를 생각하면서 믿고 기도합니다.

(77.8.3.)

15일 광복절 날은 무사통과 하소서. 목사님들 많은 학생들 다 석방하소서

오늘은 성경학교를 시작합니다. 하나님 끝까지 지켜 주옵소서. 주님께서 같이 안 하면 아무것도 되는 일 없습니다. 선생님들이 정성껏 받들게 믿음 주소서. 모든 어려운 일 주님께 맡기고 기도합니다. 그리고 당신 종 꼭 8월 15일 날은 석방되리라고 다들 말합니다. 꼭 그 날을 믿습니다. 오늘은 박점동 집사님 댁에서 성경학교 교사들 점심을 대접했다.

우리 교인들이 순서를 정해놓고 우리 교인들이 계속 기도합니다. 주님 들어주소서. 사랑하는 교인들의 이해학 석방을 위한 기도 소리에 응답하소서. 15일 날은 꼭 석방하소서. 믿습니다. 믿습니다. 내 혀가 닳아질 것 같으면 아마 닳아졌습니다.

새벽기도, 주님 오늘 또 첫 시간 몸바쳐 정성껏 기도합니다. 나의 정성을 들으시고 응답하소서. 그리고 우리 교인들 성숙한 믿음 주소서. 이번 15일 광복절 날은 무사통과 하소서. 목사님들, 많은 학생들 다 석방하소서.

황 형사와 어떤 형사 두 사람이 우리 집에 와서, 전도사님이 내일 아침 6시에 석방되어 나온다고 자기들이 차를 가지고 와서 사모님 같이 가서 모시고 온다고 한다. 나는 마음이 어쩔 줄 몰라 꿈인지 생시인지 분별할 수 없었다. 걸어 다녀도 발이 땅에 닿지 않는 것 같다. 아들 석방된 꿈을 여러 번 꾸었다. 내일 아침까지 기다려야제. 나는 마음을 진정시키려고 애를 썼다. 혹시라도 뭔 일이 잘못될까 싶어서 열심히 주야로 기도합니다. (77.8.12.)

오랫동안 바랐던 15일 광복절 날이 돌아왔다. 지난밤 나는 잠을 잘 수 없었다. 왜냐하면, 너무 기뻐서 새벽기도를 마치고 나는 집에 와서 식사 준비를 하고 도레 엄마는 안양 가고 시골 사는 우리 시동생도 오고 도레 외할머니 이숙도 아침 일찍 오셨다. 조금 있다가 아들이 왔다. 처량하게 도 다른 얼굴로 대할 때 어찌 반가운 마음 금할 수 없었다. 그저 하나님 께 감사의 눈물뿐이다. 우리 집에는 손님이 종일 끊이지 않았다. (77.8.15.)

여호와 하나님 당신 종을 사자 발톱에서 구원하셨고 쇠사슬에서도 구원 하셨고 여호와께 감사합니다

숨 쉴 때마다 감사뿐입니다. 할렐루야 하늘에서 여호와를 찬양하며 높은 데서 찬양할지어다. 그 이름이 홀로 높으시며 그 영광이 천지에 뛰어 나시리로다. 만입을 가졌으나 다 찬양할 수 없습니다. 오늘은 종일 손님 이 끊이지 않았다. 오늘은 수요일 예배다. 감옥에서 나온 아들이 설교했 다. 참으로 기쁘다. 설교도 향내 나는 나무를 심자, 전도하라는 제목으로 설교 재미있게 하셨다. 여호와 하나님 당신 종을 사자 발톱에서 구원하 셨고 쇠사슬에서도 구원하셨고 여호와께 감사합니다. 그 인자하심이 영 원하십니다. 구속함을 당한 자를 석방하신 주님 감사합니다. 여호와의 이름으로 감사드립니다. 나의 반석이시오 나의 구속자이신 여호와여 내 입과 말과 내 마음의 묵상을 주께서 들으실 줄 믿습니다. (77.8.16.)

이까짓 것 괜찮아. 우리 독자 아들도 감옥에다가 썩히며 살았는데

오늘은 공터에다가 내가 악착같이 밭을 일궈서 콩도 깨도 녹두도 호박 도 심어서 주렁주렁 열렸는데 그 자리에다가 시청을 짓는다며 포크레인 이 땅을 파서 하나도 못 먹게 되었다. 나는 너무도 화가 나서 땅 파는 사 람더러 말했더니 나에게 말하지 말고 시장한테 가서 말하라고 했다. 나 는 콩이 주절주절 열린 콩나무를 가지고 시청을 갔다.

여보시오 한 보름만 있으면 콩을 먹을 수 있는데, 피땀 흘려서 해놓은 곡식을 말도 없이 땅을 파느냐, 말했더니 왜 당신들은 남의 땅에다가 심었소. 양심이 나쁜 사람이지요 한다. 나는 말했다. 왜 귀한 땅을 놀려둡니까? 공터에 심은 게 잘못 있습니까? 당신들이 미리 말을 했으면 우리가 고생을 안 하지요. 말뚝에다가 글을 써서 표시해 놓았으면 왜 우리가 헛수고합니까? 수고비는 그만두고라도 종잣값이라도 주어야 합니다. 다투었더니 시청 사람이 종잣값을 물어주겠다, 우리가 해결해서 물어준다고 해서 알았다며 그냥 왔다.

할 말도 못하고 그냥 와 버렸다. 나는 하도 속이 상했다. 나는 또 이까짓 것 괜찮아. 우리 독자 아들도 감옥에다가 썩히며 살았는데, 내 땅도 아닌데 생전에 먹을 것처럼 일을 한 사람이 잘못이다. 나뿐 아니라 수많은 사람이 거기에다가 밭을 만들었다. 그렇지만 악착같이 떠드는 사람이 없다. 종잣값을 못 받고 말았다. (77.9.1.)

오늘 설교 말씀은 꿀보다 더 달다. 설교를 잘하셨는데 교인이 적게 나와서 아쉬운 마음뿐이다. 사람들이 죽더라도 신앙의 양심을 지켜 우리는 양심의 명을 따라 살아야 한다. 우리가 하루하루 살아가는데 좀 더 뜻이 있는 생활하면서 나에게 이 좋은 인연들을 어떻게 보듬고 살아야 할까? 믿음에 굳게 서서 그리스도 중심으로 살아야 한다. 우리는 양심의 명을 따라 진실로 주의 선하심과 인자하심이 나에게도 항상 베푸실 줄 믿습니다. (77.9.8.)

콩 한 홉을 심었는데 한 말이 넘게 되었다. 큰 콩을 심으면서 하나님은 올해는 우리 아들이 감옥에서 나와 이 콩밥을 먹게 하소서

오늘 또 좋은 계절에 인생들이 살고 있으면서도 하나님께 감사할 줄 모르니 참 안타까운 마음입니다. 오늘 또 나는 기운이 없어 누워 있으면서 성경책을 읽으면서 감사합니다. 성경 볼 시간이 없어서 성경 못 읽었는데 오늘은 성경을 재미있게 읽어서 감사합니다.

오늘은 밭에 가서 콩도 베었다. 콩도 베어서 타작했더니 큰 박콩이 한 말 넘게 나왔다. 작년에 우리 아들 감옥에서 나오면 밥해서 주려고 아꼈더니 아들이 안 나와서 종자로 했더니 도레 엄마가 콩밥을 하려고 찾았는데 없다고 한다. 콩 한 홉을 심었는데 한 말이 넘게 되었다. 큰 콩을 심으면서 하나님, 올해는 우리 아들이 감옥에서 나와 이 콩밥을 먹게 하소서. 기도하면서 콩을 심었더니 아들이 나와서 콩밥을 먹었다. 공터에다가 밭을 일궈서 포크레인이 파 버려서 손해도 보고도 미련을 못 버려 한쪽 귀퉁이 조그마한 공터에 또 파고 심었더니 큰 콩을 한 말 넘게 거두었다. (77.9.28.)

산이 자연이 참 아름답고 보기가 좋았다

김윤례 집사님과 새우 잡으러 갔다. 하도 가자고 해서 동무 따라서 강남 간다고 버스를 3번 갈아타고 가서 경안까지 간다. 고개를 넘어가는데 산이 자연이 참 아름답고 보기가 좋았다. 마치 소풍 가는 기분이었다. 버스가 만원이라 서서 가도 나는 기분이 좋았다마는 버스에서 내려서는 걸어가도 가도 새우 잡는 장소가 아직 멀었다고 한다. 나는 걱정이 되어서 돈 없어도 차를 기다릴 걸 했다. 마침 택시가 한 대가 지나가는데 손을 들었다. 돈이 없소 했더니 돈 없어도 타라고 한다. 참 감사합니다.

타고 가서 보니 맑은 물이 바다같이 넓다. 사람들이 배도 타고 다니고 여기저기서 낚시질도 하고 택시들도 많이 왔더라. 옷을 한 벌 벗고 물에 들어가니 물이 나를 잡으려고 한다. 새우를 잡을 줄 몰라서 아무리 바구니로 훑어도 새우는 혹 한 마리나 잡힐까 말까 한다. 깊은 데는 못 들어가고 나는 아무리 해도 새우가 안 잡혀서 도로 나와 젖은 옷을 갈아입고 추워서 덜덜 떨며 양지에 앉아 있다가 고구마 캐는 데 가서 고구마 이파리 뜯는다고 했더니 뜯으라고 해서 욕심껏 많이 뜯었다.

거기는 버스가 없는데 걱정을 하면서 기도합니다. 하나님 너무 욕심껏 해놓고도 걱정입니다. 오늘 집에 꼭 가게 해 주세요. 어떻게 가지요? 하나님 도와주세요 믿습니다. 보따리를 이고 걸어오는데 택시가 여러 대 가도 안 세워준다. 그래도 또 손을 들었더니 택시가 섰다. 돈이 없습니다. 돈이 없어도 타세요. 어찌나 고마운지 김윤례 집사님 같이 타고 왔다. 어찌 감사한지 하나님에게도 감사하고 사람도 감사하고 감사한 마음 금할 수 없었다. 내리라고 하는 데 와서 경안 버스 타고 와서 또 3번 버스 갈아타고 성남 왔다. 나는 새우를 하나도 안 잡았는데 집사님이 조금 주어서 해 먹고 어찌 고생했는지 생전에 안 잊혀진다. (77.10.8.)

우리 집에는 새카맣고 이쁜 고양이가 있었다

김윤례 집사님 댁에서 강아지를 만 원 주고 사왔다. 이게 아주 큰 개 종자다. 세퍼드라고 비싼 개다. 가지고 와서 어찌나 강아지가 울어대던지 내가 나가서 만져주면 안 울고 혼자 가두어두면 울어댄다. 얼마 동안 있으니 안 울고 잘 컸다.

우리 집에는 새카맣고 이쁜 고양이가 있었다. 아주 번들번들 이쁘게 큰 고양이를 애들이 좋아한다. 그런데 도레 엄마가 고양이를 없애버리라고 자꾸 해서 모란시장 가지고 갔더니 사람들이 서로 욕심을 내도 싸게만 사려고 한다. 돈 천 원 받고 팔고 왔다. 그 이튿날 도레가 할머니 고양이 어디 있어? 왜 고양이를 찾느냐고 물었더니 고양이 그래서 숙제한다고 한다. 나는 누가 새끼를 내려고 가져갔다. 별소리를 다 해도 도레와 미파가 울어대면서 저랑 같이 고양이 찾으러 가자고 한다. 나는 팔았다고

118

했더니 그렇게 이쁜 고양이를 돈 천 원 받고 팔았다고 더 큰 소리로 울어 댄다. 할머니 나랑 같이 고양이 찾으러 가자고 한다. 나도 어찌나 속이 상했다. 고양이를 도로 가지고 오려고 생각했지만 도레 엄마가 고양이 없 애버리라고 하니 가지고 올 수도 없다. 나도 같이 울었다.

그 이튿날 도레와 미파가 학교 가면서도 오늘 고양이 찾아놓으라고 부탁한다. 나는 그와 같은 고양이가 있으면 돈 주고 사 오려고 모란시장을 눈 씻고 다녀도 없더라. 똑같은 고양이가 있으면 돈을 다 주고라도 사려고 생각했지만 없더라. 그냥 와 버렸다.

김금용 어머니 생일이라고 나를 초대한다

김금용 어머니 생일이라고 나를 초대한다고 해서 같이 따라갔다. 전주 가서는 전주 구경도 시켜주는데 전주도 구경하기 좋은지 몰랐다. 은행나무 낙엽이 더러 지는 것도 보고 또 연꽃도 보기 좋더라.

전주 구경하고 자기 동생 집에 가서 점심도 하고 금용이 어머니 집 시골집도 가서 보니 넉넉한 게 좋아서 나는 옛 시골 우리 집이 생각났다. 비록 행랑은 한쪽이 찌그러졌고 지붕도 한쪽이 기울었지만 나는 그 집 생각이 난다. 뒷동산 올라가서 보면 우리 논도 보이고 밭도 보이고 옛날 친구들 만나면 반갑다.

그런데 우리 시동생이 논도 팔아서 없어졌고 집도 다 팔아서 없어졌다. 집 팔아서 시동생하고 나누어서 차비해서 시어머님 모시고 왔다. 왜 내가 쓸데없는 생각 하나, 이런 것들은 쓸데없는 욕심이다. 나는 금용이 어머니 집에 가서 대접을 너무나 잘 받고 왔다. 하나님 은혜로 맺어주신 형제들 참 감사했다.

엄순덕 선생은 금용이 애인이다. 세 사람이 시골에 버스가 없어서 택시 타고 나와서 버스 타고 전주 와서 서울 오는 버스를 타고 왔다. 전주

와서 다섯 시 이십 분 차밖에 없다고 해서 시간 남아서 구경을 실컷 시켜 주더라. 무슨 구경 하냐고 했더니 금용이가 택시를 몇 번을 타고 구경을 여러 군데 하고 덕수공원도 갔더니 나뭇잎 떨어진 것이 그렇게도 아름답 더라. 전주를 무시하고 전주에 무슨 구경 할까 했는데 생각 밖에 구경을 잘했다. 나는 그때 몸이 가려운 병이 있어서 신실이 인 좋았시만, 구경을 다 하고 집에 왔다. (77.11.3.)

돈을 천 원짜리를 쑥쑥 빼주면서 1번(민정당)을 찍으라고 부탁한다

오늘 또 박종진 선생 선거를 위해서는 내가 가만히 있을 수 없다. 골목을 내다보니 반장들이 가죽 잠바를 입고 세 사람이 다니면서 돈을 천 원짜리를 쑥쑥 빼서 준다. 그리고 1번을 찍으라고 부탁한다.

나는 그걸 보고 골목에서 지내는 사람들에게 3번 찍으라고 부탁을 했다. 그리고 단대시장을 찾아가서 한 여자한테 3번 박종진 찍으라고 부탁했더니 옆에 여자가 나서서 누구 찍으라고 말한다. 여자가 나서서 나더러 그런 소리 하고 다닌다고 뭐라 한다. 나는 아무 소리도 않고 피해가 버렸다. 내가 아는 아줌마를 온 시장을 찾으러 다녀도 없다. 그 아줌마 만나서 투표 3번을 찍으라고 부탁하려고 찾았다. 제군이 엄마 집에 갔더니 김장을 한다. 내가 같이 도와주면서 3번 꼭 찍으라고 부탁하고 왔다. (77.12.11.)

전도사 월급을 십오만 원으로 정했다. 우리 교회에서 그걸 실천할는지 모르겠다고 생각했다

남자 집사님들이 우리 집에서 식사준비를 한다고 도레 엄마가 애를 쓴다. 집사님들 모여서 지난 반성회를 하고 새해의 예산을 정했다. 그리고 전도사 월급을 십오만 원으로 정했다. 우리 교회에서 그걸 실천할는지 모르겠다고 생각했다. 오만 원 정해놓고도 주지 않고 지낼 때도 있었다. 우리 교회 집사님들이 다 동석하지 않고 최점이만 십오만 원이라 말을 했다. 집사님들이 아무 말도 없었다. 집사님들이 말씀하신 것이 진리다. (77.12.13.)

어머님 생신날이다. 천동 만동 마음이 급하다

시골 우리 어머님 생신에 가려고 집안일을 하다가 보니 늦어서 천동 만동 마음이 급하게 뛰어가 차표를 끊었다. 순창 갔더니 우리 어머니가 나를 보고 어찌나 반갑게 우시면서 참말로 아들이 왔느냐 참말로 아들이 왔어? 예 어머님 참말로 아들이 왔어요. 어머니 딸을 생각해서 하나님께 기도할 때마다 우리 딸 불쌍하니 보시고 이해학 빨리 석방하라고 기도했다고 말씀하신다. 오늘 어머님 생신날이다. 돈이 없어서 특별히 해 드린 것 없지만, 동네 이웃집 부인들이 놀러 와서 술을 먹고 노래도 부르고 종일 시간을 보냈다. 어머님하고 종일 시간을 보냈다. 오늘은 우리 어머님과 같이 새벽기도 집에서 기도했다.

종일 비가 내린다. 종일 누웠다 앉았다. 어머니와 이야기도 같이 하고 하루를 지냈다. 어머니께서 막내아들이 서울 가까이 있으니 보고 싶다고 하시고 또 외손자도 본 지 오래되었다고 하시면서 서울을 오시고 싶어 하신다. 그리고 우리 남원 딸 본 지도 오래라고 말씀하신다. 남원 가는 버스를 타고 남원 동생 집도 갔었다. 동생은 나를 만나서 언니 아들 감옥에 두고 어떻게 살았어 하며 울면서 반가워하더라. (78.8.19.)

숨도 못 쉬고 어려움에 닥쳐서 몸부림칠 때 도와주신 하나님께 항상 감사합니다

아들도 며느리도 기도원 가고 손님들은 많이 찾아오고 아주 분주하다마는 기쁨으로 감사기도만 드린다. 오늘 우리 어머님더러 집을 보라고 하고 심방을 다녀왔다. 잠깐 다녀온다는 것이 열두 시가 되었다. 정신없이 와서 미파가 오후에 학교에 가는데 미파가 머리를 안 빗으려고 하고 밥도 안 먹고 늦어서 학교 못 간다고 떼를 부린다. 간신히 달래서 밥을 먹이고 머리도 간신히 빗겨주고 책가방을 내가 조금 들어다 주고 왔다.

조금 있다가 학교에서 전화가 왔다. 미파가 웬일로 학교 안 왔다고 한다. 나는 그 소릴 듣고 너무도 겁이 나서 아무리 다니면서 찾아도 없다. 정신을 차려서 하나님께 기도합니다. 하나님 미파 엄마는 미파 다리를 데어서 죽게 될 때도 석 달을 업고 다니면서 학교를 안 빠졌는데 하나님 나의 잘못을 용서하시고 미파 찾아주소서. 우리 어머니도 딸네 집 오셔서 걱정하시고 같이 앉아서 하나님 아무리 찾아도 없습니다. 간절히 기도합니다.

도레는 학교에서 와서 미파가 없다고 서럽게도 울어댄다. 조금 있다가 전화가 왔다. 김 집사님이 미파가 왜 학교 안 가고 시장골목에 있다고 해서 도레와 도레 친구도 같이 미파를 찾아서 데리고 왔다. 학교 안 가는 것도 괜찮으니 어서 오라고 했다. 나는 미파를 보니 어찌 반가운지 학교 안 가는 것은 둘째 치고 미파 찾아서 또 하나님 감사합니다. 숨도 못 쉬고 어려움이 닥쳐서 몸부림칠 때 도와주신 하나님께 항상 감사합니다.

(78.8.22.)

그날그날 벌어야 먹고 사는 우리 교인들도 날씨가 따뜻해져서 좀 낫겠다

수도원 갔다가 한 주 만에 집에 왔다. 아들 며느리가 들어오니 금세 새로 깜짝 반갑다

나는 요새 반가운 아들이 감옥에서 나왔다고 해도 한 상에서 밥도 안 먹고 함께 앉아서 이야기도 한 자리도 안 했다. 웬일인지 아쉬운 마음이 든다. 그러나 수도원 갔다가 한 주 만에 집에 왔다. 아들 며느리가 들어오니 금세 새로 깜짝 반갑다. 동생이 어머니를 모시고 왔다. 나는 어머니가 오셨어도 돈이 없어서 맛있는 음식 한 번 대접도 못 했다. 어머니 동생 집에서 한 주일 계시다가 또 오시오. 어머니 내가 돈이 없어서 고기 한 근을 못 사다 드려서 걸려서 어떻게 해요. 우리 어머니 그런 소리 마라. 네 아들이 나왔으니 나는 기쁘다. 내가 이제는 죽어도 눈을 감고 죽겠다. 동생 집으로 가셨다. (78.8.23.)

개척교회는 식구들이 생명을 내놓고 헌신해야 한다

음력 동짓날이다. 우리 집에는 도레 엄마가 팥죽을 푸짐하게 끓여서 객지에 와서 있는 청년들과 주일학교 교사들도 대접하고 교인들도 같이 나눠 먹었다. 도레 엄마가 애를 쓴 것도 내가 다 알고 있다. 교회를 위해서도 애를 바둥바둥 쓴다. 내가 다 알고 있다. 개척교회는 식구들이 생명을 내놓고 헌신해야 한다. 나는 개척교회 하면서 너무도 고생하는 걸 내가 직접 체험했기 때문에 우리 아들은 절대 개척 못 하게 말리려고 했지만, 자기가 하고 싶어 하니 내 말을 안 듣고 시작을 했더라. 오늘은 임 집사님과 심방을 재미있게 하고 왔다.

오늘 설교 말씀 누가복음 13장 6절, 한 사람이 포도원에 무화과나무를 심은 것이 있더니 주인이 와서 그 열매를 구하였으나 얻지 못한지라. 주인이 과수원 지기에게 이르되 내가 삼 년을 와서 이 무화과나무에 실과를 구하여도 얻지 못하니 찍어버리라. 어찌 땅만 버리느냐 대답하여 가로되 주인이여 금년에도 그대로 두소서. 내가 두루 파고 거름을 주리니 이후에 만일 실과가 열리면 좋겠거니와 그렇지 않으면 찍어버리소서. 오늘 설교 말씀 재미있었다. 교인들이 조금 나왔다. 저녁예배 끝나고 청년들이 밤새도록 우리 집에서 재미있게 놀다 갔다. (77.12.23.)

새해도 많은 것으로 채워주실 것을 믿고 끊임없이 기도합니다

새벽기도. 하나님 은혜를 생각할 때 감사합니다. 저희 가정도 교회도 하나님께서 보호하셨고 지난해 당신 종을 사자 발톱에서 구하셨고 석방해 주셨고 하나님 은혜를 생각하면 눈물 흘리며 감사드립니다. 교회 문제도 어떤 사람의 힘으로는 도저히 할 수 없고 하나님 은혜에 항상 감사하며 또 새해도 많은 것으로 채워주실 것을 믿고 끊임없이 기도합니다. (79.1.2.)

숫자를 원치 않고 알곡을 원하신 주님 알곡 되게 하소서

주님 감사합니다. 오늘 또 새 아침 기도하는 귀한 시간 주시니 감사합니다. 교인들에게 성숙한 믿음 주시고 예수 그리스도를 아는 지식을 얻게 하소서. 금년에는 부흥되게 하소서. 교인들 하나님 자녀답게 살게 하소서. 숫자를 원치 않고 알곡을 원하신 주님 알곡 되게 하소서. 요새는 임 집사님과 계속 둘이 심방을 했다. 집에 있는 것보다 심방을 다니는 게 재미있다. 전도하고 싶어도 맘대로 안 된다. 교회 부흥하기를 열심히 기도해도 부흥이 안 된다. (79.1.15.)

오랫동안 걱정했던 재직 임명이 마음먹은 대로 선택했으니 하나님께 감사합니다

새벽기도 했지만 나와서 기도하는 귀한 시간 주시니 하나님께 감사합니다. 오늘 예배, 주님께서 시종 들어주시고 오늘은 우리 교회에서 집사님을 임명하는 날이니 하나님께서 꼭 필요한 일꾼을 주소서. 내 기도 들으소서. 그리고 사랑으로 하나 되어서 부흥되게 하소서. 오늘은 둔전 교회 목사님 오셔서 단에서 설교하셨다. 끝나고 결산보고를 잘하셨고 예산 보고도 잘 되었다. 그리고 오랫동안 걱정했던 재직 임명이 마음먹은 대로 선택됐으니 하나님께 감사합니다. 저희 기도를 들어주심에 감사합니다. 모든 것을 순조로이 이뤄주시니 감사합니다. (79.1.21.)

우리 가정 우상숭배 않고 하나님을 섬기는 가정으로 이뤄주셔서 감사드립니다

새벽기도. 여호와여 감사합니다. 신년도 지나고 구정도 돌아와서 감사합니다. 올 금년도 우리 교회와 우리 가정 보호하시고 지켜주셔서 감사합니다. 새해도 도와주실 걸 믿고 기도합니다. 우리 가정 우상숭배 않고 하나님을 섬기는 가정으로 이뤄주셔서 감사드립니다. 정말 하나님의 뜻대로 사는 가정으로 축복해 주시니 감사합니다.

전도사님 설교 재미있었다. 기다리다가 연세가 많은 분 모아놓고 세배

생일에 교인들의 축하를 받으며 아들과 함께   수운회관 앞에서 4대가 한자리에

를 드리고 서로 손잡고 악수하면서 새해에는 축복받으라고 하고 재미있었다. 저녁에는 윷놀이하는데 재미있었다. (79.1.28.)

교회가 조금씩 성장하니 재미가 있다

교회 의자를 해 놓으려고 나무를 사 와서 둔전 교회에서 썰어서 학생들이랑 동원해서 싣고 왔다. 나는 교회 의자가 없어서 곤란 안 받지만, 의자를 해 놓는다고 나무를 싣고 오니 어찌나 기쁜지 모르겠다. 왜냐하면, 교회가 조금씩 성장하니 재미가 있다. 오늘은 김윤례 집사님 댁에서 우리 교회 노인들 모시고 가서 음식 대접을 잘하였다. 내가 대접받은 것보다 노인들을 대접하니 참 고마운 생각이 든다. (79.1.30.)

시골 조카 결혼식 한다고 아들도 같이 가려고 했지만 어디 가서 안 온다. 도레 엄마가 나더러 가라고 하지만 나는 우리 시동생 성질을 알기 때문에 나 혼자 가서는 좋은 소리 못 들을 것 같아서 안 가려고 했으나, 도레 엄마가 자꾸 가라고 해서 나섰더니, 최 선생이 하도 같이 가자고 해서 준비 다 하고 배가 고픈데 밥을 먹을 경황도 없이 그냥 갔다. 고맙게도 최 선생이 버스가 만원이라 탈 수 없어서 택시를 잡아타고 같이 와서 터미널에서 표도 끊어주고, 시장하시지요, 따뜻한 우유를 한 컵씩 주어서 먹고 차를 타고 갔다. 나는 그 날 최 선생이 참 고마웠다. 화탄까지 무사히

126

도착해서 우리 시동생한테 당하고 보니 참 기분이 안 좋다. 들어와서 상을 못 받는 사람은 나가서도 상을 못 받는다더니 그 말이 옳구나. 집에서도 기분이 안 좋더니 오지 말걸 생각도 들었다. (79.2.5.)

주일날 새벽기도. 풍산면 우리 친정어머니 뒷마당에서 기도하고 주일은 우리 어머니 다닌 교회 가서 주일 지키고 왔다. 우리 큰집 순기 동생도 찾아가서 만나보고 정순 동생한테도 갔더니 기가 막히게 반가워한다. 그 동생은 막냇동생인데 딸처럼 나에게 잘한다. 함니 동생은 멀어서 못 가서 그냥 어머니한테서 하룻밤 자고 서울 오려고 하니 어머니가 하루 저녁 더 자고 가라고 하시는데 떨치니 섭섭한 마음 금할 수 없다. 우리 어머니 며느리가 자기한테 하는 것처럼 한다고 말씀하신다. 그래서 나는 동생댁의 고마움을 표시했다. (79.2.18.)

유관순 누나가 당한 순교를 주민교회도 당한 그 고통을 생각하면서 삼일절을 같이 보냈다

3 · 1절 날 새벽기도 하나님께 호소합니다. 악마의 세력을 물러나게 하시고 일절 틈 못 타게 하소서. 주님 저희 기도 들으소서. 귀를 기울이소서. 응답하소서. 당신 종도 애를 버둥버둥 쓰고 있습니다. 헛수고 되지 않게 하소서.

3 · 1절 창립예배 후 교인들과 남한산성 등산

3 · 1절 기념강연 김근태 선생

이해학 전도사 설교 말씀 꿀보다도 더 달다. 이국선 목사 강연도 재미 있었다. 교회의 시대적 사명 그리고 유관순 누나가 당한 순교를 주민교회도 당한 그 고통을 생각하면서 삼일절을 같이 보냈다. 먼 길에서도 손님들이 오셨다. 강사님도 다 오시고 의자도 새로 해 놓고 의자에 사람들이 다 찼다. 오늘 행사는 아무런 방해 없이 진행되어서 나행이었다. 떡도 맛있게들 잡수었다. 예배 끝나고 식구들이 지쳤다. 나는 자리에 누워서 하나님께 감사를 드립니다. 하나님 저희 기도 들어주셔서 감사합니다. 경찰 악마들 참석 안 해서 감사합니다. 언제라도 도와주시니 감사합니다. 오늘 또 교회 어려운 문제를 위해서 기도합니다. 교회 땅 문제를 해결해 주셔야 하겠습니다. (79.3.1.)

오늘 또 아픈 가운데도 여신도 사업을 위해 기름을 짜 오고 집안일을 분주하게 하는 중 뜻밖에 웬 청년이 선뜻 들어온다. 쳐다보니 4년 전 우리 아들 감옥에서 알았던 청년 오상수가 왔다. 나는 깜짝 놀랐다. 왜냐하면, 얼굴이 훤하고 더 좋은 옷차림을 하고 왔다. 오상수란 청년은 강도질 하는 사람으로 감옥에를 열두 번도 더 들락거린 사람인데, 우리 전도사를 만나서 자기도 좋은 사람 되겠다고 교회도 열심히 다녔고, 또 우리 집에서 우리 식구들과 같이 살다가 우리 아들이 방을 얻어서 주었더니 따로 살다가 자기 고향에 간다고 가더니 소식이 없다가 온 것이다. 나는 상수 좋은 사람 되라고 기도합니다. 나는 상수가 좋은 사람 되기를 항상 기도합니다. 오상수는 지원해서 산판에서 일한다고 한다. 아주 위험하다고 한다. 열 명이면 한 사람 살지 모른다고 한다. 그리고 그 소리를 듣고 어찌 안 되었는지 자고 가라고 해도 오늘 가야 한다고 가 버렸다.

(79.3.10.)

새봄 가난한 이웃도 우리 교인들도 허리를 펴고 그날그날 벌어야 먹고 사는 불쌍한 우리 교인들도 날씨가 따뜻함으로 낫겠다

날씨도 점점 해동하고 오늘 또 따뜻한 봄 날씨로 청명한 좋은 날씨로 주시니 감사합니다. 새봄이 돌아와서 가난한 이웃도 우리 교인들도 허리를 펴고 그날그날 벌어야 먹고 사는 불쌍한 우리 교인들도 날씨가 따뜻해져서 좀 낫겠다.

박연자 집사님께서 기름을 팔아준다고 해서 인환이한테 보내려고 했는데 우리 전도사가 인환이한테 기름을 보내지 말라고 한다. 인환이가 자기가 간다고 왔다. 그래서 내가 "내일 콩기름을 가지고 가기로 했으니 너는 공부나 열심히 하고 어쨌든지 성공해라, 내가 너를 위해서 얼마나 하나님께 기도하는지 너는 몰라도 하나님은 아신다. 너네 엄마 만나게 해주라고 기도한다"고 말했다. 인환이가 가고 나서 조금 있다가 또 와서 서울 갈 일이 있으니 가겠다고 기름을 달라고 해서 그러면 이 권사님 댁에 가서 기름을 가지고 가라고 했더니 권사님이 주어서 가지고 갔다.

갑자기 박연자 집사님에게서 전화가 왔는데 백만 원짜리 수표가 없어졌다고 아무도 안 오고 인환이만 왔다고 한다. 나는 그래서 어찌나 미안하고 걱정이 되던지 하나님께 간절히 기도합니다. 인환이를 불쌍히 보시어서 죄를 회개하고 좋은 사람 되게 하소서. 그 돈 꼭 찾게 해 달라고 간절히 기도합니다. (79.3.13.)

우리 개 바우가 너무 크고 힘이 세어서 나는 감당을 못함으로 모란시장에 데리고 가서 팔려고 하니 개가 욕심이 나서 서로 살려고 해도 너무 싸게 살려고만 한다. 할 수 없이 4만 원에 팔고 오는데 바우를 떼어놓고 오는데 바우가 나를 보고 소리소리 지른다. 나도 속이 상해서 눈물을 흘렸다. 집에 와서도 집안이 한쪽이 빈 것 같다. 내가 바우를 키우느라고 어찌나 고생했던지 시원하면서도 섭섭한 마음 금할 수 없었다. 이 개는 새끼도 사만 원 주어야 산다. 개가 없어서 속이 상하지만 너무 싸게 팔아서도 속이 상한다. (79.3.29.)

우리 교회 땅 사 놓은 터에다가 전 교인이 가서 나무를 심는다

우리 교회 땅 사 놓은 터에다가 전 교인이 가서 나무를 심으려고 마련해 주시니 감사합니다. 오늘 모임을 주님 같이 하소서. 우리 교인들이 이런 모임으로 말미암아 서로 사랑의 공동체가 되게 하옵소서. 믿음으로 성장하게 하소서. 우리 교인들 알곡 되게 하소서. 성숙한 일꾼들 되게 하소서.

오늘은 도시락을 싸가지고들 왔다. 전도사, 도레 어미도 도레와 미파다 교회터로 나무 심으러 가고 나 혼자 집에서 집안일도 해놓고 기도하고 성경도 보고했다. 오늘 새벽기도회 성경 말씀은 웃으면서 살자 노래하면서 춤추는 공동체가 되게 해야 한다고 했다. 남은 고난을 몸으로 메워가는 공동체가 되어야 한다고 재미있게 했다. 새벽기도회의 성경 말씀이 더 재미있다. 교인들 조금 앉아서 듣기는 아깝다. (79.4.1.)

오늘은 여러 집사님과 같이 대심방 갔다. 나는 집에서 기쁜 맘으로 기도하면서 빨래도 하고 여러 가지 일을 하면서 피곤하기도 하지만 특히 전도사님 집사님들과 같이 심방도 하고 열심히 교회를 위해 일을 할 때 나는 맘이 기쁘다. 기쁨으로 기도하고 찬송도 하고 오늘 또 보호하소서. 빨리 교회 부흥되게 하소서. 오늘 또 심방하는데 많은 열매 맺게 하소서. 당신 종이 가는 곳곳마다 기도할 때 응답하소서. 오늘은 밤 열 시까지 심방을 하고 온다. (79.4.4.)

교회 부흥되기 위해, 교인들 뚜벅뚜벅 성장하기 위해 기도합니다

이점례 권사님이 솔방울을 따러 가자고 해서 나는 가기 싫지만, 권사님을 따라갔더니 길을 잘못 들어서 솔방울도 따지 못하고 고생만 무진장했다. 오늘은 김영순 집사님이 아파서 가봤더니 일할 사람이 없어서 애를 쓴다. 가는 걸음에 도와주고 왔다. 시간 가는 줄도 모르고 일을 하면서 하다 보니 저녁 수요 예배 시간에 늦어졌다.

오늘은 전도사, 도레 엄마와 같이 산업시찰을 떠났다. 나는 집 보면서 집안도 치우고 빨래도 종일 분주하게 했다. 오늘은 특히 교회 땅 팔았는데 돈 받는 날짜다. 나는 일을 하면서도 여행을 가는 사람들을 위하고 교회 땅값 받는 것도 결과가 잘 되기 위해서 기도합니다. 교회 부흥되기 위해서 그리고 교인들 뚜벅뚜벅 성장하기 위해 기도합니다. 잠자리 눕기 전 아들한테서 전화가 왔다. 나도 궁금하던 차에 결과를 못 가르쳐주었다. 오후 3시쯤 아들 며느리가 여행을 갔다가 돌아온 것을 볼 때 깜짝 반가웠다. (79.5.20.)

경찰들이 전도사 어디 갔느냐고 세밀하게 묻는다. 나는 또 가슴이 철렁했다

김성남 할머니가 돌아가셨다. 전화가 왔다. 전도사는 가고 나 혼자 있는데 경찰들이 전도사 어디 갔느냐고 세밀하게 묻는다. 나는 또 가슴이 철렁했다. 그 사람들이 한참 조사하고 자기가 전화하겠다고 간다. 나는 또 무슨 일이 날까 싶어 걱정된다. 언제는 죄가 있어서 감옥살이했나. 의인을 죄인으로 바꿔버린 자들, 피맺힌 한이 내 맘에 쌓여 있다.

김일례 집사님 둘째 아들의 결혼식에 갈 사람이 없어서 교회 처음 나오신 형제를 모시고 갔다. 결혼식에 갈 사람이 없어서 걱정했더니 여섯 사람 모아서 갔다. 전도사, 도레 엄마는 서울 박형규 목사님 감옥에서 나오신다고 갔다. 나는 감옥에서 나오신 분들 얼굴을 뵈옵지는 않았지만, 어찌나 반갑고 기쁜지. 하나님께 감사 감사합니다. (79.7.18.)

집에서 해 놓은 것도 없이 분주한 것보다 심방 다니는 것이 더 기쁘다

중·고등학생들 밥을 두 레 엄마가 하느라고 땀을 뻘뻘 흘리면서 애를 쓴다. 학생들이 꽤 많이 모였다. 작년 8월 15일 날, 우리 전도사 감옥에서 석방되던 날이다. 기쁘고 즐거운 날 하나님께 눈물 흘려서 감사하던 날 이다. 오늘은 전도사 집사님 교인들 같이 애 낳은 집에 심방도 했다. 집 에서 해 놓은 것도 없이 분주한 것보다 심방 다니는 것이 더 기쁘다.

오늘 성경 공부 야고보서 3장 8절, 혀는 능히 길들일 사람이 없나니 쉬 지 아니하는 악이요 죽이는 독한 것이라. 이것으로 우리가 아버지를 찬 송하고 또 이것으로 하나님의 형상대로 지음을 받은 사람을 저주하나니 한 입으로 찬송과 저주가 나는도다. 내 형제들아 이것이 마땅치 아니하 니라. 샘이 한 구멍으로 어찌 단물과 쓴 물을 내겠느뇨. 오늘 설교 말씀 참 재미있었다.

오후에는 영등포 최 원장이 오셔서 환자들을 많이 모아 놓고 치료했 다. 나는 환자들 여기저기서 오라고 다니느라고 분주했다. 우리 이웃집

민속 예배후 교회마당에서 흥겨운 놀이판 한 가운데가 한맹순 권사

골목 아줌마들이 많이 와서 진찰도 받고 침도 맞고 약도 공짜로 받고 나는 마음이 기쁘다. 왜냐하면, 원장님이 무료봉사하시니 기왕 오셨을 때 많이 환자가 오는 것이 좋다고 생각한다. (79.8.15)

우리 어머니 허리는 꼬부랑하다. 반갑고도 사랑하는 어머님 그 뜨거운 사랑 어찌 잊을 수 있으랴

오래간만에 순창 어머니 생신날 식사라도 같이 모시고 하면서 어머님을 기쁘게 할까 하고 시골에 가려고 갈 준비를 했지만, 아들이 아침에 나가서 아무리 기다려도 아니 온다. 나는 아들을 꼭 보고 가고 싶지만, 시간이 자꾸 간다. 나 혼자 터미널에 가서 남원 가는 고속버스를 타고 갔다. 빨리 서둘렀지만 바월리 가는 막차 여섯 시 버스를 겨우 타고 갔었다.

어두침침한데 동생이 누나 오는가 하고 마중을 나왔다. 우리 어머니 허리는 꼬부랑하고 버스가 지날 때마다 대문 밖에 나가서 보고 오셨다고 하신다. 그처럼 기다리시니 내가 안 가면 얼마나 섭섭하실까. 어머니 생일이라고 가지고 간 것도 없지만, 얼굴 보고 반가워서 어쩔 줄 모르신다. 반갑고도 사랑하는 어머님 그 뜨거운 사랑 어찌 잊을 수 있으랴. (79.9.2.)

오늘은 새벽기도 못 가고 우리 어머니 정순 동생과 같이 기도했다. 동생 만나고 어머니와 잠도 안 자고 이야기했다. 우리 어머니 건강한 모습으로 대하니 하나님께 감사합니다. 동생은 아침 식사하고 비가 주룩주룩 와도 직장 가려고 가 버렸다. 우리 어머니 다니는 교회가 멀어서 교회 못 가고 우리 어머님 뒷마당에서 기도했다. 참 공기도 좋고 뒷산에서는 구국새가 구국 울어댄다. 대밭에서는 온갖 새가 다 운다. (79.9.3.)

부인회 돈을 명년 5월까지 50만 원을 만들기로 안건을 세웠다

시골 가서 우리 어머니와 같이 밭에도 가고 고추도 따고 깨도 베고 오이는 따고 옥수수도 끊고, 주일날은 우리 어머니 다니는 교회도 같이 다녀오고 사방에서 새 보는 소리가 여기저기에서 빗발친다. 농군들이 풀베어서 지게에다가 지고 가는 모습이 보인다, 들판에는 벼가 노랑노랑 익었더라. 우리 어머니 뒷마당을 가면 온갖 새가 다 운다. 들판 보니 참 아름답더라. 서울에 있던 좋은 건물 빌딩보다 참 보기가 아름답고 마음이 후련하니 좋았다. 웬일로 어머니가 그전보다 걸린다. 차라리 돌아가셨으면 안 걸릴까. 다행히도 우리 동생댁이 어머니한테 좋은 것으로 대접은 안 해도 있는 것으로도 따뜻하게 해 드리고 싹싹하게 대해 준다. 나는 참 고마웠다.

오늘 구역예배는 최 할머니 댁에서 전도사 설교했다. 성경 말씀 고린도후서 4장 16절, 그러므로 우리가 낙심하지 아니하나니 겉 사람은 부패하나 우리 속은 날로 새롭도다. 우리의 잠시 받는 환난은 지극히 크고 영원한 영광을 우리에게 이루게 함이니, 우리가 돌아보는 것은 잠깐이요 보이지 않는 것은 영원함이니라. 오늘 구역예배 설교 참 재미있게 들었다. (79.9.7.)

오늘은 수진동 심방한다고 했다. 특히 가난한 교인들 불쌍히 보시고 축복해 주소서

오늘은 임유순 집사님 댁에서 친목회를 했다. 점심 식사도 했다. 시장해서 식사들 맛있게들 했다. 그리고 여러 가지 안건 나눴다. 부인회 돈을 명년 5월까지 50만 원을 만들기로 안건을 세웠다. 그리고 금요일 저녁은 교회에서 철야기도 하기로 의논했다. 오늘 대심방을 위해서 기도합니다. 가는 곳곳마다 당신의 종에게 말씀의 능력 주소서. 당신께서 뜻이 있어

여주 하늘샌수도원을 방문한 권사님들 이해학목사님과 함께

서 이곳에 교회 세웠으니 부흥되게 하소서. 당신 종이 교인들 가정을 위
해 기도할 때 응답하소서.

오늘은 수진동 심방한다고 했다. 특히 가난한 교인들 불쌍히 보시고
축복해 주소서. 전화가 와서 받았더니 전도사가 점심을 준비하라고 전화
가 왔다. 일찍 서둘러서 점심을 된장찌개하고 대충했다. 잘해 주고 싶었
지만, 돈도 없고 대충 준비했더니 여러 집사님들 같이 와서 시장하시니
맛있게들 잡숫는 걸 볼 때 내 마음 기쁘다. (79.10.5.)

박정희,
너도 억울하겠구나
나도 억울했었다

지긋지긋한 긴급조치
생각만해도 치가 떨린다

박정희, 너도 억울하겠구나 나도 억울했었다

　새벽기도를 다녀와 집에 와서 아침 식사를 하는데 누구에게서 박정희 대통령이 죽었다고 한다. 참 꿈인가 생시인가 알 수 없다고 생각했다. 박정희 대통령은 김재규가 총으로 쏘아서 죽였다고 한다. 박정희 대통령의 절친한 부하가 대통령 밑에서 돈 벌어서 자기 새끼들 가르쳤는데 총으로 쏘았다고 한다.

　박정희, 너도 억울하겠구나 하지만 나도 억울했었다. 나의 귀한 아들 죄 없이 16년 징역 살리라고 명령 했제. 강추위에 영하 20도 추위에 침낭도 안 넣어주었제. 긴급조치 위반으로 15년을 내릴 때 내가 말했제. 너도 나 죽기 전 억울한 일 당할 거라고 내가 말했제. 부인이 먼저 총 맞아 죽고 박정희는 나중에 죽는구나. 그때 의인 하나님 종의 말을 듣고 뉘우쳤으면 억울한 일을 당하지 않았제. 그리고 인혁당 가족들의 그 피맺힌 한을 하나님은 기억하고 계신다. 여덟 명을 한꺼번에 죽였제. 우리 식구들 그때 사지가 떨려서 며칠 밥도 못 먹었다.

　나는 두고두고 피맺힌 한이 있다. 사람들은 자기가 당해 보지 않고 억울하게 죽었다고 말하지만 나는 내 마음에 새겨둔 것이 있다. 우리 전도사 같이 15년형을 받고 긴급조치로 감옥에서 고생하다가 목사님들은 석방하고 열 사람은 석방 안 했다. 그렇게 몇 해 지나서 8명을 사형을 내렸다. 그때 사지가 떨리던 일을 생각하면 지금도 떨린다. 우리 식구는 며칠간 밥도 안 먹고 분하고 억울하고 피맺힌 한을 풀어 달라고 기도했다. 내가 죽기 전에 박정희 대통령도 억울하게 죽는 것을 보게 되는구나. 나라가 더 시끄럽게 될런지 모르니 더 열심히 기도해야지. 그리고 전도도 더 열심히 해야지 하고 생각했다. (79.10.27.)

오늘은 헌 옷도 뜯고 깨끗이 빨아서 헝겊도 좋은 걸로 고르고 해서 종일 방석을 만들었다. 날씨가 대단히 추워서 손이 다 트고 얼굴도 트고 종일 하느라고 힘이 들었다. 오늘은 군인 간 오형이가 왔다. 참 반가웠다마는 바로 가 버렸다. 참 섭섭했다. (79.11.3.)

오늘은 우리 교회 교사들과 전도사가 기도원에 갔다. 나는 가지는 않았지만, 수련회 간 사람들 위해서 기도합니다. 하나님 그들이 성숙한 일꾼들 되게 하소서. 청지기 사명을 다 할 수 있게 하소서. 기쁨으로 교회 봉사하는 일꾼 되게 하소서. 교회 기쁨을 알게 하소서. (80.1.5.)

지긋지긋한 긴급조치 생각만 해도 치가 떨린다

텔레비전과 라디오를 통해서 반가운 소식을 듣게 된다. 대학교수들이 긴급조치로 말미암아 수많은 사람이 해직을 당했는데, 이제는 다시 복직한다고 라디오에서 말한다. 나도 마음이 기쁘다. 지긋지긋한 긴급조치 생각만 해도 치가 떨린다. 우리 하나님 능력 감사합니다. 주께서 내 원수의 목전에서 풀려나게 하심 감사합니다. 긴급조치로 인하여 감옥살이하던 많은 대학생을 풀어주신 하나님 감사합니다. 평생에 선하심과 인자하심이 많은 학생을 석방하셨고 다시 학교로 돌아가게 됨도 감사합니다. 여호와 나의 하나님 영광과 찬송을 받으시기 합당합니다. (80.1.13.)

성전 지으려고 땅을 빨리 팔려고 해도 금방 팔릴 것 같더니 안 팔린다

성전 지으려고 땅을 빨리 팔려고 해도 금방 팔릴 것 같더니 안 팔린다. 하나님 왜 내기도 안 들어 주십니까? 응답하소서. 내기도 귀를 기울이소서. 내 혀가 닳을 것 같으면 벌써 닳았을 겁니다. 속히 응답하소서. 속히 내 기도 들으소서. 하나님께서 우리를 위하시면 누가 우리를 대적하리오. 누가 능히 하나님의 택하신 자를 송사하리오. 의롭다 하신 이는 하나님이시라. 내 기도하는 귀한 시간 주시니 감사합니다. 내 마음이 즐거움이 됩니다. 내가 주의 율례와 율법의 도를 길이 기뻐합니다. 내가 노래하면 내 심령으로 찬양하리로다. (80.1.28.)

내가 왜 주께서 주신 딸을 섭섭히 생각합니까?

새벽 기도 시간도 못 되어서 잠이 깨었다. 큰 방에서 불을 켜놓고 말소리가 들린다. 나가 봤더니 며느리와 아들이 병원을 간다. 나는 교회 가서 주님 해산 순산케 힘들지 않고 낳게 하소서. 그리고 만일 딸을 낳더라도 절대 섭섭하게 생각 않게 하소서. 나는 만일 딸을 낳더라도 섭섭한 생각 안 하려고 결심했으나 막상 교회 다녀오니 대석이가 딸 낳았다고 전화가 왔다고 말한다.

나는 아예 아들이 내가 어쩔까 보려고 일부러 딸 낳았다고 했겠지 하고 생각했다. 그러나 아들이 병원에서 와서 어머니가 섭섭하지만 별수가 없습니다 하고 말한다. 나는 괜찮다 순산해서 좋다고 해 놓고 눈물이 나온다. 그렇지만 서운한 마음 돌리고 하나님 순산해서 감사합니다. 내가 왜 주께서 주신 딸을 섭섭이 생각합니까? 하나님 뜻을 따르는 딸 되게 하

소서. 기도합니다. (80.2.23.)

우리 교회가 수난을 당하는 교회, 예수 그리스도를 따라가는 인장 찍힌 교회라고 말씀 재미있게 가르쳐 주셨다

오늘 마지막. 주님 성령을 소낙비로 내려주소서. 오늘은 인명진 목사가 마지막으로 고문당한 말씀으로 설교하셨다. 그리고 우리 교회가 수난을 당하는 교회, 예수 그리스도를 따라가는 인장 찍힌 교회라고 말씀 재미있게 가르쳐 주셨다. 나는 새삼스럽게도 아들이 감옥에 갔던 생각이 나서 그 고생하던 것을 생각하면서 눈물이 비 오듯 한다. 그러나 인명진 목사님을 통해서 우리 교인들에게 자상한 말씀을 해 주시니 내 마음에 맺혀서 얼어붙었던 얼음 덩어리가 녹은 것 같다.

1974년도에 15년 감옥살이 재판이 떨어졌던 그 사연은 책을 써도 몇 권을 내리라고 생각합니다. 오늘은 여기저기서 생각지도 않은 복권이 되었다고 떠드는 소리를 들었다. 이해학이도 복권이 되었다고 한다. 나는 과거의 긴급조치로 매었던 것 생각하면 가슴이 아프다. 지긋지긋한 긴급조치도 풀렸고 이제는 복권도 되었다고 하니 참 기쁘다. 나는 기도합니다. 하나님 참으로 이스라엘 중 마음이 정결한 자에서 선을 베푸시니 감사합니다. 모진 비바람 속에서도 꿋꿋하게 교회 지켜주시니 감사합니다. (80.2.28.)

임유순 집사님같이 심방을 열심히 하고 집에 와서 밥을 빨리해서 먹고 수요예배 참석했다. 오늘 성경 말씀은 바울 사도 설교 말씀, 누가 우리를 그리스도의 사랑에서 끊으리오 환난이나 곤궁이나 핍박이나 기근이나 적심이나 오직 성도들과 같은 시민이요 하나님의 권속이라. 너희는 사도들과 선지자들의 터 위에 세우심을 입은 자들이라. 전도사님 설교 재미있게 들었다. 저희가 감각 없는 자 되어 자신의 더러운 것을 용심으로 행하되 오직 너희는 그리스도를 닮아야 한다. 오늘 설교 말씀 재미있었다. (80.3.4.)

도레와 미파 낳고도 조리를 잘못했는데, 요번에는 잘하도록 하려고 내가 열심히 했다

도레 엄마는 애 낳고 일을 못하제, 너무 바쁘다. 날마다 빨래하랴 애 엄마 밥도 해다 주랴. 새참도 주랴. 약도 달여 주랴. 도레 엄마가 도레와 미파 낳고도 조리를 잘 못했는데, 요번에는 내가 조리를 잘하도록 하려고 열심히 했다. 내가 밥을 석 달을 했다. 조리 잘 하고 건강하기 위해 정성껏 맘 먹고 했다. 손님도 자주 오신다. 설 쇠고 정초라 손님이 자주 오신다. 그래도 새벽기도는 안 빠졌다. 주일 지키랴 또 심방도 더 갔다. 우리 교회에서 부흥 집회할 때 너무도 바빴다. (80.3.18.)

낳을 적에는 너무도 섭섭해서 내가 울었지만, 터덕터덕 크니 정이 들고 이쁘다

오늘은 우리 교회터 사놓은 터에다가 상추도 심고 시금치도 심었다. 들깨도 심고 호박도 삥 둘러서 심었다. 오늘은 집에서 애기 보면서 고추장을 담그느라고 분주하고 힘이 들었다. 그래도 나는 기쁜 맘으로 찬송도 하며 심방 가신 분들을 위해서 기도합니다. 일을 다 하고 나니 우리 애기는 깨서 운다. 많이도 자네, 많이도 잤어. 할머니 일 하라고 많이 잤제. 우리 아기 우유 먹자. 낳을 적에는 너무도 섭섭해서 내가 울었지만, 터덕터덕 크니 정이 들고 이쁘다. (80.3.27.)

목사님 장로님들이 모여서 재미 있게 강연도 하시고 여신도들은 맛있

는 음식을 장만해서 대접도 하시고 홍 집사님 댁에서 잔치했다. (80.5.1.)

몇 달 어깨를 펴고 마음 편히 살았더니 이게 웬일일까 가슴이 끔찍하다

오늘은 교인들이 소풍을 간다고 해서 떡도 해서 교인들 주려고 음식도 장만하고 분주했다. 오늘은 교인들 소풍을 위해서 간절히 기도합니다. 하나님 교인들을 어여쁘게 보시고 사랑으로 뭉치게 하소서. 이런 모임을 통해서 믿음 성장하게 하옵소서. 소풍을 가서 재미있게들 놀고 왔다. 소풍 끝나고 집에 와 전축에서 들었다. 비상 명령을 내려서 김대중 씨 또 여러 목사님도 연행을 했다고 전축에서 들었다. 한 몇 달 어깨를 펴고 마음 편히 살았더니 이게 웬일일까 가슴이 끔찍하다. 그러나 하나님 살아계시니 결코 승리하리라고 나는 믿는다. (80.5.18.)

하나님, 왜 광주 몰살을 보고만 계십니까?

갈수록 태산이군, 청년들도 무수하게 많이 죽고 그곳의 시민들도 죽고

오늘은 텔레비전에서 계엄사령부대가 광주에서 대학생들을 엉긴 대로 막 쳐서 죽인다고 한다. 갈수록 태산이군, 끔찍스러운 일이 있으니 참기가 막힐 일도 많다. 최 집사가 해남 자기 집을 다녀오려고 가다가 도로 왔다. 버스도 끊어졌다고 한다. 광주에서 대학생이 50명이 죽고 청년들도 무수하게 많이 죽고 그곳의 시민들도 죽고 한 천 명이나 사람들이 죽었다고 한다. 웬일인지 공포에 떨고 있는 것 같다. 그러나 이 모든 것이 하나님의 권능의 손으로 그 노를 저어야 이 파도가 잔잔해지리라고 생각한다. 나는 집에서 애기가 아파서 철야기도도 못 가서 애가 터진다.
(80.5.21.)

오늘 또 공포의 떨리는 맘으로 무엇을 할지 모르고 걸어가면서도 자리에 누워서도 늘 기도합니다. 하나님 왜 보고만 계십니까? 광주 몰살 죽음을 기억하십니까? 하나님께서 광주 죽음을 보상해 주옵소서. 목사님들 원하신 뜻이 이뤄지게 하소서. 악마의 정치가들은 죄도 없고 의롭게 살려고 하는 하나님의 종들을 자꾸 감옥에다가 가둡니다. 예언자들을 자꾸

144

소란하게 합니다. 우리 전도사는 목사고시 시험 보려고 기도원으로 공부하러 가서 안 옵니다. 광주항쟁으로 온통 사람들이 흔들흔들 소란합니다. 오늘은 이점례 권사님 돌아가실 때 입으라고 삼베로 종일 바느질을 했습니다. (80.5.28.)

오늘은 임유순 집사님 김율님 집사님과 같이 솔방울 따다가 술을 담근다고 해서 나도 따라갔더니 소나무가 죽어버려서 딸 데가 없어 조금 따가지고 왔다. 나는 가기 싫어도 호기심에 따라 갔었다. (80.6.1.)

오늘은 정기총회로 예배를 드립니다. 엄순덕 집사님이 짜장면 삼십 그릇을 시켜다가 먹었다. 부인 총회 결산보고도 했다. 부인회비 작업이 예상외로 50만 원이 넘었다고 한다. 난 퍽 고마웠다. 여성들이 힘을 합해서 사업 세웠다. 여신도들이 열심히 하는 걸 보니 참 고마운 맘 금할 수 없었다. 저는 여신도들을 위해서 기도합니다. 하나님 우리 교회 여신도들 축복해 주세요. 어려운 이웃을 위해 열심히 입니다. 수고하고 애쓰는 자가 하늘의 면류관을 받는다고 했습니다. 그리고 교회 부흥되게 하소서. (80.6.1.)

광주항쟁 그 몰살 죽음에 보상해 주소서

대학생들을 350명을 체포하라. 명령이 내렸다고 합니다. 참 끔찍스럽습니다. 주님 속히 민주통일을 이뤄주옵소서. 광주항쟁 그 몰살 죽음에 보상해 주소서. 목사님들 그 꿈을 속히 이뤄주소서. 오늘 또 전도사, 도레 엄마는 심방 가고 나는 집 보면서 애기 보며 빨래도 하고 밥도 하고 잔뜩 분주하게 했지만 뚜렷이 해놓은 것이 없고 잔뜩 피곤했다. 오늘은 전도사가 서울 나가서 안 들어왔다. 나는 밤에 걱정되었다. 김종태 청년이 이화대학교 앞에서 자기 몸에다가 석유를 붓고 구호를 외치고 불을 질러

5·18 묘역을 방문 김종태 묘지에서 왼쪽 앞이 한맹순 권사

서 죽게 되어 병원으로 가서 치료하다가 죽었다고 한다. 자기 유서를 써 놓고 죽었다고 한다.

그가 우리 교회도 더러 오고 우리 집도 더러 왔다. 아름다운 청년, 그는 광주항쟁 죽음을 보면서 답답한 맘 분을 참지 못해서 자기 몸에 불을 붙였다고 한다. 외치다가 옥살이를 하시는 분들 소원을 속히 이뤄주소서. 속히 통일을 이 땅에 이뤄주소서. (80.6.21.)

전 교인의 믿음이 튼튼하게 성장하게 하옵소서

땀 흘리는 사람이 하나님의 아들 자격이 있다. 우리 공동체가 이 지역을 배신하지 않고 살아야지. 오늘 설교 말씀 재미있게 들었다. 오늘 저녁 예배는 교인들이 가족 찬양이 있다고 오래전부터 준비들을 했었다. 우리 식구들도 애들도 다 교회 나가고 나만 집 보느라고 있었다. 나는 참 섭섭했다. 왜냐하면, 내 평생의 소원이 가족 찬양하기를 소원했다마는 집 본다고 도레와 미파가 찬송하는 것도 못 보고 교인들 재미있게 하는 것도 못 보고 섭섭했다. 그래도 기도합니다. 하나님 기쁜 찬양이 되게 하옵소

146

김종태열사 어머니 허두측 집사

서. 전 교인의 믿음이 튼튼하게 성장하게 하옵소서. 그리고 교회 부흥되게 하소서. (80.6.27.)

조수복 씨가 해산할 시간이 되어서 은혜병원으로 갔다마는 오후에 간 사람이 저녁 새벽 두 시가 넘어서까지 산모가 어찌나 고통이 심한지 차마 볼 수 없어서 나는 하나님께 기도만 했지요. 해산이 얼른 못 되고 나는 왜 하나님 내가 하는 기도 안 들어 주십니까 하고 애통한 맘으로 기도합니다. 애기 울음소리가 들렸다. 깜짝 반가워서 물었더니 아들 낳았다고 한다. 오늘은 조수복 씨 아들 낳아서 어찌나 기쁜지 하나님께 감사했다. 오늘은 비가 살살 내리고 웬일로 나는 병이 날 것 같고 허리를 운신도 못 한다. 조수복 씨 집에서 별로 일할 것도 없어서 누웠다가 왔다. (80.6.29.)

의로운 자를 다 짓밟아버린 것
어찌 하나님께서 보고만 계신다

오늘 역시 분주하고 힘이 들지만, 주님의 일이니 기쁨으로 지낸다

오늘부터 어린이 여름성경학교로 가르치러 갔다. 나 혼자 집에서 애기도 보고 빨래도 하고 교회 선생들 밥도 해 주었다. 하나님의 백성으로 성장하기를 바라면서 기쁨으로 기도합니다. 오늘 또 성경학교의 애들 많이모아 주시니 감사합니다. 성경학교 끝날 때까지 주님같이 하소서. 오늘또 역시 분주하고 힘이 든다. 그러나 주님의 일이니 기쁨으로 그날그날지낸다.

오늘은 저녁에 나더러 선생님들 식사준비를 하라고 한다. 나는 너무도힘들어서 나는 못 한다고 했으나 그래도 식사준비를 하고 있는데 전도사한테서 전화가 왔다. 식사 준비할 사람이 없으니 어머니가 해야겠다고한다. 그래서 나는 식사를 내 힘껏 장만해서 선생들 대접했다. 도레 엄마도 선생들과 같이 애들 가르치느라 나 혼자 하느라고 고생했다. 저녁 식사는 끝났다. (80.7.24.)

오늘은 홍연표 집사님께서 선생들 식사를 잘 대접했다. 하나님 감사합니다. 학교를 무사히 재미있게 마치니 감사합니다. 오늘은 거룩한 주일을 주시니 감사합니다. 사랑하는 교인들 하나님 은혜 중 설교 말씀 들을 수 있는 문이 열리게 하소서. 오늘 설교 제목은 이스라엘 백성들이 고기 가마를 생각하면서 모세를 원망하는 제목으로 설교를 재미있게 가르쳐 주었다.

내일 교인 전체 수련회를 간다고 집사님들과 같이 준비하느라고 분주했다. 나는 깻잎도 또 뜯어다 주고 집사님들이 깻잎도 김치도 맛있게들 장만했다. 오늘은 먼 데 미국 계신 전 권사님도 오셨다. 참 반가운 마음 금할 수 없었다. 김의경 집사도 오셨다. (80.7.25.)

전두환이가 대통령 되려고 빨리 서두는 게 숨통이 터진다

주님 감사합니다. 아마 주님 오실 날이 가까운 것을 믿습니다. 나라들이 어찌하여 소란한지요. 백성들이 어찌하여 헛된 일을 꾸미는가. 전두환이가 자기가 대통령 되려고 빨리 서두는 게 숨통이 터진다. 그리고 의로운 자를 다 짓밟아버린 것 어찌 하나님께서 보고만 계신다. 하나님 어디 계십니까. 언제까지입니까. 속히 나타나소서. 속히 평화통일 이뤄주소서. 빨리 이뤄주소서. 주야로 기도합니다. (80.9.1.)

오늘 설교 말씀 주여 나를 도와주소서. 베드로가 물로 빠져 들어갈 때의 말씀, 힘 있게 하나님 은혜 중 재미있었다. 그리고 박연자 집사님께서 이사를 태평동으로 오셨다. 그러므로 식구들이 많이 교회를 나왔다. 그리고 그 집 식구들이 나와서 찬양도 하셨다. 나는 참 기뻤다. 나는 예배를 마치고 풍산면 계시는 우리 어머님 생신을 위해서 분주하게 서둘러서 갔지만, 풍산면 가는 버스가 없어서 택시 타고 갔었다. 정순 동생은 미리 왔다. 피곤하고 지쳤다마는 반갑게도 맞아주신 우리 어머니 밤늦도록 이야기를 하신다. (80.9.5.)

3.1절 창립예배 후 마당놀이와 해직교사석방을 위한 협동마라톤

오늘은 서울 우리 집을 향한 직행을 타고 우리 집에 도착했다만 내가 몹시 감기몸살로 아프다. 집에 와서 누워 있었다. 오늘은 수요예배. 아파도 악착같이 예배는 안 빠진다. 오늘 설교 말씀 적은 수가 모여서 들었다. 설교 말씀 재미있었다. 나는 내 맘을 내 맘대로 할 수 없다. 누워 있으니 마음이 조용하다. (80.9.6.)

하나님의 은혜를 체험하고 아들 독자 하나 하나님께 바칩니다

오늘은 목사 안수받는 날 주서서 감사합니다. 당신 종들 성령이 충만하게 하소서. 기쁜 맘으로 기도합니다. 광주 계신 도례 이모도 식구대로 다 오셨다. 나 먹으라고 보신탕을 가지고 오셨다. 이 권사님도 오시고 생각도 않던 김의경 집사도 오시고 정 권사님도 오셨다. 생각 외 많이 오셨다. 우리 교인들도 거의 다 모였다. 식장에 앉을 장소가 꽉 찼다. 선물도 많이 들어오고 우리 교회에서 큰 경사가 되었구나.

나는 교회 앉아서 생각하니 참으로 이뤄주시는구나. 내가 처음 교회 믿기로 작정할 때부터 하나님의 은혜가 감사해서 하나님 은혜 감사합니다. 저는 미련한 여인으로 하나님의 은혜를 체험하고 너무도 감사가 넘쳐서 무어라도 하나님께 바치고 싶으나 바칠 것이 없으니 아들 독자 하나 있는데 하나님께 바칩니다. 하나님의 훌륭한 목사 되게 해 달라고 주야로 기도했습니다. (80.9.7.)

150

우리 교회에서 고영근 목사 모시고 부흥집회를 시작했다. 하루 세 번씩 설교하시는데 은혜가 많다. 나는 기를 쓰고 교인들 집을 나 혼자 찾아다니면서 부흥강사 설교 재미있으니 오라고 안 나온 가정을 열심히 심방했는데도 안 나온 사람은 안 나오고 나온 사람들은 다 기뻐하더라. 첫날 저녁부터 설교 말씀 재미있다. 새벽기도회도 강사님들을 모시고는 조금 나왔다. 참 안타까운 마음 금할 수 없었다. (80.9.18.)

우리 교회 땅 사 놓은 터에다가 깨도 심고 호박도 많이 심었는데 잘 되었다. 호박 이파리도 따고 호박이 많이 열린 것을 보았다. 김일례 집사님과 새로 나오는 교인들 집에 심방도 하고 왔다. 피곤해도 교인들 가정 심방을 다녀오면 마음이 편안한 생각이 들면서 기쁘다.

오늘 설교 말씀은 디모데 후서 4장 2절. 너희는 말씀을 전파하라 때를 얻든지 못 얻든지 항상 힘쓰라 범사에 오래 참음과 가르침으로 책망하고 경계하며 권하라 때가 이르리니, 오늘 설교 말씀 재미있게 들었다. 수진동 처음 나온 교인을 예배 시간에 데리러 갔더니 장사 가고 없어서 그냥 왔다. 바쁜 시간에 갔지만, 일찍 장사 갔다고 한다. (80.9.22.)

붙잡을 수 없는 계절은 또 바뀌고 말았습니다

아름다운 계절 주신 하나님 감사합니다. 올 일 년도 미끈하게 넘어가는군요. 붙잡을 수 없는 계절은 또 바뀌고 말았습니다. 모든 낙엽은 휘날리고 있고 해놓은 것이 없이 유수는 재촉하고 있다. 노는 것도 없고 날마다 동당 거리기는 했지만 아무것도 뚜렷이 해놓은 것은 없다. 우리 애기가 커서 뚜벅뚜벅 자란 것뿐이다. 오늘은 명년에 먹으려고 간장 담그려고 메주를 끓였다. 빨래도 하고 아주 분주했다. (80.10.13.)

오늘은 국민 투표하는 날 나도 갔더니 사람들이 거의 끝날 시간 투표 장소 문 앞에 학생들이 양쪽에서 나를 부축하고 도장 찍는 걸 가르쳐 주면서 여기다 찍으라고 한다. 나도 안다. 나도 알아. 가르쳐주는 것 아니다. 나 하고 싶은 대로 했다. (80.10.20.)

나 혼자 집 보면서 미파 약을 달이다가 태웠다. 한 첩에 만 원이 넘는 약을 태웠으니 종일 무엇을 잃어버린 것만 같다

오늘은 미파 생일이다. 음식을 간단하게 해 먹고 목사하고 도레 엄마는 서울 나가고 나 혼자 집 보면서 미파 약을 달이다가 태웠다. 약 한 첩에 만 원이 넘는 약을 태웠으니 종일 무엇을 잃어버린 것만 같다. 얼마나 내가 정성을 들여서 약을 달였는데, 오늘 마지막 한 첩 남았는데 할 수 없다. 내가 해 놓은 대로 두면 안 태우는데 개가 연탄아궁이 마개를 빼 버렸다. 오늘은 대식이 형하고 형수 애기 세 식구가 왔다. 나는 애기를 업고 손님 음식을 대접했다. 우리 애기가 낯선 사람이 와서 놀지 않고 울기만 한다. 그리고 미파가 자기 생일이라고 친구들이 와서 할머니 먹을 것 없어 묻는다. 떡볶이 해 줄게 하고 떡볶이를 해서 주었더니 맛있게들 먹고 재미있게 놀고 있으니 참 기쁘다. (80.10.30.)

박점동 집사님께서 장로 시험 보러 가시더니 안 오셨다고 하신다. 하나님 박 집사님 지혜 주셔서 장로 시험에 꼭 합격하게 하소서. 그리고 우리 교회 부흥되게 하소서. 저는 똑같은 기도를 계속 계속 합니다. 감옥에 계신 목사님들 언제 석방하시렵니까, 빨리 통일되게 하소서. 박정동 집사님께서 장로 시험 보러 가시더니 우리 교회 장로로 합격하였다고 하신다. 나는 참 기쁘다. 왜냐하면, 우리 교회도 조금씩 조금씩 성장하는 교회가 되니 하나님께 감사를 드립니다. (80.11.5.)

창립기념 예배 후 전교인 기념촬영

언제라도 우리 교인들 모여서 북적거리는 때는 나는 기쁘다

새벽기도 우리 교회 오니 저절로 재미가 있다. 정이 들어서 그런지 남의 교회 가 보면 웬일로 설교 말씀도 재미가 없더라. 오늘은 교회 집사님들이 교회 김장 우리 집 김장을 하러 오셨다. 종일 하셨다. 나는 점심을 신이 나게 했다. 언제라도 우리 교인들 모여서 북적거리는 때는 나는 기쁘다. 점심들도 맛있게들 하고 겨울에 먹을 김장을 끝냈다. (80.11.28.)

우리 목사님은 장로 장립식 권사 취임식 준비하느라 애를 쓰고 있으니 민망하다

주님 감사합니다. 오늘의 역사를 주관하시고 생사화복을 주장하시며 소외된 인간을 보호하시고 자유케 하신 걸 감사합니다. 벌써 12월 첫눈도 많이 내리신 하나님 오묘한 기적을 생각할 때 감사를 드립니다. 오늘 설교 주일날 목사님 설교 재미있다. 어린이들이 내게로 오는 것을 금하지 마라. 천국이 이런 자의 것이니라. 하시고 저희에게 안수하시고 거기서 떠나 시니라.

나는 오늘 돈 이만 원을 가지고 오버코트를 사려고 중앙시장 다녀도 내 맘에 드는 것이 없어서 못 사고 도로 왔다. 우리 목사님은 장로 장립식 권사 취임식을 12월 8일 날 앞두고 준비하느라고 애를 쓰고 있으니 민망하다. 그리고 집사님들두 음식 장만을 하시느라 분주하다. (80.12.4.)

성탄절에 김종태 어머니께도 쌀 한 가마 값 드린다

새벽기도 오늘은 거룩한 주일입니다. 당신 종 말씀의 능력 주소서. 그리고 교인들 많이 모여 주소서. 그리고 어려운 교인들 불쌍히 보세요. 날씨가 계속 춥고 눈이 계속 오니 그날그날 벌어야 먹고 사는 자녀들도 많습니다. 불쌍히 보서서 축복해 주소서.

오늘 설교 말씀 요한복음 10장 8절, 나보다 먼저 온 자는 다 절도요 강도니 양들이 듣지 아니하였느니라 내가 문이니 누구든지 나로 말미암아 들어가면 구원을 얻고 또는 들어가며 나오면 꼴을 얻으리라 도적이 오는 것은 도적질하고 죽이고 멸망시키려는 것뿐 나는 양으로 생명을 얻게 하고 풍성히 얻게 하려는 것이라. 오늘 설교 말씀 재미있었다.

교회 청년들은 성탄절 준비를 하고 있다. 집사님들은 선물 준비를 하고 아주 분주하고 재미있다. 나는 종일 우리 애기 보느라고 힘들었다. 저녁예배는 주일 학생들이 준비했던 연극을 재미있게 했다. 성탄절에 선물 교환하느라고 특히 외로운 분들 가족 없이 혼자 사시는 분 외로운 김종태 어머니께도 쌀 한 가마값 드린다고 한다. 또 주일 학생 선생들께도 선물 드리고 장로님 권사님들에게 선물 드리고 성탄절에 참 재미있다. 새벽기도는 철야기도로 마쳤다. 교인들 가정 새벽 송도 재미있었다. 어떤 집은 문도 열어주고 불도 켜주고 선물도 주는데 어떤 집은 깜깜하게 불도 없고 내다도 안 본다. (80.12.14.)

목사님이 교인들한테 각자의 다짐을 물어본다

오늘 설교 말씀 재미있었다. 오늘은 목사님이 교인들한테 각자의 다짐을 받는다. 각자 의견을 물어본다. 새해에는 내가 무엇이든지 실천해야 겠다는 것을 물어본다. 각자의 자기 나름대로 대답했다. 교회 열심히 살아보겠다 하고 어떤 분은 교회 안 빠지고 출석 잘하겠다고 말한다. 참 좋은 생각을 했다. 나도 오늘 하루를 내일로 미루지 않고 성실하게 살아가면서 열심히 약한 교인을 도우며 살려고 다짐했다. 아무리 추워도 새벽 기도를 절대 안 빠지기로 했다. (81.1.4.)

정월 초하룻날 도레와 미파가 세뱃돈을 모아서 내 안경을 맞춰 주었다

오늘은 정월 초하룻날 설날이다. 우리도 시장을 봐 오고 노동자 중에 자기 고향에 못 간 사람들 모여서 우리 집에서 음식 대접했다. 많이 올 줄 알고 장만도 실컷 했는데 생각 외로 많이 오지를 않았다.

오늘은 교회 청년학생들이 세배 온다고 많이 오고 오늘 종일 손님이 끊일 새 없다. 피곤하기도 하지만 기쁘기도 하다. 만나는 시간 교인들 대화하는 시간 기쁘다. 오늘은 도레와 미파가 세뱃돈을 모아서 내 안경을 맞춰 주었다. 내 안경이 망가지고 없는 줄 알고 8천 원짜리 맞추었다. 참으로 고마워서 하나님께 감사 기도했습니다. 나는 도레를 항상 나무라기는 하지만 보통 애가 아니라고 생각한다. (81.2.3.)

매년 3·1절 날은 경찰들이 판을 쳐 감시하고 있습니다

하나님 늘 3·1절 행사 악마 틈 타지 않게 지켜주소서. 매년 3·1절날은 경찰들이 판을 쳐 감시하고 있습니다. 오늘 그 악마 마귀 떼들 틈 못 타게 하소서. 오늘 예배는 오후 3시다. 나는 집에서 늦게 교회 갔더니 사람들이 교회에 꽉 차게 앉았다. 목사님 설교 재미있게 마치고 이진수 선생님께서 연극을 직접 자기가 몸소 행해 보여 주셨다. 참 재미있었다. 빌라도 고백 그대로 행해 주셨다. 많은 사람이 서서 있어도 재미있다고들 한다. 연극 끝나고 떡 잔치가 있었다. (81.3.1.)

아홉 사람이 세례받고 세례 끝나고 성찬식이, 그다음엔 계란 파티

오늘은 성남의 전체 교인들이 공설운동장에 모여서 연합예배로 봤다. 기독교 교역자들은 다 모였다. 설교 말씀은 김상수 목사님 설교하셨다. 예배 끝나고 아홉 사람이 세례받고 세례 끝나고 성찬식이 있었다. 그다음엔 계란 파티가 있었다. 오늘은 교인도 많이 나왔다. 재미있었다. 예배 끝나고 목사 식구들이 4·19답에 갔다. 오늘은 4·19날이다. 우리 아들 광주공업고등학교 다닐 때 많은 학생들이 부상을 당하고 더러는 죽고 다행히도 나는 4·19날이 돌아오면 우리 하나님 은혜가 더욱 감격스럽다. 왜냐하면, 우리 아들을 보호하시고 생명을 지켜주었다. 이마를 맞아서 흉터가 있다. 망치로 맞았다. (81.4.19.)

우리 교회에서 김종태 추모예배를 오늘 보려고 준비들 하느라고 수고들 하고 있다. 여신도들도 김치 담그고 떡도 서 말이나 해 오고 우리 교인들은 실상 많이 안 왔지만, 외부에서 손님이 많이 오셔서 앉을 자리가 없어서 손님들이 서 있었다. 그리고 생각 밖에 무사히 잘 마쳤다. (81.6.8.)

새 교회로의 십자가 행진,
감격과 은혜에 감사합니다

두 딸이 눈물 흘리면서, 아버지, 우리는 집이 없어서 어떻게 해요

오늘은 교회 기공 예배를 보려고 외부에서 목사님들이 많이 오셨다. 하지만 우리 교인들이 많이 안 와서 섭섭했다. 떡도 많이 하고 장만도 많이 하고 우리 집이 넓어서 손님들 모시기가 참 기쁘다. 우리 교인들과 외부에서 오신 손님들이 백오십 명 오셨다. 식사들 맛있게들 하시고 오랫동안 바라고 원했던 교회 건축을 시작하려고 기공예배를 볼 때 참 기뻐서 눈물을 흘려서 하나님께 감사 기도합니다.

새벽기도 하나님 성전 건축을 위해서 간절히 기도합니다. 오늘은 우리 목사님이 교회 성전 지을 걸 너무도 걱정한다. 교회 땅을 못 사서 맨날 기도하고 걱정하더니, 또 교회 땅을 사놓고는 허가를 못 내서 걱정을 하더니, 막상 허가가 나와서 건축을 시작하려고 하는데 돈이 없어서 걱정이다. 우리 목사는 생각다 못해서 우리 집을 팔자고 가족회의를 열었다. 도레와 미파는 집을 팔아서 교회 바친다고 하니 도레 엄마는 아무 말 않고 두 딸이 눈물 흘리면서, 아버지, 우리는 집이 없어서 어떻게 해요. 수진동 집에서 살다가 좋은 집 사 온다고 와서 얼마 살지도 못했는데요.

나는 말했다. 우리가 빚을 져서 집을 파는 것도 아니요 교회 성전 짓는

교회 건축현장에서 노동하는 교인들 이환조 집사 한문환 집사 김해성 전도사 등

교회 기공예배 정석면 목사님 이해학 목사님

데 바치니 영광이다. 하나님께서 또 필요하신 대로 주시겠제. 교회 사택 지으면 더 좋은 집으로 간다. 가족들이 집 팔아서 성건축하는데 바치기로 합의를 봤다. 집이 아담하게 좋다. 방이 세 개이고 마루도 있고 마당도 있고 장독도 넓고 좋다. 지하실도 있고 시흥동에서는 제일 나은 집이다. 집 팔려고 내놓고 금방 집이 팔려서 전세방을 얻어 가게 되었다.

(81.7.13.)

내 욕심이 나를 죽인다

나는 서울 우리 교회 건축도 얼마나 했나 궁금해서 떨치고 서울 우리 집에 와 버렸다. 오자마자 교회 먼저 갔더니 교회터에 한쪽에는 호박도 심어서 주렁주렁 열렸다. 사무실 짓는다고 다 파서 호박넝쿨은 걷어내고 깨도 한쪽 심어서 잘 되었는데 다 치워버렸더라. 속이 상하지만 내 욕심이 무섭다. 내가 한 쪽은 괜찮을 줄 알고 했더니 내 욕심이 나를 죽인다. 오늘은 전도사와 같이 종일 심방했다. (81.8.16.)

성전을 위해서는 숨이 닳도록 기도합니다. 일꾼들 힘주시고 지치지 않고 무사히

오늘은 교회 슬라브를 마지막 합니다. 비가 밤새껏 왔는데 아침에는

158

그치게 하심도 감사합니다. 오늘 또 지켜주십시오. 성전을 위해서는 숨이 닳도록 기도합니다. 일꾼들 힘주시고 지치지 않고 무사히 사고 없이 끝내게 하소서. 간절히 기도합니다. 오늘은 수요일 예배 시간 전 슬라브는 끝나서 나는 또 하나님께 감사합니다. 감사합니다. 오늘 저녁 설교는 성령을 받아야만 주를 주라고 시인할 수 있다고 설교 재미있게 가르쳤다. (81.9.9.)

새 교회로의 십자가 행진 감격과 은혜에 감사 눈물

오늘 또 목사님 계시냐고 전화가 계속 온다. 언제 가야 목사님을 만날 수 있느냐고 묻는다. 나는 새벽기도 끝나고 6시 집에 전화하고 오라고 말하니 아침 6시면 너무 일찍이지 않느냐고 말한다. 나는 괜찮다고 말했다. 우리 집은 일찍 전화하고 일찍 와도 목사도 일하고 있어요. 일찍 오셔야 목사를 만나요. 목사를 만나려고 하는 사람은 다 어려움이 있는 사람들이라고 생각한다. 찾아오신 손님 전화하는 걸 귀찮아할 게 아니라 영광으로 생각한다.

오늘은 거룩한 주일, 감옥에 계신 문익환 목사님의 어머니와 아버지가 오셨다. 단에 서서 설교를 하실 때 그 얼굴이 폭포수같이 솟아난 모습이 보인다. 나도 아들이 감옥에 있을 때 그와 같은 심정이었다. 당해본 사람만 안다. 두 노인네의 설교 말씀 감격스러웠다. 저녁 예배는 주일학교 마

건축이 완성된 주민교회 전경

지막 끝내고 송별 예배로 봤다. 집사님들이 많이 안 나오므로 목사님이 화가 난 설교를 하셨다. 예배가 거의 끝나려고 할 때 장로님께서 십자가를 들고 교인들이 전부 뒤를 따라서 행진하여서 새 교회 가서 찬송하고 통성으로 기도하고 끝맺었다. 하나님의 감격스러운 은혜를 생각할 때 끝없는 눈물 금할 수 없다. (81. 10. 10.)

오늘 하나님께 돈 타령 합니다

새벽기도 또 오늘 하나님께 돈 타령 합니다. 하나님께 성전 지을 수 있는 물질 달라고 안타까운 마음으로 기도합니다. 오늘은 다행히 집주인이 와서 이사 온다고 집을 계약했다고 한다. 그리고 돈도 삼백 다 받았다고 우선은 해결되었다고 한다. 시흥동 우리 집을 팔아서 교회 짓는데 바치고 큰 집 전세를 얻어서 살았는데 또 돈이 급해서 전세를 내놓았는데 우리 살 집은 짓지도 않고 또 전세도 나갔다. 돈이 급하니 이사 올 사람들이 보름을 앞당겨 이사를 왔다. 사정해서 집이 큰 집이니 방 두 개 내주고 부엌도 내주었다. 복잡하게 보름을 같이 살다가 떠나야 할 형편이다. (81. 10. 14.)

바람이 불면 시멘트 가루가 날아와서 밥그릇을 손으로 덮어서 먹는다

오늘은 추위가 강추위다. 일꾼들도 너무 춥다고 일을 않는다. 우리 식구들도 한 대서 살면서 추워서 난리가 났다. 어떤 교인들은 전기장판도 갖다 주면서 추워서 어찌하느냐고 걱정하는 사람도 있다. 추위도 이게 하나님의 은혜 축복이라고 생각합니다. 밥 먹을 때 바람이 불면 시멘트 가루가 날아와서 밥그릇을 손으로 덮어서 먹는다. 그래도 교회 성전 지은 것만으로도 기뻐서 항상 감사는 끊이지 않는다. (81. 10. 23.)

주민교회신용협동조합 창립총회

오늘은 신협 이사들이 신협 총회로 모였다

오늘은 여신도 월례회의가 있었다. 각 부서로 나누어 모였다. 1월 처음 모였다. 오늘은 신협 이사들이 신협 총회로 모였다. 오늘은 심방 안 가고 하루종일 분주했다. 집안도 치우고 빨래도 하고 기도하며 하루를 재미있게 지냈다. (83.1.4.)

오늘은 교회 여신도회에서 떡 두 가마를 방앗간에서 해서 떡을 썰어서 가지고 왔더라. 김영순 집사님 같이 싣고 왔다. 여신도회 사업으로 팔았다. 이해학 목사는 오늘 강의 들으러 가셨다. 하나님께 기도합니다. 이해학 목사가 강의 들으러 갔습니다. 하나님 당신 종에게 말씀의 능력 주시고 그 말씀을 듣는 분들이 마음의 감동을 받게 하소서. 많은 대학생이 변화를 받아 이 나라를 평화스런 나라 되게 하소서. (83.2.3.)

참으로 꿀보다 더 단 말씀

오늘 저녁 두 번째 수련회도 재미있었다. 자유 평등 추구하는 중심 우리 중심으로 살자. 인간다운 인간이 필요하다. 봉사하는 공동체가 되자. 민중을 위해 봉사하는 공동체가 되자. 죽음의 문과 쾌락 종교. 요번 수련회에서 많은 것을 배웠다. 참으로 꿀보다 더 단 말씀을 해 주었다. 어떤 부흥강사를 데려와도 그보다 더 잘할 수는 없으리라고 생각한다.

(83.2.18.)

민속예배에다가 마당극, 주민교회 십 주년 돌

오늘은 민속예배에다가 마당극을 한다고 의자를 다 치우고 자리를 깔았다. 사람이 많고 빈자리가 없어서 강대상에도 꽉 차게 앉았다. 오늘 예배는 주민교회 십 주년 돌에다가 통일 민족을 위한 행사, 함께 사는 운동 강사 윤인호 박형규 목사에 민속예배를 드리고 또 마당극 「어디로 갈거나」 극을 공연했다. 위의 모든 일은 성령의 도우심에 힘입어 그리스도께서 은혜를 주셨다. (83.3.1)

1. 마당극 '어디로 갈꺼나' 공연 장면
2. 중국 고구려 유적지 역사탐방에 세례 받은 문정길 목사님과 교인들과 함께 장군총 앞에서

오늘은 거룩한 주일 주시니 감사합니다. 오늘은 청년 주일이니 주님 은혜로 역사하소서. 그리고 당신 종 말씀에 능력 주소서. 오늘 설교 말씀 은 '청년아 일어나라.' 재미있게 설교하셨다. 설교 말씀 꿀 송이보다 더 달다. 나는 이 시간도 하나님에게 감사를 드립니다. (83.3.13.)

오늘은 예배 끝나고 영등포 최 원장이 오셔서 환자들 많이 진찰도 하고 약도 세 가방을 가지고 와서 무료로 다 주더라. (83.3.14.)

이제는 맘뿐이다. 마음으로는 무엇이라도 다 할 것 같은데

오늘은 어떤 분이 우리집에다 밀가루 반 포대짜리 다섯 개나 가져왔다. 그래서 나는 어찌 기쁜지 마음으로 어려운 교인들 나누어 주기를 바랬더니 우리 목사님도 어려운 집 나누어 주라고 해서 나는 기쁨으로 수진동 어려운 집 두 집에 머리로 이어다 주었다. 두 번 왕복하고 나서는 몹시 피곤했지만 기쁨으로 했다. 내 육체가 늙은 것 같구나. 이제는 맘뿐이다. 마음으로는 무엇이라도 다 할 것 같다. 더 늙기 전에 열심히 믿음으로 살아야지 생각했다. (83.3.15.)

부활주일, 남신도회는 마당에 돌 옮겨 놓는 작업을 하고 중고등부는 이층에다 화단을 만들고 흙을 옮겼다

새벽기도. 오늘은 교인들이 와서 촛불예배로 재미있었다. 주님을 무덤으로 찾으러 간 막달라 여인도 얼마나 기뻐했을까. 오늘 오전 예배 예수님을 사랑한 자만이 예수님의 부활을 볼 수 있고 가능한 일을 할 수 있는 사람이야말로 예수님의 부활을 볼 수 있다고 한다. 오늘 설교 말씀 재미있게 듣고 끝나고 세례받는 교인들이 15명 세례받고 성찬식도 있었다. 그리고 예배 끝나고는 점심을 맛있게들 먹고 많은 교인들이 기뻐하는 모습이 보인다. 식사 끝나고는 남신도회는 마당에 돌 옮겨 놓는 작업을 하고 중고등부는 이층에다 화단을 만들고 흙을 옮겼다. 날씨는 눈도 오고 비도 오는데 장난도 치면서 기쁘게 일들 하는 걸 볼 때에 나는 마음이 흐뭇하고 기쁘다. 나도 같이 눈비를 맞으면서 일을 했다. 그리고 이점례 권사님은 일하는 사람들 치 끓인 걸 준비해서 가지고 오셨다, 또 대접했다. 저녁 식사도 일하는 사람까지 다 먹었다. 저녁 설교도 재미있다. (83.4.3.)

고향 어머니 집, 우리 어머님 꼬부랑꼬부랑 마당에 다니시고 병아리가 먹이 달라고 삐약삐약 하면서 줄줄 따라다닌다

우리 친정어머님께서 마루에서 떨어져서 못 일어나신다고 소식 한 달 전 듣고 자나 깨나 걸려서 오늘은 가려고 나갔다. 도레 엄마도 용돈 삼월 사월 것 두 달 것 달라고 했더니 고맙게 그대로 주어서 오늘은 불 일듯이 나서서 간다. 시골 갈 준비를 했다. 돈이 적으니 아끼려고 기차 완행으로 갈려고 했지만, 그냥 급한 마음으로 고속버스 타고 갔더니 우리 어머님 꼬부랑꼬부랑 마당에 다니시고 병아리가 먹이 달라고 삐약삐약 하면서 줄줄 따라다닌다. 우리 어머니는 집안에 계시면서 짐승들 먹이를 주기 때문에 고양이도 아웅아웅하고 따라다니고 소도 음머하고 먹이 달라고 소리 지른다. 어머님께서 지금도 덜 나으셨지만, 도랑 출입은 하신다. 내가 걱정했더니 생각보다 다행스러웠다. 누워 계시지 않고 무어라도 집안일을 한다. 새벽기도 우리 어머님하고 같이 찬송도 하고 기도도 하고 했다.
(83.4.7.)

오늘은 비참한 소식을 들었다. 디스코실에서 디스코 춤추다가 불이 나서 몰살을 당했다고 한다. 참으로 무시무시하다. 그 귀여운 자녀들의 부모들이 얼마나 애통할까.

오늘 또 화창한 봄 날씨가 참 아름답다. 나는 솔라하고 과자 사러 시장을 따라갔다. 다리도 아프고 바쁜 시간이지만 간신히 솔라를 위해서 겨우 다녀왔다. 오늘은 우리 교회 김진애 집사 홍년표 집사님이 전국연합회 모임 가셨다. 그분들 위해서 기도합니다. (83.4.19.)

오늘부터 제자 훈련 공부 재미있었다. 처음 시작이지만 정말 나는 학교 문앞에도 못 가보고 학생 되어 보기가 내 소원이었다

주님 저희 기도 들으소서. 우리 교회 어려운 문제를 놓고 기도합니다. 재정 문제 때문에 어려움을 겪고 있으니 없는 것을 있게 해 주신 하나님 이루어 주옵소서. 믿고 기도합니다.

오늘부터 제자 훈련 공부 재미있었다. 처음 시작이지만 정말 나는 학교 문앞에도 못 가보고 학생 되어 보기가 내 소원이었다. 교회 나가면서 찬송 부르고 성경 읽고 하면서 한글을 배웠다. 교회를 학교로 생각하고 그 날 부른 찬송을 접어두었다가 집에 와서 연필로 자꾸 써보고 또 쓰고 또 읽어보고 나는 교회 다니면서 한글을 배웠다. 나는 교회 나가면서 항상 기뻐했다. 왜냐하면, 한글을 배우게 되고 또 하나님을 만나게 되고 또 내 몸의 병을 고쳤기 때문이다. 새벽기도 열심히 다니고 철야기도 하고 기뻐서 열심히 다니더니 내 몸에 병이 나도 모르게 고쳐졌다. 나는 오른쪽 팔다리의 힘이 없고 오뉴월에도 추워서 이불 한쪽을 덮고 잤다. 병원에서는 산후풍이라고 한다. 우리 영감 살아서 약도 무척 썼지만 못 고치고 또 머릿골이 아파서 항상 찡그리고 또 가슴앓이 가끔 일어나면 죽을 지경이었다. 지금 내 몸에 병이 깨끗하게 치료가 되었다. 나는 예수 믿고 너무도 기뻐서 하나님께 기도할 때 하나님 무엇을 바치고 싶어도 바칠 것이 없어서 나 아들 하나 독자 하나님께 바칩니다. 하나님의 훌륭한 종 되게 하소서. 항상 기도했습니다. 하나님께서 내기도 그대로 이루어 주셨습니다. (83.4.25.)

오늘은 심방을 가려고 했으나 심방도 안 가고 너무 가물어서 종일 상추밭에서 호박에 물을 주웠다. 날씨가 오늘은 여신도회에서 철야기도회를 재미있게 마쳤다. 죽은 김종태 추모예배가 오늘 저녁이다. 청년들이 준비하느라고 분주하게 야단이다. 추모 예배 저녁 여덟 시 모였는데 예사 밖에 청년들이 성전에 꽉 차게 모였다. (83.6.9.)

내 마음이 흐뭇하다. 왜냐하면, 우리 신협을 가지고 있다는 걸 생각할 때 나는 마음이 기쁘다

오늘은 천만뜻밖에 관광버스 타고 신협 회원들과 이사장들이 관광버스 타고 양곡 신협에 가자고 해서 따라갔더니 거기는 농촌 시골이지만 참 좋더라. 거기서 강연 설교 말씀 듣고 점심도 맛있게 먹고 사진촬영도 하고 또 버스 타고 신협 동부지역평의회도 가서 강의 듣고 구경도 하고 또 버스 타고 조금 가서 전철 구경도 하고 영화도 보고 과일 대접도 받고 강연도 재미있게 듣고 대접을 받았다. 설교 말 잘하시더라. 참 재미있고 내 마음이 흐뭇하게 기뻤다. 왜냐하면, 우리 신협을 가지고 있다는 걸 생각할 때 나는 마음이 기쁘다. 우리 신협도 앞으로 성공할 걸 나는 믿고 기도합니다. 관광버스가 올 적에는 아주 기쁜 마음으로 돌아왔다. (83.6.20.)

8월 오늘은 서명희 씨가 자기 아들을 낳을 때 수고해 주었다고 돈 2만 원을 준다. 만 원은 도로 주고 만 원을 가지고 가 국제시장에서 이불 호청을 샀다. 만오천 원이 된다. 만 원 주고 오천 원 외상 달았다. 집에 와서 땀을 뻘뻘 흘리면서 이불도 꾸미고 요도 꾸몄다. 이불 껍데기 요 껍데기는 그 전에 사다 놓고 솜도 사다 놓고 손님 오시면 쓰려고 맘 먹고 장만했다. (83.8.1.)

어느새 70살, 통일이 된 것 보고 죽었으면 나의 맺힌 한이 풀리겠다

오늘 또 추석 다음 날이라고 직장 다니신 분들이 놀고 있다. 보현이와 강화가 왔다가 바로 가 버렸다. 오늘 엄마 집에서 자고 와 버렸다. 오늘 날씨가 쌀쌀하고 내 몸이 잔뜩 피곤해서 누워 있었다. 집에 있는 것이 그중 편하다. 내가 어느새 70살이 다 되었다. 참으로 허무한 세상이다. 나 이제 죽어도 원이 없다고 생각한다마는 올 금년에 통일이 된 것 보고 죽었으면 나의 맺힌 한이 풀리겠다. 왜냐하면, 우리 목사가 정치가들에게 모략과 억압을 당해 온 것을 내 지켜보았기 때문이다. (83.9.21.)

한애정이를 살려보려고 열심히들 기도했지만

오늘은 한애정이가 주일날 지리산 놀러 갔다. 지리산 올라가서 벌집을 밟아서 벌이 새카맣게 엉겨붙어 벌에 쐬어서 시골병원에 입원했다가 서울병원으로 왔다. 병원에서 치료도 못 하고 죽어 버렸다. 교인들이 열심히 기도하고 나도 열심히 기도했지만, 그는 명이 그뿐인지 죽어 버렸다. 우리 목사님이 2층 기도실을 정해놓고 한애정을 위해서 전체 교인들이 교대해서 한 시간씩 기도하라고 전화 있는 집들 전화로 연락해서 그대로 했다. 아름다운 처녀였다. 그의 직장은 은행이고 어머니는 믿지 않고 외

딸이다. 애걸 복통하지만 소용이 없었다. 우리 교회에서 살려보려고 열심히들 기도했지만 어쩔 수 없다. 괜한 소리지만 주일날 교회를 왔으면 그런 일이 없었으리라고 생각한다. (83.10.2.)

이춘섭 전도사님 결혼식을 위해서 간절히 기도합니다. 새벽부터 비가 주룩주룩 오고 있다. 다행히 비가 그쳐서 결혼식을 잘 마쳤다. 새벽에 비가 왔지만, 비 온 뒷날이라 깨끗하고 맑은 날씨이다. (83.10.8.)

시골 우리 시동생들은 해학이를 가리켜 길을 잘 들어서면 국회의원으로도 나갈 수 있는데 하필 목사가 되었다고 나한테 원망을 가끔 합니다. 그렇지만 하나님을 처음 믿을 때 하나님 은혜가 너무 감사해서 하나님께 기도할 때마다 나는 하나님께 아들 독자 하나 있는 것 바칩니다. 훌륭한 일꾼 되게 하소서. 하나님께 바칠 것이 없으니 아들 하나 있는 것 바칩니다. 주야로 기도합니다. (83.10.18.)

사람은 죽으면 이름을 남기고 짐승은 죽으면 가죽을 남긴다고 이 분을 본받을 만하다

11월 오늘은 1983년 11월 1날. 김금용 전도사 어머님 사망하셨다고 한다. 이 분은 천사 같은 사람이다. 자기 아들 김금용 전도사가 우리 목사 일로 감옥에 계실 때 우리가 그 집에 가서 위로해야 하는 데 반대로 우리 집을 오셔서 위로하고 자기 아들 걱정은 않고 우리 목사 걱정하시면서 기도해 주시고 또 시골서 농사지어서 딴 콩도 가지고 와서 주더라. 사람은 죽으면 이름을 남기고 짐승은 죽으면 가죽을 남긴다고 이 분을 본받을 만하다. 우리 목사님 피신 다닐 때 김금용 전도사가 감옥살이했다.

고등학생들이 저녁마다 모여서 연극 연습한다. 너무 피로해서 입이 부

르터서 신상이 안 좋다. 이점례 권사님이 점심을 같이하자고 나를 오라고 해서 생각해서 오라고 하니 안 갈 수 없어 갔더니 식사를 잘 대접받고 심방도 다수 하고 왔다. 권사님과 같이 심방하니 재미있다. (83.11.1.)

떡 파티를 하려고 도레 엄마가 떡을 푸짐하게 해다 놓고 예배본다

떡 파티를 하려고 도레 엄마가 떡을 푸짐하게 해다 놓고 예배본다. 오늘 오전 설교 말씀은 빌립보서 (3~8절) 내가 그리스도를 위하여 다 해로 여길뿐더러 또한 모든 것을 해로 여김은 내 주 그리스도 예수를 아는 지식이 가장 고상함으로 인함이라. 내가 그를 위하여 모든 것을 잃어버리고 배설물로 여김은 그리스도를 위하여 해로 여길뿐더러 오늘 설교 말씀 은혜 중 재미있었다. 교인들도 많이 오셨다. 나는 설교 말씀 듣고 감사 감사가 넘칩니다. 설교 끝나고 전체 교인들이 떡 파티를 가졌다. 전체 교인들이 맛있게들 먹는 것을 볼 때 나는 마음이 기뻤다. 저녁예배 때는 여신도회에서 연극 축제가 있었다. (83.11.6.)

새벽기도. 주님 당신 종 가는 곳곳마다 주님 같이 하소서. 오늘은 구역 모임을 위해서 간절히 기도 오늘 구역 모임은 전경의 댁에서 구역 모임 재미있게 보았다. 오늘은 목사님도 오고 도레 엄마도 왔다. 미파가 둔전 교회 심부름가서 밤늦게까지 안 와서 걱정되었다. 그러나 무사히 왔다.

김진애 집사님 댁에서 남신도회 연극하신 분들 위해서 저녁 식사를 잘 차려서 나도 참기름 가지러 갔다가 잘 먹고 왔다. 그리고 당신 종에게 말씀의 능력 주소서. 오늘 설교 말씀 은혜스럽게 설교 말씀하셨다. 그리고 예배 끝나고 여신도연합회가 이향순 집사님 댁에서 모였다. 모이던 중에서 제일 많이 모였고 또 식사들 하시고 여신도회 잘된 것 같다. 저녁예배 때는 남신도회에서 욥기 성경 말씀 그대로 연극을 했다. (83.11.11.)

이 세상에서 누가 불쌍하냐 가난이 제일 불쌍하다

오늘 또 날씨가 몹시 추운데 우리 교우들 특히 가난한 교인들 얼음덩이 위에 다니면서 그날그날 벌어 먹고사는 교인들 불쌍히 보시고 축복해 주세요. 돈이 많은 사람은 연탄도 트럭으로 한 차씩 사서 쟁여놓고 사는 사람도 있고 어떤 사람은 연탄 두 장을 사서 들고 가는 사람도 있다. 그것도 여자가 장사하다가 들어가면서 머리에는 장사 보따리 손에는 연탄 사서 들고 가는 사람도 있다. 나도 전에 연탄 두 장씩 저녁에 집에 올 때 사서 들고 온 적도 있었다. 이 세상에서 누가 불쌍하냐 가난이 제일 불쌍하다. (84.1.20.)

3·1절 행사 김상근 목사님 설교 말씀, 마라톤 재미있었다

3·1절. 우리 교회에서 매년 모여서 행사가 있다. 우리 교회 돌날이다. 올해는 11돌이 되었다. 행사를 위해서 집사님들 청년들이 준비하느라고 무척 분주하게 애들 쓰고 있다. 오늘 설교 말씀은 김상근 목사님 설교 말씀 재미있었다. 외부에서 손님들이 많이 오시고 경찰들도 많이 왔지만 조용하게 넘어가서 하나님께 감사합니다. 그리고 청년들이 연극을 했다. 연극 끝나고는 점심을 했다. 그리고 끝나고는 마라톤을 시작했다. 여자 남자 주일 학생들 전체 교인들이 재미있어 했다. (84.3.1.)

오철녀 할머니 병상, 똥 빨래를 날마다 집에 가지고 오다

오늘 또 오철녀 할머니 집을 못 잊어 갔더니 아주 냄새가 코를 찔러 맡을 수 없을 지경이었다. 그리고 몸이 착 가라앉아서 형편없었다. 아무리 생각해도 안 되겠어서 양친회 병원에 택시 타고 가서 수속 밟았다. 네 번 씻기고 내가 열흘간 거기서 자고 같이 있으면서 간호했다. 대소변을 막 옷에다가 싼다. 대소변 받아내느라고 무척 고생했다. 그리고 냄새가 난다고 옆에 사람들이 싫어한다. 똥 빨래를 날마다 집에 가지고 와서 빨아서 또 말려서 날마다 옷을 갈아 입혀야 한다. 그리고 병원에서는 보호자 밥을 안 주기 때문에 집에 와서 식사했다. 환자가 끼니마다 밥을 다 잡수신다. 새벽기도는 양친네 구석에 찾아가서 기도합니다. 오늘은 주일 지키려고 옆에 사람에게 보라고 부탁하고 설교 말씀 재미있게 듣고 병원에 갔더니 간호원들이 퇴원시키라고 한다. (84.3.5.)

선교원 애들 성묵이도 똥 싸고 원청이도 똥을 싸고 유이도 똥을 싸고

선교원 애들 중 너무 어린 탁아소 애들이 똥도 오줌도 막 싼다. 똥을 어디다가 뭉쳐놓을 수 없어 나는 빨아서 햇빛에 말려서 엄마들 오면 보낸다. 나도 기분이 좋고 엄마들도 좋아한다. 그런데 선생들은 똥 싼 옷을 그대로 싸서 보내지 않는다고 김정선 권사님도 성화한다. 나는 내가 고생되어도 똥 싼 옷을 그대도 보낼 수 없었다. 어린애들이 변소도 못 가게 따라다닌다. 내가 움직이면 세 놈 네 놈이 따라만 다닌다. 서무이도 똥 싸고 원청이도 똥을 싸고 유이도 똥을 싸고 똥 하나 치고 나면 하나가 싸고 교대해서 똥을 싼다. 내가 너무도 힘들다. 너무도 복잡할 때는 주님 나에게 감당할 힘 주소서. 그리고 똥 싸서 치울 때마다 주여 주여 부르면서 똥치운다. 이상한 것은 똥 치울 때 화가 나지 않고 고무장갑 끼고 더러운지도 모르고 했다. 어린이들이 놀 때에는 예쁘기만 했다. 미워해 본 적은 없었다. 새끼여서 무릎에 안고 잔다. 어떤 애는 엎드려 잔다. 어떤 애들은 저절로 잠이 든다. 연희는 꼭 업고 있어야 잠이 든다. 오늘은 우리 목사 님이 돈 이만 원을 봉투에 넣어준다. 부흥집회를 어머니 기도해 주셔서 잘 마쳤다고 말하면서 돈 이만 원을 준다. 어찌나 반가운지. 내가 시골 가 면서 신협에서 빌렸던 것이 있어서 갚았다. (84.5.15.)

작은 소자에게 냉수 한 그릇 갚아주신 하나님 꼭 이 집에 축복해 주소서

오늘은 우리 교회 여신도회 관광 간다. 나도 가고 도레 엄마도 목사도 같이 갔다. 광주 무등산은 별로 구경할 것 없었지만, 자연이 참 아름답다. 그리고 버스 안에서 노래도 부르고 찬송도 부르고 광주 도레 이모 집에 가서 점심을 먹는데 불고기 상추쌈에다가 잘 먹었다. 고기가 떨어지면 또 가져오고 떨어지면 또 가져오고 나도 고기로 배를 채우면서 오늘 밥 값이 굉장히 비싸겠다 싶었다. 이 집에 손해 보면 어떻게 하나 걱정했는 데 밥값들 하나도 안 받는다고 공짜로 점심을 먹었다. 여러분들이 맛있 게들 먹었다. 나는 너무 감사해서 하나님께 기도합니다. 하나님 몇 곱절 로 갚아주옵소서. 작은 소자에게 냉수 한 그릇 갚아주신 하나님 꼭 이 집 에 축복해 주소서. 간절히 기도합니다. 지리산 다니면서 여신도들이 게 임도 재미있게 하고 놀기도 하고 기도도 하고 내려오다가 광주항쟁때 죽 은 사람들 묘지도 보고 왔다. 참으로 말로만 들었지만 직접 눈으로 보니 무시무시하게도 많이 죽었다. 그 자리에서 눈물 흘려 기도하고 여신도회 에서 사철나무도 심어 놓고 왔다. 우리 여신도회에서 버스에 오면서 기 쁘게 노래도 부르고 찬송도 부르고 뛰면서 춤도 추고 재미있었다. 기쁘 게 노는 걸 볼 때 내 마음도 기쁘더라. 하나님도 기뻐하실 거여 하고 생 각했다. (84.5.26.)

3·1절 예배 볼 때도 조용하고 김종태 추모 예배 볼 때도 경찰들이 안 온다. 이제는 통일이 가까워졌다는 뜻이라고 생각한다

김종태 추모 예배 준비하느라고 청년들도 분주하고 집사님들이 종일 부침개를 부치고 저녁 추모 예배 설교는 이해학 목사님 재미있었다. 그리고 사람도 많이 모여들어 앉을 자리가 없어서 맨바닥에 앉았다. 경찰들이 다행히 안 왔다. 그전에는 허 목사님이 설교하려고 단에 오르셨는데 죄인처럼 실랑이하고 신발도 벗긴 채 연행해 가 버렸다. 그리고 전경들이 교회를 둘러싸고 있었다. 사람들 못 들어오게 하느라고 그리고 경찰들이 우리 교인들보다 더 많이 들어와서 앉았다. 그리고 도레 엄마는 교회 못 나오게 경찰들이 지키고 있었다. 우리는 피맺힌 한이 있었다. 이제는 3·1절 예배 볼 때도 조용하고 김종태 추모예배 볼 때도 경찰들이 안 온다. 이제는 통일이 가까워졌다는 뜻이라고 생각한다. 추모예배 끝나고 청년들이 노래도 부르고 성남시를 돌다가 경찰서에 끌려가서 다행히 나오고 두세 사람은 일주일 만에 나왔다. 다행이다. (84.5.27.)

오철녀 할머니 우리 교회 삼 층 기도실 방으로 모시다

오철녀 할머니를 우리 교회 여신도회에서는 한 달에 5만 원 씩 거두어서 월급을 주고 백금선 댁에다가 맡겼는데 생활보호자라 자기가 먹을 거는 나오고 돈도 전셋값 50만 원 내놓고 그 집에서 보살펴 주었는데 집주인이 새 건물 집에서 사람 죽으면 안 된다고 나가라고 해서 우리 교회 삼 층 기도실 방으로 오시기로 해서 오늘 저녁에 모셔왔다. 많이 잡숫지도 않는데 오줌을 늘 싼다. 똥도 늘 싸니 사람 하나가 지키고 있어야지 그렇지 않으면 똥을 짓이겨 버린다. 기저귀도 늘 갈아주어야 한다. 나는 기저귀 갈아줄 때마다 큰소리로 하나님 불쌍히 보시고 아버지 품에 안아 주옵소서. 주야로 기도합니다. 그리고 사람들이 밥을 조금씩 드리라고 하지만 어떻게 사람이 그럴 순 없었다. (84.6.28.)

오철녀 할머니를 지하실 방으로 옮겨놓고 자주 들여다보면서 임종을 준비했다. 어제저녁부터 물도 안 넘어간다. 오후 6시 반쯤에 숨이 갔다. 비록 아들도 없고 딸도 없고 하지만 우리 교회 청년들이 다 아들 노릇하고 집사님들이 다 모여서 수고들 하셨다. 비록 가난하고 고독한 삶을 살았지만 아주 초상은 멋지게 치렀다. 영구차 나갈 때 내 마음이 슬퍼서 감당할 수 없었다. 화장터에 가서도 그분이 살아서 내게다가 그 어려운 말 외로운 말을 다 했던 것도 생각이 나서 어찌나 불쌍하고도 슬픈지 통곡이라도 하고 싶었지만, 우리 교인들을 위해서 참았다. 저녁 잠잘 때도 그의 몸부림치는 것이 내 머리에 떠올라서 잠을 잘 수 없었다. 내가 병이 날 것만 같아 잠이라도 얼른 들면 했다.

새벽기도를 하려고 나오면서 할머니 누워 있는 방을 들여다보니 쓸쓸하기만 하다. 하나님께 감사기도를 드립니다. 하나님 그분이 고통을 많이 받고 가셨지만, 아버지 품에 안긴 줄 알고 감사 기도를 드립니다. 그리고 장례도 무사히 치르게 하시니 감사합니다. (84.7.4.)

8월 15일 날 일본 제국주의에서 우리 조선 민족이 해방되었던 날이다. 오늘은 우리 목사님 그 식구들 위해서 기도합니다. 그리고 우리 교회 부흥을 위해서는 주야로 기도합니다. (84.8.15.)

여신도회에서 연극을 재미있게 마쳤다

새벽기도. 하나님께 호소합니다. 하나님 우리 교회 어려운 문제를 놓고 기도합니다. 김진애 집사님 살려 주세요. 믿고 기도하는 자는 능이 못할 일이 없다고 성경의 말씀 있지요.

오늘 성경 말씀은 에베소서 3:13. 그러므로 너희에게 구하노니 너희를 위한 나의 여러 환난에 대하여 낙심치 마라. 이는 너희의 영광이니라. 오늘 설교 말씀으로 위로받다. 저녁에는 여신도회에서 연극을 했다. 연극 제목은 「빈집」이다. 다람쥐 나라의 이야기를 들려주었다. 김진애 집사님이 주일날도 여전히 조금도 어려움 없이 안색이 좋게 대해 준다. 저녁에는 연극도 여전히 웃으면서 재미있게 잘 마쳤다. (84.10.25.)

이현배 집사님 결혼, 손님도 많이 오시고 음식도 많아서 풍족하게 하나님 은혜 속에 원만하게 큰 잔치로 잘 치렀다

이현배 집사님 결혼 준비하느라고 여러 집사님 수고들 합니다. 손님도 많이 오시고 음식도 많아서 풍족하게 쓰고 하나님 은혜 속에 원만하게 치렀다. 잔치는 큰 잔치였다. 선교원 어린이들이 적게 나와서 내가 꼼짝을 못한다. 엄마 아빠를 찾아 참으로 불쌍한 생각이 들어서 내가 하나님께 기도합니다. (84.11.)

주님 저희 어려운 이웃을 외면하지는 않았나 눈 감고 조용히 회개합니다

새벽기도. 주님 감사합니다. 어느새 올 금년 한 해가 펄쩍 지낸 걸 생각할 때 안타까운 생각뿐입니다. 주님 저희 어려운 이웃을 외면하지는 않았나 눈 감고 조용히 회개합니다.

거룩한 성탄절이 벌써 돌아왔으니 말구유에 나신 애기 예수를 맞이하게 하옵소서. 가난한 우리 교회 오십시오. 그리고 주님의 은혜를 풍성하게 내려주소서.

오늘 설교 말씀 재미있었다. 예배 끝나고는 공동 식사를 재미있게 했다. 그리고 24일 날 저녁은 주일학교 고등부 여신도회 청년회 남신도회 다섯 팀이 연극을 했는데 참 재밌었다. 밤새워서 철야기도회가 있었고

새벽 송을 도는데 이것도 참 재미있었다. (84.12.24.)

나는 도울 길 없어 기도로 돕습니다

새벽기도. 오늘 또 첫 시간 기도하는 귀한 시간 주시니 감사합니다. 요새는 매우 추운 날씨 저는 따뜻한 방에서 잘 먹고 잠도 잘 자고 지내지만, 우리 교인 중 가난하고 어려운 가정을 생각하면 마음이 아픕니다. 나는 도울 길 없어 기도로 돕습니다. (85.2.)

오민자 집사가 팔이 부러졌다면서 소리를 질러댄다

음력 설날이라고 찾아올 손님들은 다 찾아온다. 반갑기도 하지만 너무 피곤하다. 종일 쉬는 시간도 없었다. 지난밤은 새로 두 시쯤 우리 집에 요란하게 문을 두드린다. 놀라서 나갔더니 오민자 집사가 팔이 부러졌다면서 소리를 질러댄다. 노영미씨가 정신이 이상해져서 금반지를 누가 빼갔는지 모르면서 오민자 집사더러 빼갔으니 내놓으라고 해서 억울해서 밤새껏 헤매고 다니다가 팔을 뺐다. 아들딸들이 꼭 오민자 집사가 가져간 줄로 생각한다. 참으로 억울한 일도 있다 오민자는 절대 안 가져갔다. 그분은 성질이 솔직하고 양 같은 심성이다. 바른말을 하고 술을 좋아해서 탈이지만. (85.2.20.)

청년들 학생들이 기뻐서 뛰는 것을 볼 때 내 마음 기쁘다. 자다가 생각해도 기쁘다

오늘은 3 · 1절 날 우리 교회의 큰 잔칫날이다. 12돌 잔치 기념예배 전체 교인들이 잔치 준비하느라고 아주 분주하다. 학생 청년들 여신도들도 청소하고 떡도 일곱 말을 하고 아주 큰 잔치였다. 알뜰하고 재미있었다. 이해학 목사 설교도 재미있었다. 설교 끝나고 연극이 재미있었고 연극 끝나고 합동 마라톤이 있었다. 약자와 강한 자가 같이 뛰었다. 청년들 학생들이 기뻐서 뛰는 것을 볼 때 내 마음 기쁘다. 자다가 생각해도 기쁘다. 온 식구들 힘이 들어서 피곤하지만, 어린이들부터 어른들까지 다 기쁘다. (85.3.1.)

광복절 8월 15일 날. 우리 교회에서 대학생들이 모여서 오후에 예배가 있었다. 나는 알지도 못했는데 문을 열고 밖에 나가니 경찰들이 교회 근처에 쫙 둘러싸고 있다. 그리고 군인 차 세 대를 앞에 세워두었다. 그리고 밑에 골목에서 군인들이 여자나 남자나 아무 사람도 못 들어오게 막고 있다. 종일 위아래를 막고 있다. 그리고 종일 고함이 그치질 않았다. 우리 전도사를 못 들어오게 해서 크게 고함이 빗발쳤다. 자기들도 할 수 없는지 8시쯤에 다 철수하였다. (85.8.15.)

네 사람씩 네 사람씩 짝을 지어서 성남에 어느 학교든지 고등학교마다 다 가서 선언문을 뿌렸다

우리 교회 청년들이 네 사람씩 네 사람씩 짝을 지어서 성남에 어느 학교든지 고등학교마다 다 가서 선언문을 뿌렸다. 그 선언문 내용은 우리의 요구다. 성남시 교육장은 책임지고 물러가라. 선교자유 보장하여 정의사회 구현하자. 교권을 확립하여 민주시민 육성하자. 한국기독교장로회 선교자유수호대회 경기노회 주최 장소 주민교회당. (85.12.3.)

개헌서명이 여기저기서 터지기를 기도합니다

목사님 개헌 서명운동 문제로 또 경찰서에 구속, 열흘 만에 석방되셨다

새벽기도. 주님 감사합니다. 주님 저희가 당한 불 시험을 이상한 일 당한 것 같이 생각지 않고 저는 하나님 은혜가 또 우리에게 내릴 줄 믿고 우리는 거푸 3일 저녁을 우리 교인들이 모여서 목사님 개헌 서명운동 문제로 일하는데 주님 같이 하시기로 열심히 기도했습니다. 열흘 만에 석방되셨다. 감사합니다. 오늘 목사님 설교 말씀. 베드로전서 5:8. 근신하라 깨어라 너희 대적 마귀가 우는 사자같이 두루다니며 삼킬 자를 찾나니 너희는 믿음을 굳게 하여 저를 대적하라. 오늘 설교 말씀도 재미있었다. (86.2.9.)

이웃집에서 영업하는 사람들이 장사 못 한다고 아우성이다

전국연합회 청년들이 우리 교회에서 모여서 수련회를 강사님 모시고 하는데 아직 시작도 하지 않았는데 군인 닭장차가 여러 대가 와서 군인들이 교회 밖에서 쫙 둘러싸고 나가는 사람 내보내고 들어오는 사람 못 들어오게 해서 우리 목사도 나가더니 못 들어오고 전도사도 나가더니 못 들어오셨다. 이웃집에서 영업하는 사람들이 장사 못 한다고 아우성이다.

나도 나갔다가 들어올 때 전경들하고 싸움하고, 늙은이라고 들여보내 주더라. 나는 전경들하고 늘 싸웠다. 상부 명령이라고 하면서 엄하게 지나가는 사람들에게도 말을 하고 있다. 그리고 밤새껏 울타리 같이 지키고 새벽기도 오는 우리 교인들도 못 들어오게 막고 있다. 나는 말했다. 하나님께 기도하러 오신 분도 못 들어오게 하니 당신들은 하나님께 벌을 받을 거라고 큰소리로 외쳤다. 그들 말이 벌을 받아도 우리가 받을 터이니 당신 설교 소리 듣고 싶지 않소, 어서 들어가라고 밀어낸다. 그러면서 그들 말이 왜 교회에서 그런 나쁜 짓을 하느냐고 교회가 아니라 엉터리라고 왜 소란 피우고 나라를 어지럽게 하느냐고 욕을 해서 나는 어찌 약이 올라서 같이 대항하면서 싸웠다. 또 우리 선교원 엄마들이 애들 데리고 오는데 못 들어오게 해서 애들만 들여보내고 간다. 선생들도 한 사람도 못 들어와서 오늘은 내가 혼자 애들 보면서 엄마 소도 얼룩소 아빠 소도 얼룩소 돼지는 꿀꿀 오리는 꽉꽉 그리고 내가 옛날 어려서 친구들하고 놀면서 손잡고 강강술래 노래도 해주고 간식도 주고 점심밥도 해서 먹이고 그렁저렁 하루가 지났다. 이틀째 나면서 더 심한 것 같아서 교인들 집 연락을 해서 전부 모여서 경찰서 앞에 가서 소리소리 지르며 농성을 해서 한 삼백 명 된 병정들이 다 물러갔다. 나는 늘 기도했다. 변소 가서도 기도하고 걸어가면서도 기도하고 자면서도 기도, 꿈에도 기도했다. 전경들이 말하는데 한 줄까지 매복한다고 하더라. 또 어떤 전경이 교회에서 개헌 서명을 하는 데가 어디 있느냐 주민교회뿐이라고 말을 한다. 그분들도 추운 날씨에 밤을 새우며 약이 오를 대로 올랐다. 나는 또 말했다. 우리 집에 지하 큰방이 있는데 불을 넣어서 방이 뜨끈뜨끈하니 와서 보라. 사람이 한 사람도 없으니 교대해서 와서 방에 와서 추위를 녹이라고 말했더니 자기들은 그 자리에서 한 발짝만 떼어도 밥통이 떨어진다고 말한다. 그래서 불쌍한 생각도 들더라. (86.2.14.)

오늘부터 우리 교회에서 부흥집회가 있었다. 문제린 목사님 말씀 재미있게 하셨다. 교인들도 많이 모였고 또 이어서 문동환 목사님이 설교하셨다. 나는 아쉬운 마음이 있다. 하나님 말씀을 같이 해 주었으면 얼마나 좋을까. 내 마음은 하나님 말씀을 안해 주니 아쉬운 마음뿐이다.

(86.2.27.)

연속 기도하라고 목사 명령이다

연속 기도 시간을 성도들이 지켰다. 이게 다 주님의 은혜 아니고는 할 수 없다고 생각하면서 주님 감사합니다. 예수님 수난을 그리면서 연속기도회를 작정한 날부터 토요일 밤 한 시부터 연속 기도회가 계속 끊이지 않고 교인들이 열심을 내게 하소서. 하나님 저희가 부족함이 있더라도 용서하시고 한 번 약속한 연속 기도가 끊이지 않도록 교인들이 열심을 내게 하소서. 그들 모든 소원 이루어 주소서. 그리고 우리 교인들 어려운 가정, 병중에 시달린 가정, 전셋집 한 칸도 없어서 고생하고 진 날 갠 날 뛰어다녀야 하는 가정을 축복해 주소서. 기도문도 열어 주소서. 기도할 줄 모른다고 연속 기도를 어떻게 하느냐고 걱정하는 교인도 있습니다. 사랑으로 뭉치는 교회 하나님의 교인 되게 하소서. 그리고 가난한 자 가난이 풀리게 하시고 집 없는 사람은 전셋집이라도 마련하게 축복 주소서. 그리고 나라와 민족을 위한 기도 군부독재의 악법이 철폐되고 새로운 민주질서가 회복되도록 축복하시고 농민 노동자 도시빈민을 위하여 허덕이는 민생들 도와주시고 민족통일을 위하여 그리고 진정한 평화통일을 이루기 위해, 그리고 주민공동체 위해서 열심히 기도 들으소서. 그리고 2층 공간을 우리가 활용하게 2천만 원 임대료 다시 주고 2층을 우리가 쓰게 축복해 주세요. 김해성 전도사 파송사업을 위해 장소를 주옵소서. 그리고 신협 일꾼들에게 사명감을 잘 감당하고 1억 3천만 원 금년 재산목표를 꼭 이루어주실 걸 믿고 날마다 기도합니다. 나의 기도하는 귀한 시간 즐거울 때도 감사기도 어려울 때도 기도 불 시험을 당할 때도 기도 나의 주님이 되시고 나의 생명이 되신 주님. (86.3.24.)

개헌 서명이 여기저기서 터지기를 기도합니다

개헌 서명이 여기저기서 터지기를 기도합니다. 새벽예배 시간 촛불 예배 재미있었다. 목사님께서 설교 말씀 재미있었다. 주님 감사합니다. 연속기도회를 주님의 은혜 중 잘 마치게 하시니 감사합니다. 저는 한 주일간 기도하다가 중단하면 어떻게 할까 하고 퍽 걱정을 했었는데 주님의 은혜 중 교인들이 시간을 빼놓지 않고 지켜주어서 감사 감사합니다. 주님 불쌍히 보시고 전체 교인들 기도 들어주소서. 간절히 기도합니다. (86.3.30.)

4일 졸지에 장터를 잃어버린 시골 노인 상인들 수백 명이 발을 동동 구르며 안타까워한다

온 성남시가 소동이 났다. 70여 일 아시안게임 한다고 하루아침에 모란시장을 철시한다. 시장 경찰서장 나와서 행정명령이 떨어졌다고 3,000여 명의 파란 모자들과 대형 트럭으로 시장 입구를 모두 막았다. 4일 졸지에 장터를 잃어버린 시골 노인 상인들 수백 명이 발을 동동 구르며 안타까워해서 불쌍한 생각 금할 수 없었다. 경기도의 명물인 민속 장터인데 서민 생활터전인 전통적인 모란시장을 행정명령 하나로 그것도 아무런 대책도 없이 어쩔 수 없다며 88을 빙자하고 있으니 86, 88은 누구를 위한 것인가, 시골 상인들이 발악한다. 못 산다 아우성이다. 보따리이고 와서 팔아서 애들 학교 돈도 대주고 용돈도 쓰고 해야 하는데 갑자기 생존권을 빼앗긴 것같이 안타까워다. (86.4.6.)

희생을 당하고 사는 세상 현실을 생각하니 울화통이 터져서 쟁하고 해 뜰 날이 돌아오리라고 소리를 질렀다

여신도선교회 관광을 가는 날이다. 기장 연풍교회 방문 문경새재 수안보 온천 충주댐 견학 한성관광 천주교회 순교자 성지 순례. 교회는 조그마해도 옛날 순교자들 목을 잘라서 죽이는 장소를 우리 눈으로 보았고 그 수난을 당한 설교 말씀도 들었다. 옛날도 선인을 죽였고 지금 세상도 성직자들이나 많은 생명이 희생을 당하고 사는 세상 현실을 생각하니 울화통이 터져서 쟁하고 해 뜰 날이 돌아오리라고 소리를 질렀다. 그리고 우리 교회 여신도들이 다 재미있게 노는 걸 볼 때도 참 재미있었다. 그렇지만 억울하게 당한 생명을 생각할 때 분통이 터진다. 오늘 관광은 하나님의 은혜로 무사히 잘 마쳤습니다. (86.5.29.)

오늘은 영생하는 기분으로 재미있었다

고난받는 박형규 목사님 교회하고 같이 연합예배로 보게 되어서 관광버스를 대절해서 교인들 모여서 가는 데도 재미있었고 이해학 목사 설교 말씀도 재미있었다. 성경 말씀 요한계시록 3:7. 빌라델비아교회 사자에게 편지하기를 거룩하고 진실하사 다윗의 열쇠를 가지신 이곳을 열면 닫을 사람이 없고 닫으면 열 사람이 없는 그이가 가라사대 볼지어다 내가 네 앞에 열린 문을 두었으되 능히 닫을 사람이 없으리라. 오늘 설교 말씀 참 재미있었다. 빌라델비아 교회와 서머나 교회를 칭찬하시는 주님께서 우리 주민과 같이 쫓겨나서 경찰서 앞에서 예배 보면서 고난받는 교회라고 설교 말씀 참 꿀보다 더 달다. 예배 끝나고 점심은 짜장면 집에 가서 점심을 맛있게 하고 관광버스 타고 전체 교인들이 재미있게 남산 구경을 했다. 피곤하기도 했지만, 가끔 가서 고난 받는 교회들이 연합예배로 받으면 좋겠다고 생각했다. 오늘은 영생을 하는 기분으로 재미있었다. (86.6.)

서울제일교회 노상연합예배후 선교탄압중지 거리행진중 이해학목사와 교인들

시골에 사는 어머니 소식도 오랫동안 모르고 마음에 걸려서 무조건 나서서 갔다. 그런데 비가 설설 내린다. 남원 동생 집에 갔더니 내 몸이 피곤하고 비를 맞아서 춥고 남원 동생을 반갑게 만나서 거기서 하루 저녁 자고 우리 어머님 집을 갔더니 제비들이 반갑게 짹짹하면서 나를 맞아주는 것 같았다. 어머니가 나를 보고 우신다. 나도 같이 울고 싶지만, 간신히 참고 어머니를 위로했다. 친정에서 하룻밤을 자고 또 동생 만나본 적도 오래되어서 동생 집을 갔더니 커다란 집이 텅 비어 있다. 나는 몹시도 배가 고파서 부엌에 들어가서 밥을 찾아서 먹고 돼지도 배가 고픈지 사람을 보고 꿀꿀해서 먹이를 주고 닭도 사람을 보고 꼬꼬댁 그러면서 따라다니며 먹이를 주고 마루를 청소하고 누워있으니 동생이 들에서 일하고 오더라. 반갑게 만나서 하루 저녁을 자고 왔다. 그리고 화탄 시동생 집과 순기 동생 집도 다녀왔다. 어머니 집에서 자고 막상 오려고 떠나오는데 어머님이 걸린다. 내가 어머님 보러 와서 돌아다니느라고 어머니하고는 제대로 있어보지도 않았다. 예수 잘 믿으라고 부탁하고 열심히 기도하시라고 부탁하고 나는 오늘 서울 가야 구역예배 인도를 하기 때문에

불가불 서울로 왔다. 구역예배를 두 사람이 드려도 재미있었다. (86.6.16.)

우리 교회 신협이 재무부의 인가를 받았다

우리 교회 신협이 재무부의 인가를 받았다고 한다. 우리 신협 성장의 결실이다. 가난한 조합원들과 함께 살려는 주민 신협의 무궁한 발전을 위해 더욱 관심을 부탁하고 또 하나님께서 도와주심을 항상 감사드립니다.

오늘은 이하얀언덕 선생님이 나를 공부를 가르쳐 주는데 월요일 화요일에 오시는데 공부하는 사람이 다 떨어지고 나 혼자다. 나는 정말 미안해서 어쩔 줄 모르겠다. 나는 그 선생이 내 마음에 들어 그렇지만 이 늙은이 하나를 보고 고생하는 것이 안 되었다. 나는 내가 공부하는 것도 좋지만, 너무 염치가 없어 고민했다. 그 와중에도 나는 오민자 집사 가게 가서 이불을 하다가 한 시간이나 지각했다. 일을 한참 하다 공부하는 시간을 잊어버렸다. 한 시간을 지각했다. 계속 까먹고 계속 지각이다. 그런데 다행히도 이경자가 왔고 이옥순 집사님이 오셨다. 시간도 끝날 시간이지만 공부방에 들렀더니 세 분이 와서 공부한다. 그래서 나는 반가워서 어쩔 줄 몰랐다. 그분들이 나를 위해 큰일을 도와준 것 같다. 나는 이하얀언덕 선생님 우리 교회 일꾼 되게 해 달라고 하나님께 늘 기도합니다. 겸손하고 인자한 사람입니다. 하나님께 꼭 필요한 일꾼 될 거라고 나는 믿습니다. (86.9.21.)

그때 남편이 있었지만 왜 그렇게도 바락바락 하고 비루한 생활을 했던가

우리 목사님 낳은 날을 기억하면서 그때 남편이 있었지만 왜 그렇게도 바락바락 하고 비루한 생활을 했던가. 그때는 밥도 꿀맛이고 아무리 많이 먹어도 맛이 있더니 왜 지금은 음식이 맛이 없다지. 옛날 할머니가 입이 쓰다고 말씀하시더니 나에게도 닥쳤다. 그때는 밥이 항상 적어서 걱정이더니 지금은 안 먹혀서 걱정이다. 먹기 싫다고 안 먹으면 변비가 심해서 큰 고통이다. 우리 목사님 생일이 돌아와서 옛날을 기억해 보는 시간이다. 오늘은 음력으로 10월 초엿새날 목사님 생일에 여신도회에서 시장을 빕디기 잠마음 해서 전 교인이 다 먹게 음식을 장만해서 생일잔치 푸짐하게 했다. 집사님들이 수고를 많이 했지만 처져 있는 교인들노 내화하게 되니 참 기쁘고 첫째는 하나님께 감사드립니다. 오늘 종일 저녁까지 도레 엄마는 부엌에서 수고했다. 주일날만 잠깐 왔다 가는 것보다 음식이라도 차려놓고 대화하는 게 참 기쁘다. 이런 생일이 자주 돌아왔으면 좋겠다. (86.10.25.)

어머니 어머니 자꾸 불러본다. 웬일일까. 어머니 빨리 하나님 품에 안기시기를 기도했는데 막상 돌아가시니 이렇게도 섭섭할까

우리 어머님 잡숫지도 못하고 딸 보고 싶다고 날 오라 하신다고 기별 듣고 천동만동 바쁜 걸음으로 한달음으로 달려갔더니 식음을 전폐하고 사람도 겨우 알아본다. 내가 고기 사 가지고 갔지만 물 한 모금도 못 마신다. 나는 후회를 하면서 왜 진작 날 오라고 기별하지 않았느냐고 원망했다. 잡숫지도 못하고 몸부림치시는 걸 볼 때 너무도 안타까워서 하나님 우리 어머님 빨리 그 영혼이 하나님 품에 안기게 하소서 하고 기도했지만 잡숫지 못한 채 열흘 만에 돌아가신다. 막상 돌아가시니 그렇게도 허망하고 슬펐다. 딸들이 울어도 나는 안 울었다. 왜냐하면, 우리 어머님은 분명히 천당 가셨는데 왜 울어야 하느냐고 말도 했다. 그렇지만 내가 울음이 나오면 누구보다도 슬피 운다. 우리 어머니 돌아가셨단 기별 듣고 조카들도 다 오고 딸들도 다 오고 고맙게도 일본 작은아버지 아들도 왔다. 참 고맙고 반가웠다. 여수 동생도 반가웠다. 삼일 탈상까지 하고 나는 뒤돌아보지 않고 서울 우리 집에 와서 슬픈 마음 금할 길 없어 어머니 어머니 자꾸 불러본다. 웬일일까. 어머니 빨리 하나님 품에 안기시기를 기도했는데 막상 돌아가시니 이렇게도 섭섭할까. 조용한 시간에 어머니 얼굴을 내 마음으로 그려보기도 합니다. 무엇을 잊어버리고 온 것 같다. 그래서 나는 찬송도 불러 보고 기도도 더하면서 섭섭한 마음을 잊어버리려고 해 본다. (86.11.18.)

일 년간 교회 살림 해 나간 것 수입부 지출부 항목 금액 비교 샅샅이

오늘은 공동 의회를 합니다. 세밀하신 하나님 모자란 교회 정말 필요한 일꾼을 주소서, 그래서 주민과 함께 사는 주민공동체가 되게 하소서. 공동체 사랑으로 하나 된 공동체가 되게 하소서. 성경 말씀 하박국 2:20. 오직 여호와는 그 성전에 계시니 온 천하는 그 앞에서 잠잠할지어다. 오늘 설교 말씀 은혜가 많았다. 예배 끝나고는 떡볶이 잔치가 있었다. 또 일 년간 교회 살림 해 나간 것 수입부 지출부 항목 금액 비교 샅샅이 교인들이 읽어보고 잘못된 것은 잘못되었다고 여기저기서 말을 했다. 그리고 집사님 투표를 하는데 공평하게 집사를 선택했다. 너무 시간을 길게 끌어서 지루하기는 했지만, 하나님 은혜 중 성회로 이루어져서 하나님 감사할 따름입니다. (86.12.)

편을 갈라서 책임 있게 충성을 다 하자는 명령이 내리었다

오늘은 첫차로 우리 집에 왔다. 제직 수련회 고용기 목사님 오셔서 제직 수련회 재미있게 설교하셨다. 예배 끝나고는 예수님이 우리 교회 모습을 어떻게 생각할까 편을 나누어서 다 자기 나름대로 평가해 본다. 시간은 많이 걸렸지만 참 재미있었다. 왜냐하면, 우리 교인들이 자기 나름대로 아주 수준이 높다. 그럴듯한 좋은 표정으로 아주 은혜스러운 말씀을 써서 앞에다가 붙여 놓고 설명을 해 준다. 오늘 저녁은 목사님 설교 끝나고 또 편을 갈라서 책임 있게 충성을 다 하자는 명령이 내리었다. 각자에게 자기 나름대로 교사 직분 집사 직분 주일학교 직분 성가대 직분을 써서 자기 주어진 직분에 충성해야 한다고 써서 붙여놓고 설명했다. 흐뭇하고 재미있었다. (87.1.5.)

눈이 오고 바람도 휘몰아치고 추운 날씨다. 철거민들이 걱정되고 감옥에 있는 사람들이 걱정이다

새벽부터 함박눈으로 쏟아진다. 도레 엄마하고 솔라는 도레 외할아버지 생신이 돌아와서 광주에 갔다. 도레는 대학입학 시험 보러 갔다. 목사님은 충북 덕촌교회 부흥집회 가고 미파는 학교 가고 나 혼자 무료하게 의자에 앉아서 늘 기도합니다. 도레가 잘못된 일이 있더라도 용서해 주시고 자기 배운 실력 외에 시험 잘 보게 지혜를 주옵소서. 불쌍히 보소서. 의를 위해 훌륭한 일꾼으로 성장하게 하소서. 또 목사님 덕촌교회 부흥집회 갔으니 그곳 교회가 이번 기회로 말미암아 성령의 역사가 일어나게 하옵소서. 구름떼같이 많이 모여 주소서. 당신 종에게 말씀의 능력을 주소서. 눈이 오고 바람도 휘몰아치고 추운 날씨다. 철거민들이 걱정되고 감옥에 있는 사람들이 그날그날 벌어야만 사는 가난한 우리 교인 중에도 있다. 잊을래야 잊을 수 없는 가난한 교인들 위해서 하나님께 기도합니다. (87.1.7.)

네번째 이야기

민주주의를 위해 기도합니다

도와주세요. 민주화 도와주세요

도레가 조국이 필요로 하는 큰 일꾼 되게 하옵소서

첫 시간 기도합니다. 오늘 거룩한 성령을 우리 교회에 부어 주옵소서. 시간 시간 은혜 내려 주옵소서. 그리고 민족의 아픔을 하나님께 호소합니다. 그리고 민주통일을 위해 기도합니다. 구호를 외치는 당신 종들의 기도 들어주소서. 분단으로 상처 난 조국이 완전한 몸으로 회생되고 시련을 극복하게 하소서. 찬양과 감사를 다 들으시기를. 합당하신 하나님, 도레가 조국이 필요로 하는 큰 일꾼 되게 하옵소서. (87.1.12.)

박종철 군 대학생이 죽었다

오현이 결혼 끝나고 바로 서울 우리 집에 오려고 했지만, 하루 저녁 자고 우리 집에 왔다. 나는 시골 가서 우리 어머니 생각이 나서 구석에 가서 아무도 모르게 어머니 어머니 불러보기도 했다. 박종철 군 대학생이 죽었다. 소식 듣고 나도 가슴이 아프다. 그의 엄마는 오죽할까 기도합니다. 주여, 박종철 군 죽음이 결코 헛되지 않게 기도합니다. 한 알의 밀알이 썩음으로 인해 많은 열매가 맺는 것같이 주님 보호해 주소서. 억울하고 한 맺힌 호소를 들으시고 민주와 통일 이루어 주소서. 간절히 기도합니다. (87.1.26.)

192

박종철 추모 예배, 나는 내 어깨를 쭉 펼 수 있었다

박종철 추모 예배를 앞두고 나는 걱정이 되었다. 오민자 집사님 이불을 하고 오는 길에 보니 우리 교회 오는 골목을 전경들이 곳곳마다 막고 있는 것 같다. 하나님께 기도하면서 걸어왔다. 길에서 김진애 집사님을 만나서 물었더니 골목을 막지 않았다고 말씀해서 나는 내 어깨를 쭉 펼 수 있었다. 상상 외로 사람들이 많이 모이고 교회가 꽉 차게 사람이 모였다. 앉을 데가 없어서 강대상에도 꽉 차게 앉았고 박형규 목사님 설교도 재미있었다. 그리고 전경들이 우리 집 앞에만 막았지 사람은 통과되었다. (87.1.30.)

민주화를 위해서는 나도 살아서 기도라도 해야지 하고 생각했다. 데모는 소리가 날 때마다 하나님께 기도만 했다

서울서 박종철 추모 예배가 열렸다. 을지로5가 명동3가에서 각 교회 목사님들도 행진하고 청년은 청년들끼리 모이고 학생은 학생들끼리 모인다는 말을 듣고 나 혼자 박종철이 추모 예배 참석하려고 늦게 가서 자리를 못 차지할까봐 열두 시도 못 되어서 서울기도회와 시청까지 올라갔지만, 사람들이 많이 모여 있지 않아서 내가 물었제. 추모 예배는 어디에서 보는데 사람들이 모이지 않았어요. 물었더니 명동4가로 가면 거기서 추모 예배 본다고 한다. 두 시간이 되어 갑니다. 명동4가를 정신없이 걸어갔다. 골목마다 전경들이 꽉 찼다. 나는 길을 몰라서 헤매는 중 산자교회 김해성 목사님을 만나서 빌딩을 찾아갔으나 아무도 만나지 못했다. 나는 최루탄 가스 때문에 견딜 수 없었다. 안 되겠으니 을지로5가를 물어서 집에 오려고 찾는 중 데모하는 엄마들이 꽃 한 송이를 들고 종철이 살려내라고 소리소리 질러 외치는 것을 보고 나도 달려가서 손수건을 흔들며 분통 터진 맘으로 외쳤더니 최루탄을 내 앞에 던져서 다른 이들은 익

숙해서 도망을 잘 가는데 나는 눈도 따갑고 얼굴도 따갑고 눈물이 가려서 눈도 못 뜨고 걸어갈 수도 없었는데 어떤 젊은이가 나를 다방으로 안아다 주어서 살아났다. 거기서 한참 눈물을 흘리고 나서야 겨우 눈을 뜰 수 있었다. 나를 도와주어서 감사합니다. 인사를 했다. 또 길을 물어 을지로5가 종점을 물어서 오는데 또 어디에서 큰 소리가 나서 나는 도로 그곳으로 달려갔었다. 내가 이까짓 최루탄 가스 때문에 집으로 간단 말이냐. 내가 소리라도 마음껏 질러야 하지 않느냐. 생명을 끊어버린 악마들아 종철이 살려내라고 외쳤다. 나는 스스로 생각했다. 이제는 늙어서 소리도 지르기 힘들고 걸음도 힘 없어 달음박질도 못하니 죽는 것이 마땅하다고 생각했다. 아니여 민주화를 위해서는 나도 살아서 기도라도 해야지 하고 생각했다. 데모하는 소리가 날 때마다 하나님께 기도만 했다. 하나님 저 함성 들어주시고 여호수아 용사들이 소리 지를 때 여리고 도성이 무너진 것 같이 저 소리 듣고 죄악 악마의 성이 무너지게 하소서 하고 기도합니다. (87.2.7.)

글짓기도 하고 노래도 하고 만세만세 소리도 힘껏 불러보고

민족해방을 위한 교회운동 한신대 서광일 교수 설교 말씀 참 은혜가

많았다. 성경 말씀 누가 4:18. 주의 성령이 내게 임하셨으니 설교 말씀 참 재미있다. 설교 끝나고 연극이 재미있다. 그리고 연극 끝나고 김밥 파티가 있었다. 그리고 전체 교인들, 어른 학생 청년 애들 함께 뛰는 마라톤이 참 재미있었다. 가다가 글짓기도 하고 노래도 하고 만세만세 소리도 힘껏 불러보고 돌아올 때도 재미있고 교회 와서 글 짓는 것 각자가 낭독하는 것도 재미있었고 사람도 많이 모여서 앉을 데가 없어 땅바닥 강대상으로 올라가서 앉기도 했다. 상품 주는 데도 재미있었다. (87.3.1.)

3월 2일 날 박종철군 사구제, 최루탄 가스를 마시면서 기를 쓰고 다녔다

3월 2일 날은 박종철 군 사구제를 지내서 학생 청년 여자들이 서울 전체를 뒤덮었다. 최루탄 가스를 마시면서 나도 기를 쓰고 다녔다. 집에 오려고 돌아서 오다가 도로 데모하는 함성이 나면 또 쫓아가고 최루탄 가스를 마시면서 눈물을 흘리면서도 올라갔다. 벌써 끝나고 도망들 가는데 전경들이 지프차에다가 학생들을 싣고 간다. 그걸 보고 박종철이 살려내라고 소리소리 질러서 나도 같이 소리 질렀다. (87.3.2)

광자 오빠 언니가 두 분이 오셨는데 점심을 대접했다. 섭섭하게 가셨다. 나를 예수 믿으라고 전도해서 나는 예수를 믿었다. 차금녀 할머니이다. 나를 딸로 생각하고 그 어머니한테 신세도 많이 졌다. 나도 그 할머니를 믿음의 어머니로 생각했다. (87.3.5.)

부산 미문화원 사건 때는 학생들이 억압을 당했다. (87.3.8.)

기도원 가서 오일 간 금식기도로 하나님께 부르짖었다

광주기도원을 갔었다. 왜냐하면, 우리 교인들이 이단종교로 흔들리는

것 같다. 혹은 병 고치려고 호기심에 가는 사람도 있고 보따리 점쟁이같이
천사로 가장하고 가서 지켜보니 이단이 확실하다. 가지 말라고 말을 일러
도 안 듣고 더 간다. 나는 광주기도원 가서 오일 간 금식기도로 하나님께
부르짖었다. 그리고 민주화를 위해서 기도하고 목사님을 위해서 그리고
교회 다니다가 안 나온 성도들을 위해서 기도 또 은혜 집을 위해서 기도하
고 그리고 우리 선교원 또 교회 부흥을 위해서 단식을 어렵게 했다. 늙으
면 아무것도 못 해. 단식 사흘째 내가 기도하는 방 앞에 까치가 와서 지저
귀며 카악카악 하고 운다. 방 앞에서 나는 그 소릴 듣고 혹시 내가 죽지 않
을까 생각 나서 하나님 나는 이제 죽으면 만족해요. 내 영혼 아버지 품에
가고 싶어요 하고 기도합니다. 월요일 날 가서 토요일 날 집에 와서 단식
후유증이 심하여 오일 간 물만 먹는다. 그래도 생각 밖에 하나님께서 내게
금식할 수 있는 힘 주시고 감사 기도드립니다. (87.3.10.)

당신 종이 재판받을 때 성령이 그 입을 사용하옵소서

우리 목사님이 구속되었다. 지난 목요기도회 때 설교하면서 광주사태
몰살당한 설교를 했는지 구속되었다. 여신도 전체 교인들이 철야기도를
시작했다. 재미있었다. 계속 철야기도회로 모이기로 했다. 나는 하나님
께 기도하며 하나님 감사합니다. 당신 종이 재판받을 때 성령이 그 입을
사용하옵소서. 목사님이 단식한다니 나는 마음이 더욱 아파서 더 기도합
니다. 오늘은 목요기도회를 우리 교인들이 가기로 했다. 날씨가 좋지 않
다. 비가 부슬부슬 온다. 봉고차를 빌려 타고 목요기도회를 보고 교인들
이 봉고 두 대로 동대문경찰서로 가서 목사님 면회를 하고 왔다고 한다.
사람이 너무 많아서 두 패로 나눠서 면회하고 목사님 기도하고 왔다고
한다. (87.3.15.)

국수로 점심을 먹는데 은혜의 집 장애인들이 국수를 못 먹고 갔다. 마음에 걸린다

새벽기도. 주님 감사합니다. 당신 종을 또 단련시키시니 감사합니다. 일곱 시 목사님 단식투쟁하고 5일간 구류 살고 나온다고 봉고차 두 대 가지고 다섯 시 반부터 모여서 갔다. 목사님 단식 중 집에 와서도 죽을 끓여 왔으나 안 먹고 있으니 얼굴이 쪽 빠졌어도 설교는 여전히 잘한다. 오늘 설교 말씀은 에베소서 4:25. 그런 즉 거짓을 버리고 각각 그 이웃으로 더불어 참된 말 하라. 오늘 설교 말씀도 참 재미있었다. 예배 끝나고 국수로 점심을 먹는데 은혜집 장애인들이 국수를 못 먹고 갔다. 걸린다. 계단을 내려갈 수 없어서 그냥 갔다. 나는 부탁했다. 한 사람씩 업고 내려가서 점심을 먹게 하라고 부탁했지만 그게 되지를 않았다. 저녁 예배도 재미있었지만 사람들이 조금 나와서 아쉬운 마음뿐이다. (87.3.22.)

부활절, 교인들이 연달아 쉬지 않고 연속 기도회를 했다

부활절날이다. 부활주일을 앞두고 한 주간 연속 기도회를 계속했다. 교인들이 시간시간 연달아 계속 쉬지 않고 연속 기도회를 마치고 오늘은 부활절 날 성경 말씀은 마가복음 15:42. 오늘은 주님께서 죽음의 벽을 깨뜨리고 부활하신 날입니다. 이날이야말로 우리의 소망이요 기쁨이요 축복이요 용기를 북돋우는 날입니다. 예수님의 부활이 있었기에 우리 인생은 의미가 있고 우리의 고난은 인내할 수 있게 되는 것입니다.

설교 말씀도 참 은혜롭고 재미있었다. 예배 끝나고는 점심을 밥솥에다가 해서 맛있게들 먹고 재미있게들 먹었다. 저녁부터 추요한 목사 계속 재미있었다. 참 아쉬움을 금할 길 없다. 나와야 할 사람들이 안 나와서 맛있는 음식을 골고루 나누어주지 못한 안타까운 마음이다. 우리 교회 집사님들이 다 기뻐하고 은혜가 많아서 나는 감사 감사합니다. 우리 목사님은 22일 날 저녁 집회 끝나고 바로 서울 또 모임 있다고 갔다. 23일 날 또 노회서 모임 있다고 한다. (87.4.19.)

성경 암송 대회가 있었다. 최병주 집사님이 선선하게 잘했다

오늘 주일날 성경 말씀 요한복음 3:1. 오늘 설교 말씀 참 재미있었다. 교인들도 많이 모였다. 예배 끝나고 한나회 월례회로 모였다. 또 선제 교인들이 부흥 집회 평가회로 모여서 음식집에 가서 식사도 하고 평가회가 재미있었다. 저녁집회는 성경 암송 대회가 있었다. 최병주 집사님이 선선하게 잘했지만 다 성경을 보고 신기한 재미가 별로 없었다. 나는 준비도 안 했지만 짤막하게 성경 안 보고 외웠다. 성경을 나는 많이 읽었지만, 지금은 많이 잊어버렸다. 그래도 내가 성경을 신구약 8번을 읽었다. 머리 좋은 사람은 안 보고도 욀 거여. 나는 아는 것도 잊는다. 까먹어 버린다. (87.4.26.)

선교교육원에서 호헌철폐와 군부독재 정권의 즉각 퇴진을 위하여 이해학 목사님을 비롯한 40여 명의 목사님들은 전원 삭발을 하고 단식기도로 민주화투쟁의 결의를 다짐하고 있습니다. 목사님들도 금식하여 나도

금식하려고 하니 아침 금식만 하라고 이르기 때문에 아침 금식만 했다.
(87.5.5.)

거짓 정권 물러가라. 고문 살인 은폐 규탄 및 호헌철폐 국민대회 재미있었다

　오늘은 전 교인이 모여서 박종철 군 고문 살인 은폐 조작 규탄 범시민 대회 준비위원회 주최, 고문 살인 은폐 규탄 및 호헌철폐 국민대회에 참가했다. 더 이상 못 속겠다, 거짓 정권 물러가라. 전경들이 앞뒤로 까맣고 시위를 했는데 최루탄에 나도 다리를 맞아서 걸음을 잘 못 걷고 감기

몸살이 낫지도 않는다. 시민들이 앞뒤로 구경하고 있다. 사람들이 무수하게 많이 모여서 구경을 하고 있다. 도레가 서울서 데모하다가 경찰서로 끌려갔다. (87.6.10.)

신협 기간인데 걱정이 된다. 오늘 또 데모하니

소식이 없었다. 신협 기간인데 걱정이 된다. 오늘 또 데모하니 우리는 옆에서 잠을 잘 수 없어 조바심이 나서 잘려고 누웠다가도 도로 일어나서 밖에 들락거리며 잠을 계속 잘 수 없었다. (87.6.11.)

오늘 농성할 때 하나님 군대가 지켜주소서. 최루탄 가스도 바람에 훅 날아가게 하소서

오늘 또 데모하려고 계획하고 있으니 주님 도와주소서. 속히 민주화가 이루어지게 하소서. 당신 종 소원을 이루어 주소서. 그리고 오늘 농성할 때 하나님 군대가 지켜주소서. 최루탄 가스도 바람에 훅 날아가게 하소서. 오늘 모여서 농성할 때 자녀들 보살펴 주소서. 하나님 나의 기도 들으소서. 민주통일을 위해서 주야로 기도합니다. 걸어가면서도 기도 자면서도 기도 꿈에서도 기도합니다. 민주통일을 위해 기도합니다. (87.6.17.)

인도도 길도 시민들로 꽉 찼다. 도와주세요. 민주화 도와주세요

저녁 7시부터 농성하기로 약속이 되어 있다. 만반의 준비를 하고 나갔더니 아무도 없고 전경들만 시청 앞에 쫙 둘러쌌더라. 우리 교회 앞에도 꽉 찼더라. 나는 도로 들어와서 기도실에 들어가서 기도를 하고 있는데 기도가 덜 끝나서 데모하는 소리가 크게 들린다. 둑에 나와보니 대학생들이 전경들을 밀고 올라간다. 그걸 보고 나도 신이 나서 그 속에 못 들어가고 갓길로 뻥 돌아다니면서 외쳤다. 인도도 길도 시민들이 꽉 찼다.

도와주세요. 민주화 도와주세요. 왜 보고만 계십니까. 나도 소리 질렀다. 더 이상 할 수 없어 집으로 왔더니 그 구호를 외치는 함성이 너무 크게 들려서 나는 신이 나더라. 그리고 그 많은 전경을 대학생들이 밀고 시청 쪽으로 가는데 최루탄을 쏘아대는데 할 수 없이 도망들 갔다. 나는 계속 잠을 못 자서 자꾸 몸살 병이 난다. 나는 아무것도 아니여. 젊은이들이 상처를 입고 병원을 가는데 나는 앉아서 하나님께 기도합니다. (87.6.19.)

성남지역 교회연합예배 드리기로 며칠 전부터 준비를 했는데 다른 교회에서는 무서워서 시작을 못 한다

이 땅의 민주화를 위하여 무차별하게 발사하는 최루탄과 고문 폭력 종식을 위하여 26일 오후 8시 장소는 성남시청 앞 광장. 이날 전경들 차가 수십 대가 시청 앞에 왔다. 온통 시청 앞에 꽉 차게 실어다 놓았다. 그리고 철조망으로 그 근처를 둘러막고 차 다니는 길만 내놓고 철조망으로 튼튼하게 둘러놓았다. 우리 교회 사무실을 들렀더니 목사님들이 걱정하고 계시면서 목사님이 연행되었고 어디에다가 가두었는지도 모른단다. 목사님도 걱정하고 이상락 집사도 걱정한다. 나도 걱정이 되지만 내가 말했다. 우리 목사님은 며칠 있다가 나올 거요. 걱정할 것 없어요. 용기

를 내시오. 우리 힘으로는 못하지만, 하나님이 같이하시고 도와주시면 못할 것 없습니다. 그리고 나는 기도실로 들어가서 기도했다. 하나님께 통사정합니다. 당신 종은 경찰이 연행해 가 버렸고 준비위원들은 떨고 있어요. 하나님 힘을 주소서. 저희를 불쌍히 보시고 속히 민주화를 이루어 주옵소서. 여호와여 오늘 저녁 하늘의 군대가 도와주옵소서. 우리는 힘도 없습니다. 무기도 없습니다. 권력도 없습니다. 오직 여호와의 힘만 믿고 하나님께 부르짖습니다. 하나님 어떻게 하오리까. 전경들은 시청 앞을 첩첩으로 막고 있습니다. 철망으로 막고 끈으로 엮어서 사람들이 요동할 수 없이 막고 있습니다. 그리고 군인 전경들은 새카맣게 시청 앞에다가 막아서 있고 우리 교인들도 올 수 없어 오다가 도로 갔다고 합니다. 오늘은 성남지역 교인들이 다 모여서 데모하기로 했는데 교인들이 왔다가 겁이 나서 도로 가 버린다. 성남지역 교회연합예배 드리기로 며칠 전부터 준비를 했는데 다른 교회에서도 무서워서 시작을 못 한다. 날마다 계속 시위를 해서 최루탄에 맞은 피해자 교인들이 많아서 병원에서 치료하고 있는 사람도 많다. 또 오늘만 내일만 죽으려고 하는 사람도 있

다. 데모하는 사람들도 겁이 날 거여. 여호와여 내 기도 응답하소서. 오늘은 성남연합회로 모여서 예배 보는 데 힘 주소서. 성령의 불이 붙게 하소서. 엘리야 제단에 불로 나타난 주님 하늘의 군대를 보내주소서. 그리고 최루탄도 막아 주소서. 최루탄 맞아서 피해자가 없게 하소서. 그리고 지역교회 목사들 떠는 자 없게 하소서. 지역교회 성도들도 용감하게 힘 주소서. 나는 힘이 없지만, 하나님 아버지 빽을 믿고 용감하게 기도하고 나도 힘이 있게 하소서. 하나님 아버지 이 민족의 피맺힌 한 씻을래도 씻을 수 없는 상처를 언제 회복되게 하렵니까. 너무도 분하고 억울합니다. 당신의 기적을 믿사오니 속히 응답하소서. (87. 6. 26.)

치솟듯 일어나는 국민들의 힘으로
이루어 낸 민주주의

눈에 눈물이 핑 돌면서 하나님 감사합니다 감사합니다

새벽기도 주님 승리자는 주님이시니 속히 민주화 이루어 주옵소서. 언제까지 견디어야 합니까. 주님 응답하소서. 오늘은 우리 교회 교사들이 둔전교회로 교육받으러 갔다. 서은선 집사님도 주일학교 선생으로 거기 참석하면서 나더러 집을 보라고 한다. 나는 그 집에 가서 애들과 텔레비전을 본다. 나도 거기 앉아서 보았다. 텔레비전을 보는 중 노태우가 나와서 말하는 그 뉴스를 나도 보았다. 노태우 하는 말이 나는 민주화를 택하겠다고 말한다. 그리고 시민들이 원하는 민주화를 하겠다고 해서 나는 너무 좋아서 아멘 아멘 우리 하나님 감사합니다 기도했지요. 그리고 우리 사무실로 전화를 세 번이나 했다. 우리 집에 텔레비전을 보라고 일러 주었네요. 이제는 민주화가 이루어지는가 봐요. 너무 좋아서 하나님 감사합니다. 눈에 눈물이 핑 돌면서 하나님 감사합니다 감사합니다 기도했습니다. (87.6.29.)

폭력 폭력 뿌리를 뽑자. 민주 민주 멀리멀리 퍼져라

오늘은 우리 여신도 구역장들 권찰들이 관광을 온양온천으로 갔다. 구역장들 권찰들 다 오지를 않아서 관광차가 텅텅 비어서 가니 너무 아까운 생각이 든다. 숫자는 적어도 편안하고 재미있게 차 안에서도 노래도 부르고 참 재미있었다. 노래하면서 폭력 폭력 뿌리를 뽑자. 민주 민주 멀리멀리 퍼져라. 높은 자리 앉아서 폭력을 쓰는 전두환의 대머리를 문질러 주어라 하고 각자 한 번씩 불렀다. 집에 오는 도중에도 차 안에서 재미있게 춤도 추고 이현배 집사님도 유건성 집사님도 참 재미있었다. 나는 굿만 보았지만 참 재미있었다. (87. 7. 2.)

이한열이 엄마를 생각할 때 내 마음도 아프다

오늘 성경 말씀. 호세아 10:12. 너희가 자기를 위하여 의를 심고 긍휼을 거두라. 지금이 곧 여호와를 찾을 때니 너희 묵은 땅을 기경하라. 마침내 여호와께서 임하사 의를 비처럼 너희에게 내리시리라. 너희는 악을 밭 갈아 죄를 거두고 거짓 열매를 먹었나니 오늘 말씀 참 재미있습니다. 민주화 이루어졌다고 다들 재미있게 지내는데 이한열이 최루탄 맞아서 죽어서 그 엄마가 얼마나 애통하며 슬플까. 이한열이 엄마를 생각할 때 내 마음도 아프다. (87.7.20.)

치솟듯 일어나는 국민들의 힘에 밀려 마지못해서 내어놓은 것

노태우 민정당 대표는 마치 선물이라도 주는 듯이 대통령 직선제 수용, 구속자 석방, 김대중 씨의 사면복권 등 민주화 조건들을 발표했으나 그것은 우리 국민 대중이 쟁취해야 하고 실제 우리의 피와 땀 그리고 숱한 젊은 생명을 희생 제물로 바쳐서 얻은 소중한 결실입니다. 그가 늦게라도 우리가 응당 누려야 할 권리를 되돌려 주겠다고 한 것은 다행한 일이기는 하나 그것도 그가 주고 싶어서 준 것이 아니오, 새삼스레 민주주의 진리를 체득하여 베푸는 회개의 열매도 아닙니다. 치솟듯 일어나는 국민들의 힘에 밀려 마지못해서 내어놓은 것밖에 아무것도 아닙니다.
(87. 7. 30.)

우리 교회에서 여신도들이 수재민 모금했다. 나도 따라다니면서 도와달라고 외쳤다

우리 교회에서 여신도들이 수재민 모금했다. 나도 따라다니면서 도와달라고 외쳤다. 여섯 명이 소리소리 지르면서 라면 한 개 값이라도 도와달라고 큰소리로 외쳤지만, 사람들이 다 그대로 지나간다. 집에 와서 세어 보니 그래도 8만 원 든 통도 있고 5만 원 걷힌 데도 있고 다 합쳐 돈도 58만 원이나 된다. 수재민 도와준다고 여신도회에서 애를 썼다. 수재민 도와서 기분이 좋다. (87.8.2)

국제시장 상인들이 근 한 달째 시청 앞에서 농성하고 있다

국제시장 상인들이 근 한 달째 시청 앞에서 농성하고 있다. 참으로 보기가 딱하고 안 되었다. 나는 도와줄 것이 없고 열심히 기도로 하나님께 도와주시라고 기도합니다. 비가 날마다 오고 있다. 장마가 그치지 않는다. 비가 날마다 와서 한 가지 좋은 게 있다. 화초에 물 안 주어서 좋고 날씨가 시원해서 좋고 우리 집 앞에 노송나무도 물을 안 주어도 잘 자라고 있다. (87.8.6.)

교회 주일 학생들이 여름성경학교를 날씨가 시원해서 잘 마쳤다. 집사님들이 돌아가면서 선생들 밥들 해 주느라고 수고들 했다. 오늘은 내가 날마다 쓰레기에서 종이 조각과 박스를 모아서 한 달에 네 번을 고물상에 팔았더니 돈 천오백 원이나 된다. (87.8.9.)

집사님들이 여섯 조로 나뉘어서 시청료 거부 운동을 했다

택시 운전수들 어제도 오늘도 구호를 외치면서 농성을 한다. 나는 그들을 위해서 하나님께 기도합니다. 하나님 약한 자 편이 되신 하나님 그들 함성 들으소서. 그들 소원 들어주소서. 국제시장 상인들 위해서도 열심히 기도합니다. 한 달이 더 되었다. 언제 끝이 나려는지 비가 와도 뙤약볕에서도 농성한다.

오늘은 집사님들이 여섯 조로 나뉘어서 시청료 거부 운동을 했다. 날씨는 무척 뜨거운 날씨다. 참 재미있었다. 사람들이 다 좋아하더라. 날씨가 어찌나 뜨거운지 양산을 쓰고 다녔다. (87.8.16.)

장애인들이 사는 은혜집을 갔었다. 장애인들 빨래를 해서 세탁기를 두대 놓고 세탁기로 짜서 말린다. 장애인들이 우글거리고 앉아 있는 것만 보다가 일하는 것을 볼 때 내 마음이 기쁘다. (87.8.25.)

오늘 설교 말씀은 참으로 재미있었다. 내가 공부를 더 했으면 저 귀한 말씀 일일이 기록했을 거여

새벽기도회 성경 말씀은 로마서 6:1. 그런 즉 우리가 무슨 말 하리오. 은혜를 더하게 하려고 죄에 거하겠느뇨 그럴 수 없느니라. 오늘 설교 말씀은 참으로 재미있었다. 내가 공부를 더 했으면 저 귀한 말씀 일일이 기록했을 거여. 배운 것이 없으니 적어보려 해도 한 말씀을 적을 때 그다음 말씀은 잊어버린다.

목이 터져라고 외치는데 그 중에도 좋은 사람이 있다. 이경은이가 애를 데리고 왔다. 믿음의 딸이라고 말만 했지 나는 도와준 것이 하나도 없었다. 기도는 끊임없이 하면서 오랫동안 소식 몰라서 궁금했는데 반갑게 만나 보니 애기가 많이 컸고 신랑이 직장을 꾸준히 다닌다고 한다. 반가웠다. 인환이가 두 주일째 안 오니 궁금했는데 김의경 권사님께서 반갑게 오셨다. 경은이는 섭섭하게 가 버렸고 권사님은 나하고 같이 이야기도 하고 주무시고 가셨다. (87.9.13.)

글씨는 변하지 않았지만, 종이는 노랗게 변했다

아들의 편지. 어머님 어머님의 기도 소리를 듣습니다. 어머님의 기도가 오늘의 저를 만들고 계심을 잘 알고 있습니다. 아니 어머님의 기도에 응답하시는 하나님께서 저에게 새로운 지혜를 계시해 주심을 믿어 의심치 않습니다. 하나님의 뜻은 인간의 생각과는 다르기에 우리가 원하는 것보다 그 이상의 완전한 것을 실현시키고자 하실 줄 믿습니다. 어머님 여러 면에서 노고가 많으십니다. 그러나 그 노고들이 어머님 자신이나 아들을 위해서가 아니라 하나님의 나라를 이루는 밑거름이 된다는 것을 잊지 마시고 참으시고 즐거움으로 감수하시옵기를 바랍니다. 저 역시 잘 참아 나가기를 어머님께 더욱 힘을 주시라고 하나님께 기도하고 있습니다. 더욱이 이번 추석에도 함께 식탁을 대하지 못하는 조심스러움 금할 길 없습니다. 조금만 더 참으시고 웃음과 즐거움으로 가정과 교회 그리고 이웃에 봉사하실 때 하늘에 상급을 쌓으실 것입니다. 기도를 바랍니다. 주님의 무한한 위로와 평안이 함께 하시옵기를 빕니다. 한 번 오십시오… 긴급조치 제1호로 감옥에 들어갈 때 아들이 나한테 보낸 편지를 버리지 않고 일기장 속에 두었더니 글씨는 변하지 않았지만, 종이는 노랗게 변했다. 그래서 다시 일기장에 써 놓는다. (87.9.28.)

이하얀언덕 선생님

우리 목사님 마산으로 대학생들 모임에 강연회 하러 갔다. 그곳을 위해서 기도합니다. 주님 당신 종에게 말씀의 능력 주소서. 오늘 또 그 모임의 민주화가 구석구석 널리 퍼지게 하소서. 당신 종 인간의 자취는 감추어 주소서. 간절히 기도합니다. 오늘은 햇빛이 생생하니 날씨가 좋아서 농 안에 있는 이불도 옷도 햇빛에 말렸다.

오늘은 한글 공부 처음 나오는 사람이 두 명이나 와서 재미있었다. 그리고 이하얀언덕 선생님께서 어린이와 청소년을 위한 책을 가지고 와서 읽었다. 그 책 내용이다. 제운이는 일 년 내내 옷이 한 벌 뿐이다. 지난번 운동회 총연습 때 일이다. 제운이는 그 날도 한 벌 뿐인 그 옷을 그냥 그대로 입은 채 학교에 다닌다. 그리고 검정 고무신을 발에 짚으로 동여매고 우리 5학년 계주 선수로 뛰었다. 제운이가 힘껏 뛰었다. 근 십 미터나 뒤지고 있던 우리 청군이 조금 앞서 가기 시작할 무렵이었다. 나무 그늘 밑에 책상을 내어놓고 팔짱을 낀 채 앉아서 보고 있던 교장 선생님이 갑자기 벌떡 일어나서 마이크 앞으로 가시더니 청백계주를 중단시키고 앞에 가던 아이 빨리 조회대 앞으로 와 하셨다. 제운이가 뛰어가자 교장 선생님은 대뜸 제운이 볼때기를 힘껏 두 대 후려치셨다. 제운이는 눈물을 닦으며 어쩔 줄 몰라했다. 우리 청군 응원석은 기가 죽어 더러는 제운이가 우는 걸 보고 따라 우는 아이도 있었다. 윗마을의 미혜와 숙희는 볼때기를 맞는 제운이보다 더 굵은 눈물을 뚝뚝 흘렸다. 너는 운동회 날 이런 꼴로 운동장에 돌아다녔다간 혼날 줄 알아 학교 망신을 시켜도 분수 있지 머리도 좀 깎고 운동복도 하나 사고 운동화도 하나 사도록 해. 올봄에 교육대학을 졸업하셨다는 우리 선생님도 교장 선생님께 불려 가서 우리 청군이 보는 앞에서 백군이 보는 앞에서 꾸중을 참 많이 들었다. 우리 선생님이 자취하고 계시는 마을 아이들은 그 날 저녁 선생님이 제운이를 데리고 가 손발을 깨끗이 씻겨주고 머리도 감겨주면서 우시더라는 것이었다. 그 마을 아이들은 선생님이 우는 것을 처음 보았다면서 우리 선생님 별명을 울보라고 지어 부르고 있다. 그런데 선생님은 대구에 나가 제

운이 운동모 운동화를 사 주셨다. 그러나 제운이는 아직 한 번도 그 운동
화를 신고 학교에 나오지 않고 제운이는 운동회가 열리던 날은 결석하고
말았다. (87. 11. 27.)

맨날 죽을 끓여 주면 죽 안 먹는다고 땡깡 부리면서 수저로 죽 그릇을 팽이를 돌리듯 돌리고만 있었다

　나는 이 글을 읽고 눈물이 글썽글썽했다. 왜냐하면, 우리 아들도 전에
시골에서 국민학교 다닐 때 먹지 못하고 헐벗었다. 나는 장사 다녔고 집
에서 할머니 작은어머니가 있었지만, 너무 어렵게 살았고 사이 길쌈도
했지만 팔아서 돈 장만 하느라고 옷도 헐벗고 먹을 것도 제대로 못 먹었
다. 한 번은 내가 집에 들어가니 옷이 떨어져서 할머니가 얼기설기 기워
주신 것을 입고 다니는 걸 보고 내가 다시 기워주기도 했다. 밥 달라고 땡
깡을 부릴 때도 있고 맨날 죽을 끓여 주면 죽 안 먹는다고 땡깡 부리면서
수저로 죽 그릇을 팽이를 돌리듯 돌리고만 있었다. 할머니께서 종자를
꺼내서 바꾸어서 쌀밥을 조금 해서 준 적도 있었다. 할머니가 계신다고
하지만 시골에서 맨날 바빠서 옷도 제대로 빨아주지 못했다. 그때 나는
돈 번다고 돌아다니면서 아들 하나가 걸려서 반찬도 사서 가지고 집에
들어가면 식구가 많아서 두고 아들만 줄 수도 없었다. 나는 이 글을 쓰면
서도 옛날 아들 어렸을 때 일을 생각하면서 눈물이 글썽글썽거린다.
(87.11.30.)

아무리 자기네들이 주민교회를 헐뜯지만, 우리 주민교회는 하나님이 더 빛나게 할 거여

　민주화를 이루어 주시라고 또 호소하는 기도 합니다. 민주화와 통일을
빨리 이루어 주옵소서. 노태우가 항복을 했지만 폭력과 조작은 그대로

하고 있다. 우리 주민교회에서 노동자들을 선동했다고 산자교회하고 우리 교회하고 조작을 꾸며서 신문에 났다고 한다. 아무리 자기네들이 주민교회를 헐뜯지만, 우리 주민교회는 하나님이 더 빛나게 할 거여. 주여 믿고 기도합니다. 오늘 또 날씨가 너무도 청명하고도 맑다. 어떻게 춥다고 집에 앉았다 누웠다 할 수 있나. 쉬려고 자리에 누워서 생각하니 아니다. 내가 더 늙기 전에 교인들 집에 심방을 해야제 하고 벌떡 일어나서 나혼자 심방을 다녔다. (87.12.2.)

원이 용성이 화랑이 미희가 껄껄 웃으면서 신이 나게 노는 걸 보고 나도 기뻐서 웃었다

나는 오늘 심방을 다소 하고 집으로 와서 보니 원이 용성이 화랑이 미희가 껄껄 웃으면서 신이 나게 노는 걸 보고 나도 기뻐서 웃었다. 그런데 이층 가구점 집에서 쓰레기 모아둔 걸 아래 사택에 가져와서 화초 나무에 쓰레기를 넣어놓고 있다. 그 많은 쓰레기를 던져놓고 쳐다보면서 신이 나게 웃고 놀더라. 나는 그걸 보고 소리 지르니 큰놈들은 다 도망가고 용성이가 곁에 서 있다. 나는 막대기를 긴 걸 찾아서 나무에 걸린 쓰레기를 내리려는데 쓰레기가 나무에 걸려 내려지지도 않고 힘들다. 화가 난다. 나는 막대기를 긴 걸 가졌으니 곁에 있는 용성이에게 이놈들 어쩌자고 나무에다가 쓰레기를 던져 나를 고생하게 하느냐 하고 용성이 등을 때렸다. 내 손에 들고 있던 막대기로 꼭 한 대 때렸는데 용성이가 서럽게 울면서 눈에서 눈물이 뚝뚝 떨어지도록 운다. 나는 쓰레기를 다 치우고 용성이 곁에 가서 용성아 할머니가 때렸제 어디를 때려서 아프냐 하고 물어도 아무 말도 하지 않는다. 큰놈들을 때려주어야 하는데 그놈들은 다 도망가 버렸다. 용성이 손과 얼굴이 까맣다. 데리고 가서 씻겨 주고 또 물었다. 용성아 할머니가 때려서 어디 아파하고 물었더니 등을 손으로 가리키며 아프다고 한다. 옷을 걷어 등을 보니 맞은 자국이 있다. 나는 깜짝 놀라서 용성이 목을 안고 하나님 내가 용성이를 때려서 용서하옵소서. 용성이 훌륭한 사람 되게 하소서 하고 기도하고 나서 생각하니 하나님도 우리를 때려주기도 하고 아픈 상처를 만져 주실 거야. 나는 용성이 상처 난 자국에 약을 발라 주었다. 그리고 내가 시간 정해 놓고 기도할 때 꼭 용성이를 위해서 기도합니다. (87.12.23.)

오늘은 내 빨래를 많이 하고 태평동 정진희 구역 가서 보고 우리 구역도 재미있게 예배 보았다. 오늘도 마실터 모임이 재미있었다. 잠자다가 들으니 사람 소리가 시끌시끌해서 일어나보니 이옥순 집사님 두 아들이 차 사고로 죽었다고 한다. 참으로 날벼락 맞은 것 같이 가슴이 척 내려앉는다. 오늘 종일 이옥순 집사를 생각하면서 정신이 멍하다. (88.1.10.)

이 시대에 하나님께서 매어주신 사명으로 믿고 자기 몸을 헌신짝 같이 버리고 산다

텔레비전으로 어머니의 눈물이라는 프로를 보았다. 나는 여간해서는 안 운다. 왜냐하면, 하도 속상한 일을 많이 봤기 때문이다. 오늘 광주사태로 아들 죽고 눈물로 살았다고 하는 그 엄마는 대학생 아들이 죽고 어떠했을까. 나는 그걸 보고 울었다. 눈물을 겁 없이 흘렸다. 나는 애기를 셋 낳았지만 어려서 죽고 남편은 새신랑같이 서른여덟에 죽고 나는 서른세 살에 혼자가 되었다. 우리 아들은 9살 먹고 아버지가 죽었다고 슬퍼할 줄도 모르고 애들하고 장난만 치고 다녔다. 그리고 귀여운 아들을 감옥살이에다 15년 징역형을 내려서 고통스럽게 살았고 또 한 번은 3년 감옥살이를 했다. 또 박정희 대통령 비판했다고 15년형을 받았고 개헌 서명한다고 명동 민주구국선언문사건으로 3년을 감옥에서 썩고 나왔다. 그리고 오다 가다가 경찰한테 민주화운동한다고 몇 번 끌려갔다. 교회 성전 지을 때 돈이 없어서 고통받아 보았고 또 잘 나오다가 안 나온 교인들 때문에 얼마나 고통을 당했는지 그런 고통당한 것 여느 사람은 몰라도 하나님은 아신다. 가끔 교인들 고통 당하는 것을 알면 나도 따라서 고통 당한다. 우리 목사는 유신 치하에서 긴급조치 제1호에 의해 구속되었고 80년대 5공화국 때 개헌을 누구보다 앞장서서 외치다가 납치를 당했고 개헌이 이루어졌고 5공 세력에 고통을 당하고 있지만 요사이도 자기 몸을 던져 버리고 산다. 나조차 애자가 날 만나서 오빠는 이 세상 사람이 아니고 예수님 같은 사람이오 대신 나타난 사람이라고 말한다. 나도 생각하니 이 시대에 하나님께서 매어주신 사명으로 믿고 자기 몸을 헌신짝같이 버리고 산다. (88.2.)

이해학 목사는 가끔 함석헌 선생 말씀을 한다

오늘 주일날 설교, 사사기 6:1~9. 오늘 설교 말씀은 참 꿀보다도 더 달다. 설교 함석헌 선생님이 이해학 목사 눈을 띄어 주었다고 목사님 설교하신다. 그런데 그분은 돌아가셨다. 그렇지만 속담에 짐승은 죽으면 가죽을 남겨 놓고 사람은 죽으면 이름을 남겨 놓는다더니 이해학 목사는 가끔 함석헌 선생 말씀을 한다. 설교 끝나고 제직회 했다. 총무 광호가 발제를 참 재미있게 잘했다. 지루하기도 했지만 재미도 있었다. (88.2.15.)

우리 교회에서 저들을 안 받아주면
많은 사람들이 어디에 가서 고생을 할까

남북회담이 있는 3월은 이남 사람이 북한으로 가서 남북회담 열린다고 한다. 가진 사람들이 그릇된 판을 치고 있다. 민주화 열망을 가져야 한다. 십자가를 지는 자세. 예수님은 벳새다 연못가에 가서 고쳐 주었다. 38년 된 여인의 병을 고쳐 주었다. 배가 고파서 밀밭에서 밀을 비벼서 먹었다. 이해학 목사 15년 감옥살이 징역살이 살 때 거미들을 길렀다. 그렇다. 소독약을 쳐서 거미가 죽었다. 나를 불행하게 하는 것은 나의 가족 우리에게 살아있는 내가 주님을 따르겠다고 할 때 방해가 된다. 길르앗 망대를 세웁시다. 민주화를 세웁시다. 아직도 정신을 못 차렸소. 우리가 민주화를 세웁시다. 우리가 민주화 망대를 세웁시다. (88. 2. 20.)

중부경찰서 옆에서 6년 동안 노상에서 예배를 보고 있는 곳을 찾아갔다

새벽기도. 오늘은 거룩한 주일날입니다. 주님 구름떼같이 모아 주시고 교인들 알곡으로 성장하게 하소서. 하나님께 통사정합니다. 당신 종의 말씀 능력 주소서. 오늘 성경 말씀은 누가복음 19:37. 예수께서 대답하여 만일 이 사람들이 잠잠하면 돌들이 소리 지르리라고 말씀하시니라. 오늘 설교 말씀 재미있게 들었다. 예배 끝나고는 중부경찰서 옆에서 6년 동안 노상에서 예배를 보고 있는 곳을 찾아갔다. 중부경찰서 옆에 제일교회와 우리 교회 교인들이 연합예배를 보러 가면서 도시락을 준비해서 차 안에서 도시락을 까먹고 갔다. 우리 교회 여신도회에서 도시락을 푸짐하게 마련해서 맛있게들 먹었다. (88.3.23.)

물이 오른 계절을 주셔서 감사합니다. 오늘은 내가 기울게 살지는 않았다고 그려보는 시간입니다

새벽기도. 주님 감사합니다. 좋은 계절을 주시니 감사합니다. 가난한 사람들도 이제는 허리를 펴고 다닐 수 있겠다. 매화꽃 살구꽃이 피려고 봉오리가 져 있고 개나리꽃도 피려고 봉오리 져 있다. 물이 오른 계절을 주셔서 감사합니다. 오늘은 내가 기울게 살지는 않았다고 그려보는 시간입니다. 오늘은 우리 교인들 집에 심방을 안 했지만 아는 박진용 할머니 집에 갔더니 그렇게도 반가워하더라. 오늘 또 나를 보고 싶다고 말을 했다고 한다. 이야기하다가 오늘날 만나서 반갑다고 돈 만 원을 호주머니에 넣어 준다. 안 받으려고 해도 기어코 주어서 그냥 받아서 왔다.
(88.3.28.)

세상이 떠들썩하다마는 내 생각에는 하나님 앞에서도 승리했다고 생각한다

새벽기도 첫 시간. 하나님께 통일을 위해서 호소합니다. 문익환 목사님께서 평양을 넘어가서 김일성과 같이 대화하는 문제도 나왔고 텔레비전으로 온통 소란하도록 세상이 떠들썩하다마는 내 생각에는 하나님 앞에서도 승리했다고 생각한다. 나는 하나님께 기도한다. 문익환 목사님 무사히 통과되기를 기도합니다. 오늘은 우리 목사도 병이 나서 오늘 데리고 가서 병원에 가서 엑스레이도 찍고 주사도 맞고 약도 지어 왔다. 조

금 나은 것 같다. (88.4.1)

아직 죽지 말고 살아나게 하소서. 노조가 빨리 이루어지게 하소서

날씨가 봄 날씨로 햇볕도 쨍쨍하고 저 푸른 하늘 참 아름다워라. 하얀 구름 덩이도 보기에 아름답다. 내 마음이 기분이 좋아서 마당에서 이리저리 다니다가 사택 안에 들어오니 노동자들이 농성하다가 분신자살했다고 한다. 금방 봄 날씨를 보고 기뻐했더니 금방 내 마음이 척 늘어져 않는다. 부상자도 많다고 한다. 아직 죽지 말고 살아나게 하소서. 노조가 빨리 이루어지게 하소서. 하나님 어떻게 좀 해 봐요. (88.4.7.)

우리 교회에서 노동자 결혼을 하고 나는 국수 삶느라고 힘들었다

오후 한 시에는 양승자 둘째 아들이 동원예식장에서 결혼하는데 우리 목사님이 주례자로 갔다. 우리 교인도 많이 갔다. 거기 식사하고 또 우리 교회에서 노동자 결혼을 하고 나는 국수 삶느라고 힘들었다. 노동자 결혼식에 사람들이 굉장히 많이 모이고 옛날 구식 결혼으로 아주 화려했다. 오늘은 종일 결혼식에 아주 분주했다. (88.4.20.)

비가 와서 대지를 적시게 하시니 감사합니다. 모든 나무에 이파리가 피고 꽃도 만발하다. 우리 교회 앞에 나무 심었는데 비가 와서 잘 자란다. 비가 와서 우리 마당에 나무가 살아서 잎이 피어 보기 아름다운 계절을 주셔서 감사합니다. 꽃도 피고 잎도 피고 산천에 진달래꽃이 아름답게 피는 걸 볼 때 하나님께 감사합니다. (88.4.23.)

제주도 여행, 그 아름다운 자연 참 보기 좋더라

제주도 가려고 한 달 전 예약을 해 놓고 기다렸다. 오민자 계꾼들이 가는데 우리 교회에서 세 사람이 같이 간다. 오늘은 분주하다. 볼일을 대충 해 놓고 가야제. 기도도 해야 하고 분주하다. (88.4.30.)

한 달 전 예약했더니 드디어 오늘 날짜가 닥쳤습니다. 무사히 다녀오게 하나님 도와주소서. 늦어서 허둥지둥 갔더니 좀 늦었다. 사람들이 다 모였다. 버스 타고 김포비행장 가서 처음 비행기를 타는데 금방 제주도에 닥쳐서 아침 식사를 하고 구경을 하는데 그 아름다운 자연 참 보기 좋더라. (88.5.)

새벽기도. 다른 사람들은 자는데 나는 밖에 나가서 기도하고 왔다. 오늘은 집에 오려고 아침 6시부터 나왔다. 제주도 공항버스에서 내려서 배를 타고 오는데 그렇게도 좋을 수 없더라. 배 안이 우리 교회보다 더 넓고 배 안에서 춤추고 노는데 그 구경도 좋더라. 배로 4시간을 오는데 너무도 기쁘고 좋더라. 파란 물살이 보기도 좋고 참 좋더라. 내 고향에 오니 저녁 9시가 되었더라. (88.5.3.)

주야로 기도했더니 13년 만에 이루어주신 하나님께 감사드립니다

2층에서 농짝 장사하는 사람들이 이사를 했다. 우리 교회 성전건축하면서 빚을 져서 빚을 갚으려고 2층 건물을 임대로 내놓고 그 빚을 갚게 해 달라고 하나님께 주야로 기도했더니 13년 만에 이루어주신 하나님께 감사드립니다.

우리 교회 건축한 빚을 이제 다 갚았지만 3층 건물 올리게 해 달라고 기도한다. 2층 건물을 수리해서 우리 교회 신협이 이사했다. 신협도 이제는 은행처럼 근사하게 꾸미었다. 어찌나 기쁘던지 2층을 자꾸 올라다닌다. 하나님 감사합니다. 2층을 교회에서 쓰게 되니 감사합니다. 3층 건

물도 올리게 하소서. 믿고 기도합니다. (88.5.8.)

소름이 끼친다. 얼마나 못 견뎠으면 얼마나 심하게 때렸으면 눈이 빠졌을까

새벽기도. 오늘 또 첫 시간 하나님께 간절히 기도합니다. 하나님 왜 보고만 계십니까. 이 악한 정치가들 권력자들이 대학생들을 마구 늘어나가 때려서 죽여서 흔적도 없게 깊은 물에 빠트렸는데 시체가 떠서 보니 조선대학교 이철규 학생이라고 한다. 눈이 빠져서 없고 한 눈은 덜렁덜렁 달려 있고 이철규는 데모하다가 주동자라고 잡으러 다녔다고 한다. 행방불명이 되었는데 시체를 발견했다고 한다. 목사님을 통해서 이 말을 듣고 소름이 끼친다. 얼마나 못 견뎠으면 얼마나 심하게 때렸으면 눈이 빠졌을까. 속에서 울화통이 터질 때에는 기도합니다. 오 주여 오 주여 나의 기도 들으시고 속히 이 악한 정치권력을 무너지게 하소서. 애통한 마음으로 기도합니다. (88.5.15.)

다행히도 오늘은 최루탄을 안 쏘고 데모가 무사히 끝났다

나는 하나님께 통사정합니다. 날마다 대학생들은 오늘 또 모여서 농성을 하고 전경들도 닭장차가 60대 와서 앞에 세워놓고 데모를 한다. 나는 기도실로 들어가서 하나님께 기도합니다. 하나님 최루탄을 쏘지 않게 하소서. 그리고 인간 피해를 없게 하소서. 간절히 기도합니다. 다행히도 오늘은 최루탄을 안 쏘고 데모가 무사히 끝났다. (88.5.21.)

상추가 잘 자라서 교인들이랑 나누어 먹으니 기쁘다

오늘부터 우리 목사님도 평택교회에서 목사님들이 모여서 시위를 한다고 하니 주님 그곳에 같이 하소서. 목사님들 모이는 그곳에 민족통일이 이루어지게 하소서. 그 모임 만장일치로 이루어지게 하소서. 오늘 아침 일찍 상추도 솎아서 오민자 댁에도 갖다 주고 양승자 댁에도 갖다 주고 상추밭에 물을 주었다. 날이 가물어서 물을 주고 내가 힘이 들어도 상추가 잘 자라서 교인들이랑 나누어 먹으니 기쁘다. (88.5.20.)

나를 위해서는 기도할 사이가 없었다

다리가 무릎이 너무 아파 영등포를 가려고 몇 번 망설였다. 오늘은 더 아파서 못 견딜 정도다. 아침저녁 시간을 정해 놓고 기도해도 내 다리 낫게 해 달라고 한 번도 기도를 안 했는데 오늘 저녁에는 나를 위해서 열심히 기도했다. 설 아파서 기도를 안 했는지 교인들 환자를 위해서는 기도할 것이 너무 많아서 나를 위해서는 기도할 사이가 없었다. 나는 하나님이 고쳐줄 걸 믿고 간절히 기도했다. (88.6.2.)

우리 교회는 다른 교회보다 별다르다

오늘 설교 말씀은 참으로 꿀보다 더 달다. 예배도 징을 울리고 민속 예배로 재미있었다. 예배를 별스럽게 본다고 비방하는 사람도 있다. 그렇지만 우리 교회는 다른 교회와 별다르다. 그리고 명동성당에서 오백 명 대학생들이 단식하고 있다고 한다. (88.6.5.)

하나님은 아시지요. 나의 기도 들으소서

오늘 또 첫 시간 하나님께 부르짖습니다. 어려운 일이 여러 가지 겹친다. 하나님 나는 아들 하나를 내 생명을 바쳐서 기도했는데 하나님 어려운 위기를 해결해 주옵소서. 하나님은 아시지요. 나의 기도 들으소서. 오늘은 날씨가 혁혁하며 더운 날씨다. 문익환 목사님 오늘 생신날 감옥에 계시니 교도소 앞에서 기도회가 열리는 곳에 갔다. 도레 엄마 같이 갔다. 우리 목사님은 오늘부터 단식기도회 갔다. 나는 단식을 할래도 너무 많이 하기 때문에 단식할 수 없어 먹고 주야로 기도합니다. (88.6.15.)

우리 목사는 단식을 너무 오래 하니 쓰러져서 병원에 간다고 한다

비가 주룩주룩 온다. 오늘은 우리 교인들이 명동성당 기독교회관에 봉고차 대절하고 좌석 버스로도 가고 교인들이 많이 가서 단식 투쟁하는 장소 갔다. 사람들이 마치 약 먹은 닭처럼 비틀거리고 있다. 무수하게 많은 사람이 모였다. 단식하는 사람들이 한 오백 명은 된다고 한다. 나는 너무도 불쌍해서 속에서 울화통이 터진다. 우리 목사님은 얼굴이 부었다. 단식하면서 부으면 안 좋다고 하던데 그곳 집회에 참석하고 우리 교인들은 찬송하고 기도하고 왔다. (88.6.26)

우리 목사는 단식을 너무 오래 하니 쓰러져서 병원에 간다고 한다. 손녀딸 미파가 간호하러 갔다. 오늘은 도레 엄마도 갔다. (88.6.30.)

우리 교회에서 저들을 안 받아주면 많은 사람이 어디에 가서 고생을 할까

지난밤부터 비가 내려서 대지를 축축하게 하니 만물이 소생케 되니 감사합니다. 오늘 또 삼양전자 공장에서 노동자들이 삼백 명이 몰려 왔다. 전경차가 20대가 와서 해체시키려고 했지만 몰아냈다고 한다. 회사 안에서 오십 일간을 일도 않고 지키고만 있었는데 특수부대가 와서 치고 들어왔지만 몰아냈다고 한다. 회사 사장은 진작 떠나고 노동조합을 해체시키려고 온갖 수단을 다 부린다. 비는 주룩주룩 오고 있다. 아침은 국수 삶고 저녁은 밥하고 종일 신경이 쓰인다. 분주하지만 우리 교회에서 저들을 안 받아주면 많은 사람이 어디에 가서 고생할까. (88.7.2.)

새벽기도하러 온 교인들이 기도할 데 없다고 야단이다. 나도 기도하려고 가면 옥상에도 사람들이 있고 기도실 방에도 있고 본당에도 노동자들이 모여 있어 장난치고 있고 교육관에도 꽉 찬다. 나도 기도할 데 없어서 내 방에서 기도했다. 새벽기도 나오던 사람도 안 나온다. (88.7.3.)

교회 여신도회에서 삼양전자 노동자들 식사들 맛있게 장만해서 대접했다. 삼백 명 된 식구들 대접하느라고 수고들 했다. 오늘은 국회 방청회를 한다고 분당 사람들이 많이 모였다. 그런데 문제가 일어났다. 분당 땅을 서울 사람들이 사서 아파트를 지으려고 날마다 데모를 한다. 그런데 오늘은 방청회를 해서 주민들을 도와주려고 하는 일인데 프락치가 들어와서 떠들고 방해를 놓는다. 우왕좌왕하면서 한쪽은 싸움을 한다. 방청회를 못하고 끝났다. (88.7.12)

하나님께서 돕지 않으면
도울 자가 없습니다

여호와여 기도 들으소서. 삼양전자 노동자들 삼백 명이 교회를 점령하고 있으니 정신이 없습니다. 그들이 빨리 해결 나서 직장에 들어가게 하소서. 주야로 기도합니다. 그들을 불쌍히 보아서 속히 노조가 이루어지게 하소서. (88.7.21.)

삼양전자 노동자들이 반반 합의 보아서 회사에 들어갔다고 한다. 나는 참으로 반가웠다. 삼양전자가 해결되어서 교회가 점점 잠잠한 것 같은데 또 철거민들이 몰려 왔다. 오십 가구나 된다고 하는데 애들이 어른보다 더 많다. 그들은 교회 생활을 해 보지 않은 사람들이다. 우리 교인들이 아우성이다. 좋은 일 하는 것도 좋지만, 교회가 산만해지고 기도할 수 있는 장소도 없다고 한다. 그렇지만 우리 교회는 민중교회이고 어려운 이웃을 도와주는 교회이고 철거를 당해 오고 갈 데 없는 사람들을 우리 교회에서 안 받아주면 어느 누구도 받아줄 데가 없었다. (88.7.27.)

내가 권사된 지 얼마 안 된 것 같은데 벌써 은퇴 예배를 보다니 세월이 너무 빠른 것 같다

한 권사 이점례 권사 은퇴 예배였다. 그리고 장건 장로 최병주 장로 장

222

립식이다. 임유순 권사 취임식이다. 정말 감사합니다. 오늘은 무더운 날씨다. 우리 교회에서는 큰 잔치다. 오늘 예배시간 설교 말씀도 재미있다. 손님도 많고 최병주 장로 장건 장로 취임식 재미있다. 잔치 끝난 뒤에 조용한 시간 생각하니 내가 권사된 지 얼마 안 된 것 같은데 벌써 은퇴 예배를 보다니 세월이 너무 빠른 것 같다. 그러나 내가 나이 73세나 되었는데 빠른 것도 아니제. 나는 조용히 하나님 은혜를 생각하니 감사한 마음 금할 수 없었다. (88.7.31.)

온통 옥문이 우굴우굴 하는 것 같다. 나도 눈물 글썽글썽했다

권영환씨가 성동구치소에 있다. 철거민 돕다가 감옥에 들어가 있다. 오늘 나 혼자 면회를 갔더니 이미 면회를 했다고 나는 면회 못 하고 왔다. 산자교회 김해성 목사님이 나를 불러서 갔더니 산자 교인도 노동운동하다가 성동구치소에 있다고 그 부인 애들 같이 오셨다. 집사님 부인 애들 둘을 데리고 와서 면회하는데 애들 둘이 유리문에 달려서 아버지 아버지 소리소리 지른다. 온통 옥문이 우굴우굴 하는 것 같다. 나도 눈물 글썽글썽했다. 나는 못 들어가게 하는데 그냥 노인이라고 하여 들어갔다.

(88.8.6.)

새벽기도. 오늘 또 똑같은 기도로 하나님께 드립니다. 철거민들 함성을 들으시고 노점상인들 부르짖는 함성을 들어주소서. 그리고 전 노동자들 성직자들 부르짖는 함성을 들으소서. 오늘은 구역원들이 몇 사람 모여서 철거민 포장치고 우글거리고 사는 데 하대원 가서 그곳 사는 사람들과 서로 자기들 했던 일들을 이야기도 하고 점심도 같이 하고 재미있었다. (88.8.12.)

노점상인들 호소를 들으소서. 날마다 시청 앞에서 농성한다. 불같이 뜨거운 볕에서 고생하는 국제시장 상인들이다. 성동구치소 산자교회 오길성 집사님께서 철거하는데 말리다가 연행되어서 감옥에서 고생한다. 얼마나 억울할까 죄없이 감옥살이한다. 오늘은 내가 가서 위로라도 하고 와야제 하고 가서 면회하고 돈 만 원 영치금 넣어주고 왔다. (88.9.)

평화통일 분단된 우리 동족을 위해서 기도해야 한다

다니엘 6:1~2. 역경 중에 감사하는 자에게 하나님 기적이 일어난다. 그고난을 극복할 때 하나님께서 높이 드러나게 한다. 여러분 수고와 고통으로 경기연합회가 이루어졌다. 수련회도 조직했다.

온 세계가 하나님 긍휼 깨닫지 못할 인간 평화를 위해서 애 낳듯이 애를 써야 한다. 폭력과 평화를 자기들이 권력 잡으면 보이지 않는다. 우리나라의 고민은 빈부의 차에 있다. 어른 애들 할 것 없이 악에 도달하는 데 무관심하다. 굶어 죽게 된 아프리카를 누가 구원하나. 아프리카는 자연이 좋다.

로마서 9:31. 휴전선 독일교회를 본받자. 통일을 구호로 외쳐야 한다. 평화통일 분단된 우리 동족을 위해서 기도해야 한다. 우리는 하나님 능력이 같이 한다. (88.9.2.)

존경하는 목사님께 너무나 희생만 당하는 농촌 위해서 기도해 주십시오.

"목사님 안녕하세요. 주님의 평화가 함께 하셨을 줄 믿고 감사드립니다. 결혼 후 몇 번이나 편지지와 대면을 했지만, 왠지 보낼 수가 없었답니다. 오늘은 7월 2일 결혼한 지 5개월이 되는 날 굳은 결심으로 다시 글을 적고 있습니다. 목사님께서 제 앞에 계신다면 저는 고개를 들 수도 없겠지만, 지면인지라 얼굴만 붉히면서 글을 적고 있습니다. 목사님 가족과 우리 주민 교우들 안녕하신지 궁금합니다. 교회에 대한 탄압의 보고가 있을 때마다 마음속 깊이 주민교회가 걱정되고 많은 시련 가운데서도 정의를 위해 기도하며 십자가 군병이 되어 싸우는 주민 교우들이 염려되었답니다. 하지만 우리 뒤에는 든든한 분이 불꽃 같은 눈으로 지켜주실 줄 믿고 다만 기도드릴 따름입니다. 저번 교회에 대한 안타까운 사건 때문에 고생하는 의로운 분들을 위해서 주일마다 이곳 조그만 시골교회에서도 기도를 잊지 않고 있답니다. 목사님 혹시 온몸의 힘이 모두 빠지시더라도 순박한 농민들이 의를 위해 싸우시는 분들을 위해 기도하고 있다는 사실을 기억하시고 조그만 힘이라도 되었으면 합니다. (중략) 스승의 날 주일학교 어린이가 편지를 써 보냈는데 눈시울이 뜨겁습니다. 고맙기도 하고 부끄럽기도 해서요. 저는 신앙의 스승이신 목사님께 글 하나 적질 못했는데 그것을 깨우쳐 주시기라도 하듯 아이들이 글을 보내주어서 무엇보다도 반갑고 뉘우침이 컸답니다. 너무 서운해 마시고 주님의 사랑으로 용서해 주세요. 하시는 모든 일이 주님의 은혜 가운데 성취되시길 바랍니다. 주민의 모든 식구들에게 주님의 평화가 함께하실 줄 믿으며 7

월 2일 동교부락에서 혜경 드립니다."

주일학교 교사로 성가대원으로 수고하다 출가한 이혜경님이 땀 흘리면서 열심히 살아가는 시골 농사꾼의 생생한 얘기를 보내왔습니다. 편하게 살아가는 우리에겐 찔림이라도 되는 얘기들이었습니다. (88.9.3.)

권영환한테 편지 답장 왔다. 성동구치소 있을 때다

"글을 올립니다. 늦어서 죄송합니다. 그렇게 안타깝게 생각하시고 걱정해 주시는 데도요. 건강하심으로 활동하시니 저도 그 어느 접견보다 즐겁고 또 힘을 얻습니다. 권사님께서 저에게 억지 쓰시듯이 전해 주신 하느님 말씀 성경책 많이 읽으시라는 말씀 실천하였고 읽기 싫은 성경책 꽤나 많이 읽었습니다. 기뻐해 주세요. 권사님은 한 목회자의 어머님으로만 생각해 왔지 서로 이렇게 하느님 안에서 한 형제자매임을 모르고 살아온 저에게 이번 일로 느끼게 함도 하나님 뜻으로 사시는 권사님의 끊임없는 삶의 표본이라 생각하오며 감사 말씀 올립니다. 목사님 사모님 손녀 투사들께 안부 전해 주실 것을 부탁드리면서 바뀌는 계절 건강하세요. 아멘 권영환."

경은이 집을 찾아갔다. 올 때 돈을 이만 원 주더라

새벽기도. 감옥에 계신 많은 성직자 문익환 목사님 임수경 철거민들 또 노점상들 위해서 기도합니다. 빨리 통일되게 하소서. 오늘은 판교 경은이 집을 찾아갔더니 반가워하더라. 올 때 돈을 이만 원 주더라. 어찌나 고마운지 집에서 간절히 기도했다. (88.9.27.)

변점순이가 아파서 장사도 못 하고 누워 있으니 답답하다

성동구치소 계신 권영환한테 면회를 다녀왔다. 그리고 박순자 집사님

같이 변점순 댁에도 갔었다. 변점순이가 아파서 장사도 못 하고 누워 있으니 답답하다. 오늘은 비가 많이 온다. (88.9.29.)

우리 마당에는 대추가 조잘조잘 열렸다

우리 마당에는 대추가 조잘조잘 열렸다. 추석만 돌아오면 따려고 날마다 지켰다. 날마다 쳐다보면서 조금만 있으면 따야제 하고 맨날 쳐다보니 대추가 날로 울긋불긋하더라. 하루는 내가 심방 갔다 오니 대추를 따 가 버렸다. 어찌나 섭섭한지 몰강스럽게 따 가 버렸다. (88.10.17.)

전체 교인들과 신협조합원들이 모여서 서로 정을 나누고 사랑을 나누고

주님 오늘은 교인들과 신협조합원들과 관광 총회를 갈라고 정해 놓은 날입니다. 우리 전체 교인들과 신협 조합원들이 모여서 서로 정을 나누고 사랑을 나누고 오는 기쁜 날이 되게 하소서. 우리 교인들과 신협조합원들 관광버스 두 대가 꽉 차게 신협 총회에 가서 총회 끝나고 식사도 맛있게 먹고 독립기념관도 구경 잘했다. 말만 독립기념관이라 들었는데 그렇게도 엄청나게 기록해 놓은 지를 몰랐다. 옛날 그 선조들 피를 흘림으로 인해 이 나라가 세워졌다는 것이 더욱 실감이 난다. 구경도 재미있게 하고 노래자랑 장기자랑도 재미있었다. 노래 끝나고 집에 올 준비하고 관광버스 두 대가 오면서 차 안에서 춤도 추고 노래도 부르고 참 재미있다. 교인들 재미있게들 노는 걸 볼 때 내 마음도 흐뭇하니 기쁘다. 집에 오니 저녁 열 시가 넘었다. (88.11월)

오늘은 보리밥 비빔밥을 맛있게들 먹었다. 내가 밥하느라고 애를 썼지만 내 마음도 기쁘다

새벽기도. 여호와여 속히 5공 6공 정권이 물러가고 전국 노조가 꼭 이루어지게 하소서. 그리고 오늘은 토요일 날 청년 모임 중고등 모임 많이 모아 주시고 그들이 우리 교회 기둥으로 쓰이게 하소서. 오늘 또 분주했다. 빨래도 하고 텃밭에 풀도 매고 분주했다.

새벽기도. 오늘은 거룩한 주일이니 교인들 많이 모아 주시고 당신 종 말씀의 능력 주소서, 오늘은 보리밥 비빔밥을 맛있게들 먹었다. 전체 교인들이 기쁘게 맛있게들 먹은 것을 볼 때 내가 밥하느라고 애를 썼지만 내 마음도 기쁘다. 식사 끝나고는 희망대 공원에서 부서별로 주민공동체 운동회가 있었다. 참 생각 밖에 재미있었다. 저녁 예배는 쉰다고 했지만, 낮 예배 안 오신 분들이 저녁에 와서 내가 같이 찬송하고 기도하고 성경도 읽고 끝냈다. (88.11.7.)

새벽기도. 오늘은 권영환 집사 재판 날 하나님 기억하시고 오늘은 석방시켜 주소서. 믿고 기도합니다. 그가 죄도 없이 철거민 도와주다가 감옥에 끌려가서 고생합니다. (88.11.11.)

요새는 날씨가 쌀쌀하다. 오늘은 한신대 학생들이 4명 우리 교회로 실습 왔다고 한다. 집사님들이 음식 대접하느라고 애를 썼다. 나도 같이 도와주었다. (88.11.15.)

오피씨 노동자들 풍물 연습하는데 노동자들 식사도 해 주었다

태평동 구역 심방 끝나고 최병주 장로님이 점심을 갈비탕 시켜서 맛있게 먹었다. 그리고 오피씨 노동자들 풍물연습하는데 노동자들 식사도 해 주었다. 우리 교회도 안 나온 노동자들이지만 식사를 해 주었다.

(88.11.23.)

우리 교회 여신도가 전교조를 위해서 시청 앞에서 브로치도 팔고 전도
지도 뿌리고 열심히들 하신다. (88.11.26.)

전교조를 위해서 학부모들이 모인다고 해서 나도 갔더니 몇 사람 보이
지 않고 생각하니 막연합니다. 하나님께서 돕지 않으면 도울 자가 없습
니다. (88.11.27.)

오늘 또 전도지를 뿌리는데 많은 수확 거두게 하소서. 오늘은 전도지
를 열심히 뿌렸다. 무리해서 골이 아프다. 자고 일어나니 거뜬하게 나았
다. (88.12.7.)

필요한 일꾼을 주소서. 말썽꾸러기 일꾼은 다 떨어지게 하소서

내일은 주일 우리 교회에서 일 년 일꾼을 뽑는 날 주님 도와주소서. 필
요한 일꾼을 주소서. 말썽꾸러기 일꾼은 다 떨어지게 하소서. 주인으로
참석할 일꾼을 주소서. (88.12.12.)

김종수 엄마 회갑연에 참석했다. 김해성 목사 봉고차 타고 변정배 결혼식도 참석했다. 오늘은 아침부터 쫓긴 것같이 다녔다. 저녁까지 분주했다. (88.12.22.)

도봉동 601-53. 제일정형외과 아주 멀더라

건강으로 활동하게 하시니 감사합니다. 오늘은 양승자 아들 형곤이가 사고로 병원에 있어서 찾아갔다. 교회 나오라고 신신부탁하고 기도하고 왔다. 병원이 굉장히 멀어서 가느라고 혼났다. 도봉동 601-53. 제일정형외과 아주 멀더라. (88.12.23.)

녹두팀(오피씨 노동자 풍물패) 노동자들이 자기들이 당했던 그대로 연극을 했는데 참 재미있었다

오늘은 교인들 많이 모아 주시고 당신 종 말씀의 능력 주시고 오늘 성경 말씀은 이사야 9:1. 오늘 설교 말씀 하나님 은혜 중 말씀 재미있다. 설교 끝나고 서은영 씨 결혼식에 참석했다. 우리 한나회 회원들 참석했다. 저녁 예배는 녹두팀 노동자들이 자기들이 지켜본 그대로 또 자기들이 당했던 그대로 연극을 했는데 참 재미있었다. 연극 끝나고 떡 파티가 있었다.

(88.12.26.)

나는 기쁨으로 충성하겠다고 고백했다

제직 수련회 밤 세 시까지 결단 예배 촛불 켜고 각자 초를 들고 불을 붙이면서 각자 자기 고백을 했다. 나는 기쁨으로 충성하겠다고 고백했다. 사는 동안 기쁨으로 충성해야제 결단했다. 강명순 목사 사모님은 삼천만 원을 모금해서 어려운 탁아소를 이십 군데나 도와주겠다고 한다. 새로운 교회 열린 교회 민족은 하나의 민족통일을 이루기 위해 사랑으로 뭉쳐지는 공동체 되자. 제직 수련회가 무사히 기쁨으로 끝났다. (88.12.28.)

문익환 목사님 임수경 양 빨리 석방하소서

거룩한 주일날 양 떼들을 구름 떼 같이 모아 주시고 당신 종 말씀의 능력 주소서. 그리고 빨리 통일되게 하소서. 걸어가면서 통일 꿈에도 통일 간절한 맘으로 호소합니다. 나의 기도에 귀를 기울이소서. 응답하소서. 문익환 목사님 임수경 양 빨리 석방하소서. 간절히 기도합니다. 성경 말씀 사도행전 26:24~29. 오늘 설교 말씀 하나님 은혜 중 재미있게 들었다. 예배 끝나고는 여신도회 실행위원회가 모였다. 저녁예배는 제직 헌신 예배 설교 말씀도 재미있었다. (90.1.15.)

낮에는 며느님들이, 저녁에는 내가 보호자로

임유순 권사님께서 팔이 부러져서 외과병원에 입원하셨다는 기별 듣고 갔다가 저녁에는 내가 병원에서 같이 보호자로 있었다. 낮에는 며느님들이 교대하고 저녁에는 병원 한쪽 구석에 가서 기도했다. 낮에는 열두 시쯤 며느리가 온다, 나는 집에 와서 볼일 보고 저녁에는 내가 보호자로 있고 병원 열 시 되면 철문을 내려닫는다. 그리고 아침 일곱 시 되면 문을 연다. 기도하러 교회로 올 수 없어서 병원 한쪽 구석 사람 안 다니는데 앉아서 아침저녁으로 기도합니다. 임유순 권사님 빨리 회복되라고 기도하고 우리 교회를 위해서 기도하고 나라를 위해서 기도 또 우리 교인들 가정을 위해 기도했다. (90.1.16.)

하던 일을 그만두니 섭섭하다. 그렇지만 절대 놀지는 않는다

병원에서 집에 오니 열 시가 넘었다. 내 방에 들어오니 너무 춥다. 오늘은 구역예배 보는 날, 나는 열심히 구역을 위해서 신경을 썼는데 내 구역을 정해 주었지만, 교회도 안 나오면서 나더러 구역예배 안 본다고 오지 말라고 해서 가지도 않았다. 하던 일을 그만두니 섭섭하다. 그렇지만 절대 놀지는 않는다. 어디를 가는 일 심방을 하는 일 기도하는 일 성경 읽는 일 또 책을 열심히 읽는 일 내가 해 놓은 것이 뚜렷이 없다마는 오늘에 이르기까지 열심히 살아왔다. (90.1.21.)

눈이 내 방에 들어오니 손도 시리고 귀도 시리다

오늘 또 병원에 있다가 교회 기름을 짜 왔다. 대단히 추운 날씨고 눈이 많이 와서 길이 미끄러워서 다닐 수가 없었다. 오늘은 유난히 춥다. 장갑을 껴도 손이 시렵고 눈이 내 방에 들어오니 손도 시리고 귀도 시리다. 창문 틈을 비닐로 막았다. 고물 모아 놓은 것 네 번이나 날랐더니 돈 이

천 원 고물상에 받아가지고 오면서 너무도 춥고 길이 미끄러워서 오면서 내가 돈 이천 원 벌려고 하다가 하나님 뜻을 어기는 일인가 싶어 하나님 용서하십시오 했다. 이런 일을 안 해도 되는데 욕심이 너무 지나친 것 같습니다. 하지만 나는 활동을 많이 해서 돈이 필요한 것도 사실입니다.
(90.1.24.)

내가 벌써 74세이다. 정신 바짝 차려야지

내가 벌써 74세이다. 정신 바짝 차려야지. 내가 무관심하게 살다가 죽으면 안 돼. 죽는 날까지 의를 위해서는 온 힘을 다할 거여. 새벽기도 하는 일도 온 힘을 다해서 교회를 위하는 일 통일을 위해서 기도하는 일 교인들 가정을 위해 최선을 다 해서 기도할 거여. 어려움을 당한 교인들 가정에 가서 위로해 주고 기도해 주고 아들 하나님의 종을 위해서도 최선을 다해서 기도합니다. 귀여운 손녀딸을 위해도 열심히 기도합니다. 내가 늙었다고 힘없다고 누가 알아주지 않는다. 나는 절대 포기하지 않는다. 내가 육체는 쪼글쪼글 늙었지만 내 마음은 청년과 같다. 내가 그러기 때문에 나 혼자라도 약한 교인 가정을 찾아다닙니다. 교회 잘 나오는 가정은 일 년을 지나도 한 번도 안 찾아 갑니다. 믿음 없는 교인들을 자주 찾아가서 대화하며 어려운 사정 이야기도 들어주고 기도도 해주고 성경 말씀도 내가 아는 대로 가르쳐 주고 하면 언젠가 모르게 나오는 교인도

많다. 오늘은 또 굉장히 추운 날 가난한 우리 교인들은 뛰어다니며 요구르트 배달 또 우유 배달을 새벽부터 해야만 먹고 사는 가정도 있고 공장 생활을 꼬박꼬박 하는 교인들도 많다. 불쌍한 마음으로 간절히 기도합니다. (90.1.27.)

생각하면 피맺힌 한이 있다. 그래서 나는 아파도 피곤해도 통일을 위해서 열심히 기도합니다

우리 아들 15년 형을 받아서 감옥살이할 때가 생각난다. 그때는 영하 20도 추위에서 냉동방에서 고생하던 일을 내가 죽어서도 잊지 못할 거여. 또 문익환 목사님 임수경 양이 죄없이 감옥에서 얼고 있다. 노인네가 얼마나 추울까 생각하면 분통이 터진다. 사람은 도울 수 없어도 하나님 도와주시라고 열심히 기도합니다. 그리고 영하 20도나 되는 추위에 우리 아들 담요 침낭을 넣어 주었는데 본인한테 안 들어간 일을 생각하면 피맺힌 한이 있다. 그래서 나는 아파도 피곤해도 통일을 위해서 열심히 기도합니다. (90.1.28.)

병들고 약한 나라, 줏대없는 정치가들

우리나라는 병들고 약한 나라인가. 줏대없는 정치가들 김영삼 김종필이는 노태우 편으로 가 버렸다. 배은망덕한 인간이다. 꼭두각시놀이를 하고 있다. 간에다 붙었다가 쓸개에 붙었다가 하는 인간이다. 어쩌면 잘된 일인지 모른다. (90.1.29.)

가난한 가정 하나님이 희망을 주소서

오늘도 청년들은 우리 집에 모여서 놀고 있다. 은종여 집사 아들 동민이가 세배 왔다. 가난에 쪼들리는 가정 과부의 아들 동민이는 아파서 직

234

장도 그만둔 지 아홉 달이나 된다고 한다. 나는 도와줄 것 없어 기도로 열심히 합니다. 가난한 가정도 하나님이 살 수 있는 희망을 주소서. 빨리 그 병 치료해 주소서. (90.2.1.)

우리 목사는 정초에도 바빠서 날치같이 뛰어다닌다

김해성 목사님 어머님 안월순 권사님 회갑이다. 차 대절해서 갔더니 굉장한 무슨 홀인데 호화찬란하더라. 음식도 아주 잘 장만했고 그처럼 호화찬란하게 잔치하는 것 나는 처음 보았다. 음식도 그처럼 잘 장만했다. 뷔페식을 했더라. 고급으로만 골라서 잘 먹고 왔다. 지난밤도 눈이 왔는데 눈이 와도 너무 많이 왔다. 우리 목사는 정초에도 바빠서 날치같이 뛰어다닌다. 나는 무슨 일인지 몰라도 우리 목사는 생각하는 일로 뛰어다닌다. (90.2.4.)

교인 가정 아무 소란 없이 보호하셔서 감사합니다

하나님 지난 금년 일 년이 번쩍 넘어갔습니다. 생각하니 89년도에는 하나님께 감사할 일이 너무도 많아요. 우리 도레 미파 솔라도 씩씩하게 자라고 공부도 열심히 하고 당신 종 목사도 으르렁거리는 사자들에게 잡혀가지 않고 뛰어다니면서 열심히 통일을 위해서 일하게 하시니 감사합니다. 또 교회도 음으로 양으로 축복해 주시니 감사합니다. 또 교인 가정도 아무 소란 없이 보호하셔서 감사합니다. 교회 헌금도 많이 나오니 감사합니다. (90.3.1.)

오늘은 철야기도회 마치고 다 가고 나 혼자 새벽기도에 혹 교인들 올까 하고 혼자 기도합니다. 오늘 또 똑같은 기도로 반복합니다. 나의 기도 응답하소서. 억울한 민중의 한을 풀어주소서. (90.3.8.)

우리 교회 목사님 정의 평화 창조 세계의 보전 세계 대회가 서울에서 열려서 우리 교인들도 봉고차 타고 또 버스로도 가서 구경 참 잘했다. (90.3.22.)

양승자가 요새 교회를 안 나와서 집에 있다

요번 창조평화로 말미암아 곧 놀라운 역사가 일어나게 하소서. 오늘 우리 목사님은 평화대회 참석하고 5일 만에 집에 왔다. 오늘은 나 혼자 수진동 김윤염이 집도 다녀오고 양승자가 요새 교회를 안 나와서 갔더니 제주도 갔다 와서 제주도 나오는 비디오를 보고 있더라. 자기 동생들도 같이 있어서 기도도 않고 와 버렸다. (90.3.25.)

오늘 저녁예배는 사회선교위원회 헌신예배로 드리면서 장현자 선생 성남지역탁아연합회 회장을 모시고 여성과 탁아라는 주제로 말씀을 나눕니다. 장현자 선생 설교 재미있었다. (90.4.6.)

경기연합회 60대 교육받으러 우리 교회 한나회, 네 사람이 이점례 임유순 나도 가고 고연홍 네 사람이 직행버스 타고 수원 가서 평택 버스 타고 유성온천관광호텔 간다. 내려서 예배 보고 점심 하고 또 원탕에 들어가서 목욕하고 했다. 나선정 회장 설교 말씀은 먼저 가서 화해하라 먼저 사랑하자 낮아져라 높아지려는 자는 낮아진다, 낮아지는 자 높아지리라. 설교 말씀도 재미있고 식사도 맛있게 먹고 잠자리도 네 사람씩 정해 주고 아주 깨끗하고 방도 훈훈해서 마침 잠자기 좋더라. (90.4.7.)

60대 수련회, 하늘 나라를 목적하자. 후회 없이 살아야 한다

부정적 생각하는 사람은 모든 일을 파괴한다. 두 가지 생각해 보는 노

회한 마음은 정치 속에 들어 있다. 한꺼번에 떠올린 생각 감당하기 어렵다. 과학이 아무리 발달했다 해도 감당하기 어렵다. 땅에 떨어진 것 다 버리고 예수 생각만 하자. 지금부터 떡잎을 키워 가자. 돈이면 다라고 생각하는 생활이라면 자기 벗을 잃어버린다. 옛날에는 남녀 차별을 해 왔다. 60대는 종교에 관심이 있다. 지금 이 시대는 환경이 안 좋아서 공기가 오염되고 있다. 음식물을 조심하고. 나선정 선생 설교 말씀 재미있다. 나는 하나님께 바친 몸이다. 사람과 관계를 잘 만들어야 한다. 하늘나라를 목적하자. 후회 없이 살아야 한다. 또 나사로 비유로 말씀해 주셨다. 나선정 회장 설교 재미있다. 60대 수련회 재미있게 마치고 집에 왔다.

(90.4.10.)

주님 응답하소서. 오늘은 우리 조상들 합동으로 추모 예배 보는 날 대심방을 종일하고 네 시 반 심방 끝나고 집에 오니 우리 시동생들이 오셨더라. 우리 영감 시부모님 합동으로 추모 예배 보는 날 도레 엄마가 음식을 푸짐하게 장만해서 장로님들 여신도들 집사님들 많이 오셔서 맛있게들 모여서 먹을 때 참 재미있었다. (90.4.14.)

그 가정을 위해서 끊임없이 기도는 했지만

우리 시동생 제삿날이다. 웬일로 딸들도 안 오고 막내아들도 없고 애 우리두 안 오고 막내딸도 없었나. 나는 소식을 몰라서 궁금해서 갔더니 사는 것이 엉망이더라. 내가 전도하고 왔다. 내가 성경 대충 아는 대로 읽어주고 또 기도도 하고 찬송도 하고 녹음도 해 놓고 왔다. 내가 그 가정을 위해서 끊임없이 기도는 했지만 조금도 나아진 것이 없더라. 해정이 집에서는 기도도 못 하고 아무리 기도를 하려 해도 기도가 안 된다.
(90.4.16.)

김윤기 열사 추모예배

청년들이 많이 모였다. 김윤기 열사 추모 예배라고 한다. 김종태 최윤범 죽은 사람들을 위해서 계속 투쟁해야 한다고 추모 예배 본다고 우리 교회 청년들이 무진장 모여들었다. 그래도 다행히 전경들이 몰려오지 않아서 다행이다. 나의 기도에 응답하시고 통일이 가까워진 것 같다.
(90.4.18)

내가 출생 후로 처음 그런 등산을 갔었다. 참 재미있었다

오늘은 식목일. 우리 교인도 등산가는데 주님 도와주소서. 청년 교인들이 등산가는데 나도 따라 갔더니 참 구경을 잘했다. 하나님이 주신 자연 속 진달래꽃이 흐드러지게 피고 개나리 꽃이 흐드러져서 참 보기 좋았더라. 그리고 산에 올라가는데 돌 사이로 아주 좁은 길로 돌을 잡고 기어서 올라갔다. 아주 낭떠러지는 남자들에게 올려달라고 하고 또 낭떠러지 내려올 때도 남자들이 내려주었다. 내가 출생 후로 처음 그런 등산을 갔었다. 참 재미있었다. 집에 와서 자면서 생각해도 참 구경 잘했다고 생각한다. (90.4.21.)

부활주일 날 쓰려고 돼지머리를 일곱 개를 이숭일이가 가져왔다

오늘은 분주했다. 내일은 부활주일 날 쓰려고 돼지머리를 일곱 개를 이숭일이가 가져왔다. 솥을 안 쓰고 묵혀 두어서 녹슬어버린 그 녹을 닦아내고 돼지머리를 다듬어서 삶았다. 그리고 남한산성에 가서 물도 떠오고 분주했다. 여신도회에서도 와서 내일 점심 준비하느라고 늦게까지 닭도 사다가 삶아 놓고 수고들 했다. (90.4.22.)

통일이 빨리 이루어지지 않아서 애가 터집니다

새벽기도. 오늘 또 첫 시간 똑같은 기도로 하나님께 호소하며 억지 쓰는 기도로 합니다. 왜냐하면, 통일이 빨리 이루어지지 않아서 애가 터집니다. 가난한 사람들은 전세금 방세가 자꾸 올라가고 여기저기서 자살하

는 사람이 자꾸 많이 생기고 있습니다. 방값이 비싸다고 사람이 죽습니다. 또 노점 철거해서 장사가 안된다고 아우성입니다. 여호와여 왜 보고만 계십니까. (90.4.24.)

삼천만 원을 모금하기로 했나. 천만 원은 교인들이 하기로 했는데도 서로 얼굴만 쳐다보고 있다

오늘 설교 말씀은 뜻이 깊고 감격스러운 설교 말씀이다. 나에게만 설교 말씀이 은혜가 되면 안 돼. 여기 있는 모든 교인이 그 말씀을 듣고 새로워져야제 하면서 나는 열을 돌아보기도 했다. 예배 끝나고 제직회 모임으로 2층 건물이 이사를 하였는데 삼천만 원을 모금하기로 했다. 천만 원은 교인들이 하기로 했는데도 아무도 말을 않고 서로 얼굴만 쳐다보고 있다. 나는 아무 말도 않아서 울화통이 터진다. 천만 원 돈을 끝을 못 내고 미루었다. 저녁예배는 중고등학생 예배 어린 것들이 생각 외에 찬양을 잘하고 재미있었다. (90.4.25.)

신분녀 집사님은 신협을 잘 활용했기 때문에 이제는 새집을 지었다

신분녀 집사님 집을 새로 지어서 이사를 들어갔다고 예배 봐 달라고 해서 목사들 집사들 갔더니 참 기쁘더라. 왜냐하면, 특히 그 집사님은 과부에다가 전에 시골에서 올 때 만 원짜리 전세 살고 애들이 어려서 7남매가 조그만 방에 앉아서 먹을 것이 없어서 배를 곯고 엄마가 파출부 다니면서 벌어서 간신히 입에 풀칠하고 살았는데 신협을 잘 활용했기 때문에 하나님 은혜 중 이제는 새집을 지어서 들어가니 내 마음도 흐뭇하더라. (90.4.27.)

오늘은 신협의 날이라고 신협에서 떡잔치를 했다

질그릇같이 약하고 비천한 저희에게도 부활에 동참하게 하시니 감사합니다. 오늘 설교 말씀 꿀보다도 더 달다. 오늘은 신협의 날이라고 신협에서 떡잔치를 했다. 예배 끝나고는 김정애 씨 결혼식을 했다. (90.4.28.)

임수경 양과 문규현 신부가 서울대학병원에 입원했다. 문익환 목사님 이분들은 의인인데 죄인이라고 죄로 얽어매서 내놓지 않는다. 악한 정치가들 자기들이 자기 함정을 파고 있다. (90.4.30.)

올라가면서 감사 내려오면서 감사합니다

비가 주룩주룩 온다. 탁아소를 하려고 날마다 2층 공사를 한다. 날마다 2층 우리 것 되게 해 달라고 기도했더니 이제는 우리 소원대로 되었으니 감사합니다. 올라가면서 감사 내려오면서 감사합니다. 2층은 제일 좋은 공간인데 우리가 사용하지 못하고 안타까운 생각 금할 수 없었다. 하나님이 무한한 축복으로 우리 건물을 찾게 되어 내 마음 기쁨으로 넘친다. 그리고 하나님께 감사가 넘칩니다. (90.5.)

새벽기도 하나님께 호소합니다. KBS 파업연대 문제를 놓고 기도합니다. 하나님 그들 속에 들어가서 도와주소서. 그들이 승리하게 하소서. (90.5.4.)

사람 새끼는 다 꽃을 달았는데 나만 안 달았다

어버이날이라고 솔라가 꽃을 만들어서 나도 달아 주고 자기 아버지 엄마도 달아 준다. 그러나 남한산성 약수 뜨러 갔는데 내 옷에도 물이 들어서 꽃을 빼 가지고 집에 와서 말렸다. 사람 새끼는 다 꽃을 달았는데 나만 안 달았다. 그래서 옷에 빨갛게 물이 들어서 꽃을 버릴까 하다가 집에 와서 두었더니 말라서 그 꽃을 다시 옷에다 꽂았다. 인생이란 왜 그렇게 했을까. 저 할머니는 아들이 없나 꽃도 안 꽂았다고 생각할까 싶어서 그렇게 했다. (90.5.8.)

새벽기도 울산 노동자 문제를 놓고 기도합니다. 노동자들이 8층 옥상에서 먹지도 않고 농성을 한다고 한다. 하나님 불쌍한 노동자들 소원 들어주소서. 울산공장 그들 호소를 들으소서. 불쌍한 인생들을 보시고 빨리 통일되게 하소서. (90.5.17.)

내가 너무 힘들게 일을 하고 계속 아프고 입이 부르텄다. 누가 시켜서 일하는 것도 아니고 내가 기를 쓰고 일을 할 때는 너무 무리해서 병이 난다. 그렇게 안 하려고 해도 내 성격이 그러니 할 수 없었다. 오늘은 한수이 댁에를 갔더니 장사하는 집이라 방으로 들어가자고 해서 들어갔더니 손님이 와서 방에 안 들어온다. 나 혼자 기도하고 나 혼자 쉬며 앉았다가 왔다. 오다가 변점순 집사 장사하는 데 갔더니 순대를 먹으라고 해서 먹는데 목사님이 연행당했다고 홍연표 집사가 말하는 걸 들었다고 한다. 나는 집에 빨리 와서 가방을 놓고 교회 성전에 들어가서 기도합니다. 하나님께 죄를 지었거든 회개시켜 주시고 그렇지 않으면 이 밤에 나오게 하소서. (90.5.18.)

오늘 또 선교원 올라갔더니 김주애가 너무 울어댄다. 선생들도 못할 일이고 어린애도 못할 일이다. 업고 와서 재웠다. 업고서 서서 기도했다. 어린애들 잘 자라게 하나님 축복해 주세요. 처음 온 애들이 너무 울어대니 안타까운 마음으로 기도합니다. (90.5.22.)

242

광주 부활하게 하소서

광주 함성을 들어주실 걸로 믿고 기도합니다. 광주에서 농성하다가 기차에서 떨어져서 죽은 사람 그 가족을 위로해 주소서. 그의 죽음이 결코 헛되지 않게 하소서. 광주 함성으로 말미암아 통일을 빨리 이루어 주소서. 그의 죽음이 결코 헛되지 않게 하소서. 광주 부활하게 하소서.

(90.5.25.)

이해학 목사는 우리 민족의 분단 십자가를 한국교회가 매고 나서야 한다고 했다

지난밤에 김종태 추모 예배를 봤다. 쓰레기가 너무 많이 모였다. 담배 꽁초가 마당에 널려 있다. 내가 다 담배꽁초를 청소하고 쓰레기 우리 마당에 널려있는 것 다 청소하고 깨끗하게 치웠다. 쓰레기를 치워서 개운하고 좋기는 하지만 내가 요새 앓고 나서 그런지 다리에 힘이 없고 마음은 청춘인데 몸이 말을 안 듣는다. (90.6.9.)

은혜가 병이 나서 인하병원에 입원했다고 해서 갔더니 나는 겁이 나더라. 열이 펄펄 끓고 토하고 의사가 뇌진탕이라 한다고 해서 나는 그 소리 듣고 겁이 났다. 그리고 하나님께 기도했다. (90.6.11.)

나도 아프고 도레 엄마도 아파서 퍽 걱정을 했다. 당신 딸 빨리 낫게 하소서. 자도 깨도 기도하고 교회 가서도 기도했다. 나는 평생 기도하다가 죽기를 원합니다. (90.7.5.)

주민 선교원에서는 애들이 노느라고 동탕동탕하는 소리

오랫동안 심방을 안 해서 마음이 편치 않았는데 오늘은 심방을 몇 집 했다. 그리고 교회 건물을 돌면서 보면 지하실에서는 풍물 배우느라고

굉장히 쿵짝쿵짝 하도 시끌벅적하고 주민 선교원에서는 애들이 노느라고 동탕동탕하는 소리, 신협에서도 모여서 이야기하고 사무실도 교인들 모여 앉아서 이야기하는 소리가 들린다. 이런 것을 보면서 내 마음이 항상 흐뭇하니 기쁘다. (90.7.16.)

신협을 통해 생명의 사업 되게 하소서

거룩한 주일입니다. 교회를 위해서 항상 깨어 기도합니다. 신협도 없는 것을 있게 하시니 감사합니다. 가난한 이웃들 또 우리 교인들이 다 신협 덕을 보게 하시니 감사합니다. 없는 가운데서 있게 해 주시니 감사합니다. 앞으로도 신협을 통해서 생명의 사업 되게 하소서. (90.7.22.)

우리 목사님이 판문점에 간다고 뉴스에도 나오고 텔레비전에도 잔뜩 나온다

우리 목사님이 판문점에 간다고 뉴스에도 나오고 텔레비전에도 잔뜩 나오고 신문에도 나온다고 여러 사람이 전화를 한다. 나는 요새 텔레비

전도 안 보고 뉴스도 안 듣고 요새는 눈이 안 좋아서 한겨레신문도 안 본
다. 교인들이 전화가 자주 온다. 우리 목사님 텔레비전도 자주 나오고 한
다고 전화로 듣게 된다. 이북 사람들이 세 사람이 온다고 한다. 그래서 여
기 사람도 세 사람 목사가 가신다고 한다. (90.7.26.)

정치가들이 남북회담을 방해해 버렸다

　우리 목사님이 판문점을 허락받고 가는데 한국 정치가들이 자리를 바
꾸어 버렸다. 북한 사람들이 왜 자리를 바꾸었느냐 우리는 만나지 않겠
다고 가 버렸다고 한다. 나는 늘 기도했지만 모든 일이 실패로 돌아갔구
나. 아직 우리 목사님은 판문점에서 안 왔다. 정치가들이 남북회담을 방
해해 버렸다. 우리 목사님들 세 분이 여덟 시간을 종일 기다렸다고 한다.
걸어서 가다가다 누워 잠도 잤다고 한다. 기다리는 그 목사님들 얼마나
몸이 달았을까. (90.7.27.)

일하면 가꾸는 아름다운 세계

동네 이름은 충남 서천 남전교회 정병길 목사 시무하신 교회 주제가 '일하면 가꾸는 아름다운 세계'라는 주제로 열립니다. 날씨는 불볕같이 더운 날 학생들이 논에 들어가서 풀도 매고 피도 뽑고 뙤약볕에서 일한다. 일하고 오면 우물가에서 옷을 빨아서 말려서 입는다. 학생들이 일하고 밥도 잘 먹으니 재미가 있다. 박 장로님 홍연표 집사님 강정숙 집사도 오셨다. 반가웠다. 수박도 사고 복숭아도 사 가지고 오셨다. 집사님들이 오셔서 다 맡겼더니 편안했다. (90.8.)

전민련의 조국통일위원회 위원장 이해학 목사

최근 범민족대회 추진본부로 새로 부각되기 시작한 전민련의 조국통일위원회 위원장 이해학 목사를 비롯한 45명 목사는 "범민족대회는 북한이 주최한 것이다. 전민련이 북의 장단에 놀아나는 것이 아니냐"는 국민들의 오해가 하루속히 바르게 고쳐져야 한다며 말문을 열었다. 우선 정부가 그렇게도 적대시해 오던 전민련을 상대로 통일문제를 상의하게 되었다는 데 큰 의의가 있다. (90.8.6.)

1995년을 희년으로 선포하고 희년에는 기어이 평화통일이 이루어지도록 하자는 교회협의 선언에 크게 감명받아 평화통일을 선교적 과제로 삼아야겠다고 굳게 결심했고 그래서 범민족대회 준비에 나서게 되었다는 이 목사는 앞으로 우리 민족의 분단 십자가를 한국교회가 매고 나서야 한다고 강조했다. 그리스도의 영에 사로잡혀 죽음이 있는 곳에 생기를 불어넣고 불신과 분열이 있는 곳을 사랑과 일치로 바꾸며 사는데 더 머뭇거리지 않게 합시다. (90.8.7.)

우리 교단 총회가 제정한 평화통일 주일입니다. 오늘 드리는 예배와 성만찬은 한국교회와 세계의 형제자매 교회와 북한의 교회가 한반도의 평화와 통일을 위해 같은 순서와 내용으로 드립니다. (90.8.12.)

우리 목사님은 새벽같이 나갔다. 우리 목사는 범민족대회 2차 판문점을 가 북한 사람을 만나서 회담하려고 있는 정성을 다한다. 어려움이 많아서 억울하고 분함이 내 마음에 솟구친다. 하나님 왜 보고만 계십니까. 나는 가 보지 않았지만, 전경들이 최루탄을 비 오듯 쏘아대고 천 명이 넘게 연행되었다고 한다. (90.8.13.)

새벽 예배는 1990년 남북평화통일을 위한 성남지역 민중교회 연합예배. 산자교회 합해서 성남지역 안에서 민중교회 사이에 높이 쌓인 절벽을 헐게 하소서. 정치가들은 3당 합당을 조작해서 변동이 많다. 신문사들이 판문점에서 남북평화를 위하는 일에 방해를 부렸다. 묵살된 것 아니고 더 많은 효과를 봤다고 한다. 아직 통일이 약하다. 하나님께서 통일을 이루어 주실 걸 믿고 실망하지 않습니다. (90.8.19.)

선교원 봉사했다. 애들 간식도 나누어 주고 설거지도 하고 걸레 가지고 바닥도 다 닦고. 애들이 뛰어노는 걸 보면 나도 마음이 기쁘다. 한나회에서 아무도 안 나왔다. 나는 선교원을 위해서 열심히 기도합니다. (90.8.20.)

장마가 져서 사방에서 물난리다

나는 새벽 예배 끝나고는 옷을 갈아입고 지하실 물을 펐다. 학생들 공부방에도 물이 찼다. 학생들이 철벅 철벅 다니면서 물을 퍼야 할지도 모른다. 장마가 져서 사방에서 물난리다. 애들 방만 비만 오면 빗물이 뚝뚝 떨어진다. 지하실 식당을 갔더니 설거지 할 그릇을 산더미같이 쌓아놓고 있어서 내가 설거지를 다 했다. 그리고 학생들이 걸레에다가 먹물을 닦아서 새카만 걸레가 빨아도 까매져서 퐁퐁으로 깨끗이 빨았다. 낡은 것을 버리고 새 타올만 빨았다. 걸레를 빨면서 하나님 내 속의 죄도 이처럼 깨끗하게 하소서. 더러운 죄를 깨끗이 씻어 주소서. 소리를 지르면서 기도하고 찬송도 하고 하니 피곤치 않더라. (90.9.2.)

이점례 권사님 생신날이라고 돈 이천 원씩 거두어서 봉투에 넣고

이점례 권사님 생신날이라고 여덟 시에 한나회 회원들 오라고 한다. 여섯 사람이 모여서 갔다. 돈 이천 원씩 거두어서 봉투에 넣고서 목사님이 오신다고 해서 두 시간을 기다려도 안 온다. 그냥 우리끼리 기도하고 찬송도 하고 식사를 끝내고는 권사님 공장에 봉고차 운전수가 있으니 태워주어서 남한산성에 가서 자리 펴고 앉아서 이야기도 하고 찬송도 하고 기도하고 재미있었다. 콜라하고 빵하고 가지고 가서 먹으면서 놀았다. 고현홍 집사님 안 오셔서 섭섭했지만 재미있게 놀다 왔다. (90.9.6.)

오늘 직접 문익환 목사님을 만나서 악수도 하고 안아도 보았다

문익환 목사님은 감옥에서 여태 계시는데 어머니가 위독하셔서 석방을 안 했지만 잠시 가석방으로 어머니 운명하시기 전 대화를 하시고 운명하시니 다행이다. 오늘은 우리 교회 봉고차를 타고 문익환 목사님 어머님 김신묵 권사 장례식 갔었다.

장례식 참석을 여러 사람이 하고 또 꽃 한송이씩 꽂아주면서 사람들이 우신다. 내가 면회를 못 갔지만, 오늘 직접 문익환 목사님을 만나서 악수도 하고 안아도 보았다. 난데없는 눈물이 나와서 참느라고 혼났다. 그의 어머니 돌아가셨다고 그런 게 아니고 목사님이 이제 곧 감옥에 다시 들어가실 걸 생각하면서 울었다. 장례 끝나고 저녁에는 감옥으로 그놈들이 데리고 갈 걸 생각하면 분통 터진다. (90.9.20.)

요새는 새벽기도, 장로님들도 네 장로가 다 새벽에 나오신다

한양대학교에서 대학생들 농성하는 데 구경갔다가 목사도 같이 갔는데 경찰이 연행했다고 한다. 목사님은 경찰서에서 사흘 만에 나왔다. 어찌나 반가운지 또 하나님께 감사드립니다. 목사는 바로 나올 수 있는데 왜 나만 나가느냐고 해서 대학생들 오십 명도 사흘 만에 같이 나왔다고 한다.

요새는 새벽기도 장로님들도 네 장로가 다 새벽에 나오시고 두 목사도 나오시고 교인들도 총동원 주일을 위해서 열심히들 나오신다. 하나님 당신 종들 기도 들으시고 교회 부흥되게 하소서. (90.10.3.)

물 뜨러 갈 때마다 걱정되는데 최병주 장로님께서 약수를 떠다가 우리를 대 준다

나는 살면서 누구하고 욕하면서 싸워 본 적이 한 번도 없었다. 젊어서 장사를 다니면서도 마음씨 좋다고 칭찬만 들었다. 우리 시동생들도 지금 늙어서도 시누이들도 올케 자랑한다고 나는 어디 가든지 올케 자랑한다 말한다.

오늘 버스가 사람이 내리면서 문이 닫혀 버리니 몇 시간을 서 있어도 나올 수가 없어 사람 내리는 문으로 탄 것이다. 그것도 내가 올라가면서 내 몸뚱이로 올라갔는데 문이 탁 닫혀서 소리질렀제. 문을 다시 열었다가 닫으면서 운전수가 욕을 하면서 소리소리 지르면서 당장 내리라고 하면서 왜 문을 열어주었는데 내리는 문으로 타느냐고 욕을 한다. 돼지 같은 년 미련한 년 하도 욕을 해서 너는 부모도 없냐 내가 돼지면 너는 쌍놈이다. 네 입이 더럽구나. 나도 잘못이지만 운전수들이 사람이 내리면서 문이 닫혀 버리니 몇 시간을 서 있어도 버스를 탈 수 없어서 내리는 데로 탔지요. 운전수들이 아주 못 되었다고 소리 질러서 말했다. 그 뒤로는 약수 뜨러갈 자신이 없었다. 물 뜨러 갈 때마다 걱정되는데 최병주 장로님께서 약수를 떠다가 우리를 대 준다. 너무도 죄송한 마음뿐이다.

(90.10.6.)

교회도 나오고 영감도 얻고 하라고 말했다

서인순 집사님같이 심방을 백옥희 댁을 갔더니 영감 얻어야 살겠다고 혼자 외로워서 못 살겠다고 교회도 안 나가고 영감 얻어 산다고 말을 한

다. 나는 그래도 교회도 나오고 영감도 얻고 하라고 말했다. (90.10.17.)

할머니 기도가 하나는 이루어졌네요

오늘 아침은 문익환 목사님 석방해 주시라고 하나님 왜 내기도 안 들어 주십니까 하소연 기도를 하는데 일곱 시 십 분 전 솔라가 전화받더니 할머니 기도가 하나는 이루어졌네요. 뭐냐고 했더니 문익환 목사님 석방 되셨대요 한다. 오늘은 아홉 시 예배를 보고 오늘은 관광버스를 세 대나 대절해서 한신대학교 가서 예배를 봤다. 이해학 목사 설교 말씀 재미있었다. 한국민중교회 대동예배 제3회 복음성가제 민중의 교회 민족 희망 예수 그리스도 생명 되시고 새로운 교회 갱신 민중교회 현장에서 힘없는 우리는 예수께서 생명 주로 오셨다. (90.10.29.)

당신 종 통일을 위해서 물불을 가리지 않고 통일을 위해 애를 버둥버둥 쓰고 있습니다

우리 목사는 독일 간다고 떠났다. 목사를 보내 놓고 나는 기도합니다. 하나님 무사통과 하게 하소서. 당신 종 소원을 이루어 주소서. 꼭 이루어 주소서. 주님 같이 동행해 주소서. (90.11.9.)

우리 목사님 해외 동포들 만나서 통일회담 한다고 신문에 났다고 한다. 우리 집에는 요새는 텔레비전도 고장이다. 저는 주야로 기도합니다. 당신 종 꿈을 꼭 이루어 주옵소서. 그리고 주님 꼭 동행해 주옵소서. 주야로 기도합니다. 당신 종 통일을 위해서 물불을 가리지 않고 통일을 위해 애를 버둥버둥 쓰고 있습니다. 주님 걱정이 됩니다. 또 감옥에 가지 않을까 싶어서 걱정입니다. 그러나 아버지 뜻대로 하옵소서. 오늘 또 지켜 주실 걸 믿고 간절히 기도합니다. (90.11.14.)

아들이 독일에서 전화도 자주 오기도 한다마는 또 어떤 시련이 닥칠지 모른다. 19일 이남 이북이 화답한다고 전화가 왔다고 한다. 이북 동포들 꼭 만나서 통일이 이루어지기를 열심히 기도합니다. 몇 해 동안 교인들 위해서는 걱정을 했지만, 맘 놓고 살았는데 또 어떤 시련이 닥칠까. 우리 목사는 각오하고 갔지만 나는 기도할 때 당신 종의 꿈을 속히 이루어 주소서 기도는 늘 합니다. 사람들이 나더러 아들 똑똑하니 잘 두었다고 칭찬을 하는 사람도 있으나 나는 노동일 하면서 아무렇게나 사는 사람이 더 편할 것 같다. 아들 하나 두고 얼마나 속 타는 걸 사람들은 모른다. 내 생각하는 것 통일도 이루어지고 아들 감옥에도 안 가기를 간절히 기도합니다. (90.11.18.)

오늘은 음력으로 10월 6일 오늘은 우리 목사 생일이다. 도레 엄마가 음식을 장만해서 장로님들 서대석 목사 예배 보고 식사 들 하셨다. 우리 목사 이북 사람 이남 사람 회담이 잘되었다고 전화가 왔다. 구속한다고 떠들썩하다. 저는 하나님께 기도할 때 구속 안 하게 해 달라고 기도해 놓고 그러나 내 뜻대로 말고 아버지 뜻대로 하소서. (90.11.26.)

깨알 같이 쓰인 편지를 읽어 보고 또 읽어 보고

나에게 아들의 편지가 왔다. 딸들한테도 엽서로 왔고 도레 엄마한테도 왔다. 엽서로 왔는데 한쪽은 사람 사진이 붙어 있더라. 어머니 기도가 성취되어서 못 나올 줄 알았는데 나왔다고 어머니 뜨거운 기도가 통일로 이루어지기를 바랍니다. 깨알 같이 쓰인 편지를 읽어 보고 또 읽어 보고 했다. (90.11.28.)

솔라는 꽃다발을 안고 아빠 나오면 주려고 서 있다

일본에서 우리 목사 온다. 김포공항 나갔다. 봉고차 두 대 또 장로님 자가용 두 대로 김포공항에 갔었다. 기장교회 목사님들도 많이 오셨다. 열두 시 온다고 했는데 초과되어 한 시 반에 도착한다고 해서 기다리는데 다른 사람들은 계속 나오는데 우리 아들은 보이지 않는다, 시간이 지나도 안 나온다. 나는 혹시 늦게라도 오나 하고 길목만 바라보고 있다. 목사님들이 시간이 지났고 연행해서 가 버렸다고 한다. 나는 야 무정한 놈들아 식구들 얼굴이라도 보여 주고 데리고 가제 너무도 억울하고 분통이 터진다. 우리 솔라는 꽃다발을 들고 아빠 나오면 주려고 서 있다. 아빠가 연행당한 줄 알고 눈물이 뚝뚝 떨어지면서 운다. 나도 같이 눈물이 북받치는데 간신히 참았다. 나는 구속되어도 안 울 거여. 왜 통일의 증인이 될 텐데 왜 울어 결심했지만 할 수 없이 견디기가 어려웠다. (90.11.31.)

꽁보리밥에 단무지 못 잊어서 또 감옥에 갔어. 지겨운 감옥 생각만 해도 지겨워

조용술 목사 이해학 목사 등 수많은 통일인사가 구속되었다고 한다. 이 뿐만 아니라 현 정권은 국가보안법 노동법 재판에서 악법을 쓰고 있다고 한다. 무슨 죄가 있다고 입을 막아 말도 못하게 했을까. 하나님의 종 내 아들아 또 감옥에 갇혀 무엇을 못 잊어서 세 평짜리 냉동방 못 잊어서 또 갔어. 꽁보리밥에 단무지 못 잊어서 또 감옥에 갔어. 지겨운 감옥 생각만 해도 지겨워. 한동안 감옥에 안 가고 발을 쭉 뻗고 살 수 있었다. 무슨 대단한 데라고. (90.12.3.)

인권상 받은 이해학 목사

홍근수 목사님 우리 교회 오시어서 인권예배를 봤다. 우리 교회에서 노점상인들도 모이고 철거민들도 모이고 교회가 꽉 차게 모였다. 설교 재미있게 하신다. 홍근수 목사님 설교 말씀도 참 재미있었다. 설교 끝나고는 이해학 목사 앞으로 인권상을 주는데 본인이 없으므로 도레 엄마가 대신 상을 받았다. (90.12.11.)

저녁때 도레 엄마가 일곱 시에 면회 간다고 해서 나는 아파서 갈 수가 없어도 기를 쓰고 따라갔다. 용산경찰서 우리 목사를 감독하는 사람이

우리 네 사람을 사무실에 인도하여 앉아서 대화했다. 그래도 감옥에서 유리 속으로 보는 것보다 훨씬 좋더라. 그리고 아들 얼굴을 보니 마음이 한결 나았다. (90.12.12.)

손녀들이 미끈하게 커서 자랑스럽다

도레가 대학교 4학년 미파는 3학년이다. 미파가 명년에는 졸업반이고 딸들이 미끈하게 커서 자랑스럽다. 아빠 하는 일들에 다들 동참하고 자랑스럽게 여긴다. 어디에 내놓아도 빠지지 않는다. (90.12.14.)

오늘은 저녁 일곱 시 차를 대절해서 우리 교회 직원들 또 교인들 15명이 우리 목사님 면회하고 왔다고 한다. 나도 가려고 했는데 가족들은 언제라도 할 수 있으니 다른 사람 한 사람이라도 더 가게 권사님 다음에 가라고 해서 나는 안 갔다. 생각하면 기적이라고 생각한다. 여러 사람이 한자리에서 대화할 수 있으니 말이다. 예전에는 그럴 수 없었다. (90.12.15.)

1990년 주제는 악법 철폐와 인권 실현이다

성남시는 지난 9월부터 성남시 전역에 걸쳐 노점상 철거 상인들을 향해 무자비한 구타를 자행했다. 안타까운 것은 앞을 보지도 못하는 장님이 나이가 48세인데 시청 직원들의 집단 구타로 인해 갈비뼈가 부러진 상처를 입고 병원에 입원했고 그의 부인 박영자씨는 구속되었다고 한다. 월세 보증금 20만 원에 월 3만 원에 세들어 사는 분당 세입자들이 이주단지 조성을 요구하고 있습니다. 철거하는 것도 억울한데 구속까지 하고 강제철거로 분당 철거민들 집 한 칸도 없어 추위에 떠는 세상, 먹고 살 길이 막혀 울고 애통한 세상을 향해 십자가를 함께 들고 힘차게 나갑시다. 1990년 주제는 악법 철폐와 인권 실현이다. (90.12.17.)

오늘은 공동 의회이다. 주일 낮에 점심을 호박죽 끓인다고 해서 내가 어제부터 호박도 삶고 팥도 삶고 오늘 또 새벽같이 호박죽 끓이느라고 고생했지만 기쁘다. 전 교인이 별미라고 맛있게들 먹는다. (90.12.19.)

뜨신 방에서 잠을 잘래도 가시방석에 누워 있는 것 같다

우리 목사가 맨날 감옥에 있을 때에는 형제간들이 누가 알까 무서워 쉬쉬했는데 요새는 죄없이 고생한다고 전화들이 늘 온다. 그리고 딸네들이 전에는 어려서 우리 아버지는 무슨 죄가 있어서 감옥에 갔느냐고 물었는데 지금은 의젓하게 커서 아버지 하는 일을 이해하고 또 대신한다. 교회도 손해 전혀 없는 건 아니지만, 옛날에 대면 호강이지만 우리 목사 감옥에서 고생하는 것 생각하면 뜨신 방에서 잠을 잘래도 가시방석에 누워 있는 것 같다. 마음이 놓이지 않는다. (90.12.20.)

면회라도 터 놓고 하면 좋겠다

아들 본 지가 몇 달 된 것 같다. 오늘은 아들 면회를 하고 왔다. 도레 엄마 장건 장로님 강은미 집사님이 마침 우리 집에 오셔서 나 하고 네 사람이 우리 목사님 면회하고 참 반가웠다. 어찌나 반가운지 눈물을 감추지 못했다. 팔다리 아파서 누워 있다가 아들 면회를 할 욕심으로 따라갔다. 감옥에는 가지 않고 면회라도 터 놓고 하면 좋겠다. 우리 목사님 장건 장로님 이야기하신다. 시간 꽤 되어서 재촉을 한다. 우리 목사님 어머니 걱정하지 말라고 신신부탁한다. (90.12.22.)

내가 가다 죽을지라도 가야제

서울구치소에 우리 목사님 있으니 저녁 일곱 시 전체 교인들이 가기로 했다. 나는 잔뜩 피곤하고 눈이 아프면서 열이 있다. 저녁에 구치소에 가서 예배 보는데 나도 따라가려고 하는데 몹시 몸이 아프다. 내가 가다 죽을지라도 가야제. 나는 또 걱정되어서 오늘 종일 신경이 쓰인다. 하나님께 기도합니다. 하나님 오늘 날씨도 춥지 않게 하시고 악마 틈타지 않게 지켜주소서. 무슨 사고 날까 걱정이 되어서 늘 기도합니다. 생각 외로 재미있었다. 전경들이 떼로 몰려오지 않고 그곳에서 지키는 간수들이 서서 보고만 있다. 그리고 찬송 부르고 기도하고서 목사님 설교하고 통일노래도 하고 이해학 목사님 석방하라고 큰 소리로 부르고 또 조용술 목사 석방하라. 또 조성우 형제 석방하라. 양심수들 석방하라. 나는 거기서 밤 늦게까지 농성을 했으면 했는데 큰소리로 구호를 외치고 끝나고 학생들 청년들은 뛰면서 논다. 갈 줄도 모르고 재미있게 실컷 뛴다. 집에 올 생각도 하지 않고 뛴다. (90.12.24)

통일의 일꾼들 원한을 풀어주소서

　새벽기도 주님 오소서 철거민들에게 오소서. 노점상인들에게 오소서. 노점상인들이 돈벌이가 안 되어서 아우성입니다. 그리고 죄 없이 고생하는 양심수들에게 그 한을 풀어주소서. 그리고 감옥에 있는 통일의 일꾼들 원한을 풀어주소서. 통일을 위해서 희생을 당한 자녀들을 기억하시고 빨리 통일의 물꼬가 터지게 하소서. (90.12.25.)

어머니의 일기는 계속 됩니다

94년부터 강원도 화천군 시골교회 임락경 목사님께 가서 6년을 장애우들과 함께 사셨습니다. 아마 생애 중 가장 행복한 시절이 아니셨을까 생각해봅니다. 어머니께서 돌보아야 할 장애우는 오히려 어머니께 보람되었고, 밭에서 자라는 풀은 뽑아도 뽑아도 끝없이 올라와, 힘들어도 당신의 존재를 확인시켜주는 일거리가 되었습니다. 무엇보다 임락경 목사님의 유연하고 넉넉한 영성이 어머님을 편하게 해 주었던 것 같습니다. 얼굴에 피부암으로 수술을 받느라 나오셔서 다시 못 들어가셨습니다. 어머님은 그곳에서 많은 편지를 보내셨고 공동체의 모델을 보셨으며 또한 공동체에 대한 자신감을 가지셨습니다.

2004년 하늘샘수도원에 1년여 계시면서 아늑하고 단조로운 낙을 누리셨습니다. 특히 눈 오는 겨울과 흑암의 적막 속에서도 인도와 미국을 돌아오는 아들을 위해 기도를 계속 하였습니다. 2006년에는 가평군 계곡 〈아름다움 만들기〉에서 권영환 선생과 함께 계시면서 이혜화 선생의 보살핌을 받으셨습니다. 자연이 있는 곳에는 해야 할 일도 있지만, 책이 있어 더 기뻐하십니다. 읽은 책을 메모하셨는데 〈혼자만 잘 살면 무슨 재민거〉 전우익 선생의 글을 자랑하십니다. 〈암자가 들려준 이야기〉 (정찬주) 〈이좋은 세상에〉 (김남주) 〈아가다〉를 읽으셨습니다. 그 후 광주 〈락쿰〉에서 꿈같은 시간을 보내시고, 안성을 거쳐 다시 성남으로 돌아와 요양사의 도움을 받으며 지내지만 늘 미안해 하십니다.

2004년 12월 9일 일기 한 토막

"나는 평생 텔레비전을 안 본다. 텔레비전 보다 책을 읽는다. 오늘 새벽기도 마치고 텔레비전을 틀었더니 국회의원들이 많이 모였다. 그런데 국회의원들이 눈물을 흘린다. 우리 규찬이 아빠도 있다.(손녀사위 이인영 의원을 가리킴) 나는 깜짝 놀라서 나는 나도 모르게 큰소리를 질렀다. 하나님 열린우리당 승리하게 하소서. 하나님 도와주소서. 열린우리당 국회의원들 씩씩한 애국자들 되게 하소서. 열심히 기도했다. 우리 목사한테 말했더니 국회가 어제 끝났다고 한다."

그분의 애국심이 돋보이는 정치의식입니다. 아주 적게 소비하고 느리게 걸어도 꾸준하게 일하시는 환경친화적 삶을, 요즘 내노라하는 영성가들의 지침을 평생 몸으로 사셨습니다.

그간에 많은 분과의 따뜻하고 애정 어린 관계들이 빼곡하게 기록되어 있습니다. 마음 같아서는 그분들에게 일일이 감사드리고 싶습니다. 저 이해학은 어머니의 단순한 사랑을 맛보아 행복하고, 더 잘 살아야 하는 이유가 됩니다. 고맙습니다.

아들 이해학 두손으로 절 드림

주민교회 연혁

1973

- 한국 특수지역 선교위원회(영문으로KMCO)(위원장:박형규 목사) 성남지역 민중선교를 위해 이해학 전도사 파송
- 수진동 26-84호에서 이정례, 김철호, 김영자, 한맹순, 이해학, 현 장로 등 12인으로 창립예배 및 한국기독교장로회 주민교회 현판식
- 김포 공항 성탄절 예배 : 대일 경제 예속 반성 촉구

1974

- 이해학 전도사 구속 : 1·18 대통령 긴급조치 1·2호 위반
- 교회당 이전 : 경기노회에서 100만 원 모금 지원으로 40평 건물 임대
- 독일 서남교회에서 주민교회 방문

1975

- 경기노회 주관 주민교회 창립예배 및 3·1절 기념식 거행
- 「직업상담실」 발족, 「실업자대책위원회」 구성
- 의료협동회 결성
- 야간학교 개학
- 교회부지 구입 : 단대동에 대지 1,240평 매입

1976

- 「3·1민주구국선언문」 사건 : 3·1절에 명동성당에서 발표된 「민주구국선언문」을 복사, 배포한 혐의로 김금용 선생 구속, 이해학 전도사 피신, 교회는 극심한 환난에 처함, 유언비어 날조와 직접적인 위협에 의한 경찰의 주민공동체 파괴 탄압.
- 의료협동회, 야간학교 폐쇄
- 이해학 전도사 구속 : 경기노회, 주민교회 대책위원회 결성

1977

- 도서실 개설
- 신앙강좌(2월 21-23일)
- 교회 창립 4주년 및 3·1절 기념행사 탄압 : 강사 연금, 자료집 「고난의 보고」 공권력에 의한 압수

1978

- 3·1절 및 교회 창립 5주년 기념 행사 저지 : 성남경찰서의 김영자 사모 가택연금. 청년회 결단기회를 저

지 탄압. 주민교회 대책위원회와 경기노회 대책위원회에서 3·1절 예배를 저지 사건을 성남경찰서와 경기도 경찰국에 강력 항의, 경찰국장으로부터 사과와 각서를 받음
· 이해학 전도사 출소

1979
· 야간학교 개강 예배(11명)
· 성남 주일학교 교사 연합회 결성(최귀님 집사)
· 주민공동체 헌장 제정 및 목표 성구(눅4:18)선포
· 주민공동체 상징마크 공모 확정
· 주민교회 신용협동조합 창립 총회(이사장 김금용)

1980
· 김종태 청년 분신(신촌로터리에서 광주항쟁과 민주정치를 절규함)
· 김종태 청년 파주 기독교 공원 안장
· 이해학 전도사 목사 안수 받음(경기노회 안양중앙교회)
· 박점동 장로 장립, 이점례·한맹순 권사 취임식 거행
· 이해학 목사 주선 성남NCC 발족

1981
· 주민교회 협조로 성남 YMCA 창립
· 3·1절 62돌 및 교회 창립 8돌 기념잔치 : 이해학 목사 담임목사로 취임
· 성전 건축 기공 예배 및 새 성전 입주
· 한국기독교장로회 성남시찰연합회 재건총회 주도(주민청년회 한숙자 집사)
· 제1회 갈릴리 잔치

1982
· 제1회 주민 마라톤대회 개설
· 한국기독교장로회 청년회 경기연합회 재건 총회(한숙자 집사 주도)

1983
· 3·1절 64돌 및 교회 창립 10돌: 통일민족을 향한 함께 사는 운동
· 교회 창립기념 민속 예배 및 마당극「어디로 갈거나」공연
· 교회 조직 개편, 6개 위원회와「정책협의회」구성
· 제1차 제자 훈련 실시

1984
· 어린이 선교원 개원(교사 한숙자)
·「성남인력센터」개소
· 서울대 치대생 치과 진료 시작

1985
·「기독교도시빈민선교협의회」창립(초대회장 이상락 집사)

· 마실터 개설 제1기 입학식
· 노점상 무료진료 개시
· 교육장 이영훈의 교회 음해 및 선교 방해 사건에 대한 경기노회 주최 「선교자유수호대회」에서
  경찰 폭력으로 다수 부상

1986
· 주민교회 지역선교활동을 위한 실무팀 구성(빈민-이상락 집사, 기독교·청년노동-한숙자 집사)
· 개지교회(산나교회/샛별생 전도사) 창립 예배
· 성남지역 노점상연합회 창립
· 이웃돕기 위한 연탄기증운동 전개, 「노동자 송년잔치」 전개

1987
· 고 박종철 학생 성남시민 추모예배 개최
· 호헌 철폐 및 군부독재 종식을 위한 연속기도회 개최(5월 10일-16일)
· 민주헌법쟁취국민운동 성남지역본부 결성(의장 이해학 목사)
· 민주헌법쟁취국민운동기독교공동위원회(사무국장 이해학 목사)
· 성남기독청년협의회(EYCS) 창립총회 주민청년회(한숙자 집사 주도)

1988
· 선교탄압대책위원회 결성 및 블랙리스트 철폐, 선교 자유 수호 투쟁 전개
· 성남시민을 위한 시민대학평화운동신철협회 개설

1989
· 장로 임직 및 권사 취임 예배

1990
· 일본 생협 연수 최민경 참가(생협을 준비함)
· 성남시민을 위한 제1기 「화요강좌」 개설(사회선교위원회 한숙자 집사)
· 8·15 범민족대회 이해학 목사가 집행위원장 수행
· 주민생활협동조합 발기인 대회 창립
· 이해학 목사 범민련 결성 후 귀국, 김포공항에서 강제연행 구속
· 이해학 목사 석방대책위원회 구성 및 구속자를 위한 옥합 운동 전개

1991
· 제1회 통일 강연회 개최
· 생활협동조합 강연회 개최
· 주민공부방 개설
· 이해학 목사 석방과 하나 되는 민족을 위한 전교인 40일 연속 금식기도
· 「주민복지상담소」 개소(소장 이상락 집사)
· 청장년회 4·3 제주항쟁 역사기행
· 이해학 목사 및 전국 양심수 단식농성에 따른 향린·한빛·주민교회 동시기도회 개최
  이해학 목사가 수감된 원주교도소에서 「갇힌 자들 속에 오시는 예수님 탄생」 맞이 예배

1992
· 성남민중교회연합 신앙 강좌

1993
· 3·1절 74돌 교회 세움 20돌 기념 권사 취임 및 민속 예배
· 양심수 석방과 해직 교사 복직을 위한 성남시민 걷기 대회 개최
· 범민족대회/남북 인간 띠 잇기 대회 참가
· 고난 받는 이웃을 위한 옥합 운동 전개
· 협동조합 선교 대토론회 개최
· 주민교회 신협 지역으로 사무실 이전

1994
· 김종수 전도사 「느티나무교회」 개척 파송 예배
· 「성남 외국인노동자의 집」 개소(이사장 이해학 목사, 소장 김해성 목사)
· 성남지역 정책연구소 설립(이사장 이해학 목사)
· 임승철 준목 목사 안수

1995
· 독립공원 견학 및 종교인협의회 주관 3·1절 기념 행사 참가
· 1995년 통일희년 사업기금 마련을 위한 「통일희년 헌금통장」 개설
  통일사회선교위원회 주민교회 지방자치제 대책위원회 구성(위원장 박점동 장로)
· 참사랑복지회 창립(회장 이상락 집사)
· 김종태 열사 묘소 광주 망월동 묘지로 이장
· 주민·산자·느티나무교회 연합 성탄예배 및 세례식

1996
· 21세기 지방자치연구소 설립(이사장 이해학 목사)
· 주민교회 독일교회와 교류(바인가르덴교회 선교 방문)

1997
· 북한동포돕기 밥나눔·사랑나눔 거리모금 전개
· 백두산 통일기행(이해학 목사 외 32명), 중국지역 민족독립운동 사적지 및 고구려 유적지 역사기행
· 외국인 노동자·중국동포와 함께 드리는 추수감사예배

1998
· 3·1절 79돌, 주민교회 창립 25주년기념행사(1부 민속 예배, 2부 청장년회 마당극: 노동의 새벽 공연)

1999
· 생명공동체를 위한 산자교회, 주민교회 연합 당회
· 성남 자활지원센터 개소(한숙자 집사)
· 주민공동체 추수감사잔치 : 주민·산자·외국인노동자교회 연합 제직수련회

2000
· 결식아동 무료급식 사업 시작
· 방과 후 교실 해맞이 학교 개설
· 이해학 목사 기장 평통위원장 취임
· 이해학 목사 경기노회 협력관계 서명 차 미국 코네티컷 방문
· 김종태 장학금 수여식(제1회 중 · 고등학생 3명, 대학생 3명)
· 성탄절 연합 예배(성남 시민회관 대강당)

2001
· 독일 바인가르덴교회와 주민교회의 제1회 실시간 공동 예배
· 주민교회를 섬기다 돌아가신 분들을 위한 합동 추모 예배
· 이해학 목사 제4회 인권특별상 수상(한국인권문제연구소)
· 효순이, 미선이를 추모하는 광화문 촛불행진(전교인)

2002
· 임시공동의회,「주민생명공동체헌장」제정, 장로피택 이현배 집사, 서광일 집사

2003
· 제1기 교회 갱신을 위한 특별위원회 구성
· 교회 세움 30주년 기념행사 :「민중의 수레를 끌고 새하늘과 새땅으로」기념강연회,
  문동환 박사「꼴찌의 함성으로 열어가는 생명세계」,「반전 평화를 위한 성남시민
  통일꼴찌마라톤」
· E·V·P 한국측 참여자 2인(전미영,양명희) 6개월간 파송(독일 바인가르덴교회)

2004
· 제2기 교회 갱신을 위한 특별위원회 운영
· 생명공동체를 위한 산자 · 주민 추진위원회 구성(2월 8일)
· 생명공동체 실천선언문 발표 (교회세움 31돌)
· 장로 임직 서광일 장로, 이현배 장로
· 교회 갱신 30대 실천 과제 확정
· 주민교회 정관 제정
· 이해학 목사 안식년(1년 6개월) 이춘섭 목사를 부목사로 청빙(2월 8일)

2005
· 교회 세움 32주년 기념 신앙 강좌 : 박성준 선생(성공회대)「생명공동체를 향한 변혁의 발걸음」
· 복지관 노인 무료급식 시작 (6월 7일)
· 전태일 거리 동판 모금 참여
· 행복나눔장터 개최 : 노인무료급식 기금 마련을 위한 바자회

2006

· 인도 어린이집 설립(비전아시아미션-이사장 이해학 목사)
· 독일 바인가르덴교회 교우와 공동 여름수련회 개최(전남 영광)
· 야스쿠니신사 반대 공동행동 한국위원회(상임대표 이해학 목사) 일본 원정 촛불시위
· E·V·P 독일 측 참여자 2인(카티야, 한나) 6개월간 훈련(한국 주민교회)

2007

· 3.1절 기념 신앙강좌
  주제-희년의 빛을 따라 믿음의 행진을. 박득훈 목사(자본주의와 기독교) 박창수 선생(희년과 토지),
  채수일 목사(3.1정신과 기독교)
· 3월 25일부터 장건 장로 광화문에서 FTA반대 단식 운동
· 4월 17일 개성공단 나무심기 참여
· 김용상 선생 지도 요가 수련
· 야스쿠니 반대 한국위원 활동으로 이해학 목사 미국 방문(LA, 뉴욕)
· 독일 바인가르텐교회와 6차 공동 예배(10월 21일)
· 태안반도 기름유출 사고 현장 성탄예배
· 교회 표어를 "주민과 함께 사는 생명공동체"로 수정

2008

· 교회창립 35주년 기념잔치.
  주민의 노래 창작 "가자! 생명의 텃밭으로!"(이상락 작사, 유민준 작곡)
· 5,6월 교인들 촛불집회 참석
· 전교인 수련회(가평 우리안의 미래), '나에게서 일어나는 신비로의 여행', 교우 설문조사 진행
· 독일 바인가르텐교회 4차 방문단(8월 7일 ~20일)
· E·V·P 한국측 참여자 1인(이한겨레) 6개월간 파송(독일 바인가르덴교회)
· 성탄 예배에서 '외국인노동자의 집' 주민교회 인수인계

2009
· 주민교회 금요섬김훈련(3월~6월)
· 광주 직동에 생명공동체를 위한 첫발 "라쿰" 개설
· 가평 잣나무 숲, 전교인 여름수련회
"우리가 만들어가는 생명공동체", 공동체 탐방보고 및 생명공동체 전망
· 민주화를 위한 평신도 시국선언 참여
· 어린이교회학교 '용산참사유가족' 위한 바자회 개최 후 55만원 기탁

2010
· 생명공동체를 위한 두 번째 발걸음 : 임시 공동 의회를 통해 교회건물 매각 결정

2011
· 공동의회에서 태평동락커뮤니티 교회건물 신축 결의
· 주민교회 건물 빈 집 잔치

2012
· 3·1절 39주년 기념예배, 이해학 목사 은퇴 예배
· 김진 목사 취임 및 이해학 목사 은퇴(5월 27일)

2013
· 5.18 태평동락커뮤니티 새 성전 입당 예배